読書会は危険？

ジジ・パンディアン

本を取り出すと音もなくひらく本棚や、奇怪な像に隠れたレバーを引くと現れる秘密の部屋——だれもが夢見たそんな仕掛けを得意とする〈秘密の階段建築社〉。元イリュージョニストのテンペストがこの家業で働きはじめて数カ月がたった。建築社の最新の仕事は、カフェ経営者の自宅の地下室に読書コーナーや主宰する読書会のスペースを作ること。そして今宵、そのスペースで、種も仕掛けもある訳ありの降霊会がひらかれる。だが不気味な光が点滅するなか、8人が囲むテーブルの中央に死体が忽然と現れて——。『壁から死体？』に続くシリーズ第2弾。

登場人物

テンペスト・ラージ……………………元イリュージョニスト
ダリウス・メンデス……………………テンペストの父。〈秘密の階段建築社〉の経営者
エマ・ラージ……………………………テンペストの母。元イリュージョニスト
エルスペス・ラージ……………………エマの姉。元イリュージョニスト
アショク（アッシュ）・ラージ………テンペストの祖父
モラグ（モー）・ファーガソン＝ラージ……テンペストの祖母
アブラカダブラ…………………………テンペストのペットのロップイヤーラビット
アイヴィ・ヤングブラッド……………テンペストの幼馴染。〈秘密の階段建築社〉の従業員
ダリア……………………………………アイヴィの姉
ヴァネッサ・ザモラ……………………ダリアの妻。刑事事件弁護士
ギディオン・トレス……………………〈秘密の階段建築社〉の従業員

ヴィクター・カスティロ……〈秘密の階段建築社〉の新人従業員
ラヴィニア・キングズリー……〈ヴェジー・マジック〉の経営者。読書会の主催者
コービン・コルト……ラヴィニアの夫。作家
クミコ・キングズリー……ラヴィニアの母
ヘイゼル・ベロウ……コービンの交際相手
シルヴィー・シンクレア
エラリー・リーオズ……読書会のメンバー
フルール……曲芸師
サンジャイ・ライ……テンペストの友人。イリュージョニスト
オースティン・ラインハート……刑事
ブラックバーン……元刑事
ニコデマス（ニッキー）……テンペストの師匠
モリアーティ……テンペストのファンを名乗る男

読書会は危険？
〈秘密の階段建築社〉の事件簿

ジジ・パンディアン
鈴　木　美　朋　訳

創元推理文庫

THE RAVEN THIEF

by

Gigi Pandian

This book is published in Japan by TOKYO SOGENSHA Co., Ltd.
Japanese translation published by arrangement with
Gigi Pandian c/o Taryn Fagerness Agency
through The English Agency (Japan) Ltd.

読書会は危険？

パパに

1

　丘の急斜面に茂るオークの木立に囲まれた、一見なんの変哲もない家のてっぺんに隠れた秘密の小塔のなかで、話はテンペストの望まない方向へ進んでいた。

「やめなさいってば」テンペストは手を差し出した。「脅しなんかじゃないよ。絶対後悔するから」

　相手はしっかりと握ったものを手放そうとはしなかった。三秒間、彼はぴくりとも動かなかった。そしてふてぶてしい笑みを浮かべてみせ、手に握ったそれを口元へ近づけていった。

「やめろって言ったのに」テンペストは顔をそむけ、この秘密の塔の細長い窓へ視線を転じた。彼が苦しむのを見たくない。

　でも……困ったことに、テンペストは生まれつき好奇心旺盛だった。テンペストが目を戻したのと同時に、彼がはっと息を止めた。咳きこみはしなかった――長年ステージに立っているので、咳を我慢するすべは身につけている――が、両手でさっと喉を押さえて、大きくあえいだ。

「ちょっと待ってて」テンペストはひとつ目の秘密の階段を駆けおりた。荒削りの板を渡した幅の狭い階段は、実際のところ階段ではなく急な梯子《はしご》といったほうがいい。何千回ものぼりおりしているテンペストだからこそ、慎重に伝いおりずにすむのだ。テンペストは、両脇のすべすべしたカラマツ材の手すりをつかみ、ほとんどすべり落ちるように階段をおりた。ふたつ目のきちんとした造りの階段をおりはじめると、数段ごとに隠しセンサーが作動して照明がついた。三秒後、テンペストはキッチンにたどり着き、冷蔵庫のなかに甘いココナッツミルクのライスプディングを見つけた。

冷蔵庫の扉をちゃんと閉めたかどうかもたしかめず、テンペストは廊下の壁に取りつけられたドラゴンの翼の形をした燭台《しょくだい》を持ちあげた。隠し扉が音もなくひらく。テンペストは一段飛ばしで階段をのぼった。

小部屋に戻ってきたときには、サンジャイは顔を真っ赤にして苦しそうにあえいでいた。ライスプディングをたっぷりスプーンにすくって口に入れると、ようやくほっと息をついた。

「きみがアッシュのドーナツを食べさせてくれないのは、独り占めしたいからだと思ってたよ」

「わたしのこと、そんなふうに思ってるの？」サンジャイが肩をすくめたのは、その質問への応答なのか、それとももう大丈夫の意味なのか、テンペストにはわからなかった。スパイスの辛さをやわらげるには、水よりも米と砂糖のほうがはるかに効果的だ。もっとも、サンジャイの言葉はまったくの見当外れではなかったのだが、テンペストはそうと認めたくなかった。

「これがただのドーナツじゃないっていうのはハッタリじゃなかったんだな。普通、お菓子にチリペッパーを入れるか？　死を招くドーナツなんか全部きみにあげるよ」

テンペストは祖父の作る至高のおやつをひと口かじった。このワダ・ドーナツは――これも引退したアッシュおじいちゃんが考案したオリジナルのレシピで――最高においしい。辛さと甘さのバランスが絶妙だ。

テンペストの寝室の真上にあるこの秘密の小塔に入るには、ふたつの秘密の階段をのぼらなければならない。寝室に通じるひとつ目の階段は、入る方法こそ秘密だが、階段そのものの存在は知られている。けれど、建物のてっぺんにこんな八角形の小部屋があることは、ごく少数の人にしか知らせていない。

テンペストの両親は〈秘密の階段建築社《シークレット・ステアケース・コンストラクション》〉ならではのリフォームのアイデアを売り出すまえに、まずは自宅で試すようにしていたので、この小塔も庭から見あげると〈建築社〉が試作した奇妙な装飾物にしか見えなかった。だがじつは、テンペストが下界のあれこれに邪魔されずに考えごとのできる居心地のよい空間が隠れている。このまえの夏になにもかもがぶち壊しになり、子ども時代を過ごした実家に戻ってきてからというもの、小塔はテンペストにとってありがたい隠れ場所となっていた。将来に不安しかなくても、絶望と破滅に追いこまれてしまっても、住まいを失って実家の子ども部屋に帰ってくるという屈辱的な状況に置かれていても、自分だけの不思議な秘密の階段が目のまえに現れてくれさえすれば、とたんに元気が出てくるというものだ。

「きみに殺されそうになったとはいえ、ふたりきりになれてよかったよ」サンジャイが一歩近づいてきた。入念に乱れさせたひと筋の黒髪が彼のひたいにかかっているさまに、テンペストのおなかのあたりがぞくりとした。

まずい。やっぱりこの部屋にサンジャイを連れてきたのは間違いだったのでは？

サンジャイがおずおずとほほえんだ。テンペストはうなった。サンジャイは多面的な男ではあるが、内気なところはない。

これっぽっちも。

テンペストは腕を組み、彼をにらみつけた。「なにを隠してるの？」

サンジャイはしきりにまばたきをしたが、すぐに落ち着きを取り戻した。「これのこと？」彼がにんまり笑うと、それまでなにも持っていなかったはずの手のなかに、不意に花束が出現した。

なかなかやるね、とテンペストも思わずにいられなかった。サンジャイはいま、ザ・ヒンディー・フーディーニとしてステージに立つときのタキシードと山高帽ではなく、黒い半袖Tシャツにチノパンツといういでたちだ。どう見ても、あの袖のなかに花束は隠せない。

テンペストは花束を受け取った。「ごまかしても無駄よ。わたしに黙ってることがあるよね」サンジャイが隠しごとをしているしるしを探したが、気がつけば、彼の軽くひらいた口元と大きな茶色い瞳に見入っていた。何年かまえに一度だけデートをしたが、当時はおたがいひどく多忙で、会うことすら難しかった。でもいまはふたりとも北カリフォルニアにいて、ほんの数キロ離れているだけだし……。

しっかりしろ、テ、テ、テ、テンペスト。

「まさか、またわたしをアシスタントにしようと思ってる？」テンペストはサンジャイよりもはるかに大きな会場を満員にしてきた。すべてが台無しになったあの夜までは。

「は？　そんなわけないだろ」サンジャイは咳払いした。

テンペストは片方の眉をあげてみせた。

「ラヴィニアが相手じゃ断れないんだよ」サンジャイは口走った。

テンペストが思ってもいなかった答えだった。テンペストの父親の会社がラヴィニア・キングズリーの自宅の一部を改築し終えたのは、つい最近のことだ。〈秘密の階段建築社〉が手がけるのは普通の住宅リフォームではない。お気に入りの本を取り出すと音もなくひらく特製の本棚や、手彫りの奇怪な像に仕込んだ隠しレバーを引くと現れる秘密の部屋など、住宅に本物のマジックを取り入れることに特化している。テンペストもいまは父親の会社の一員で、現場ごとに依頼者に合わせて不思議なストーリーを書く仕事をしている。

ラヴィニア・キングズリーは五十五歳、町で人気のカフェ〈ヴェジー・マジック〉の経営者で、浮気をした夫を数カ月前に家から叩き出した。もうすぐ彼女の元夫となるコービンは、それまで夫婦で所有していた丘の中腹の広々とした豪華な地下室を執筆用のオフィスにしていた。コービンがいなくなったので、ラヴィニアはテンペストの父親に、地下室を夫の執筆用の穴蔵から自分のブッククラブのミーティングスペースとホームオフィスと読書コーナーを合わせた空間に改装したいと依頼した。その三つを造るのにじゅうぶんな広さはある。

「こんなありえない状況に追いこまれたのはきみのせいだぞ」サンジャイは息巻いた。「そもそもぼくがはじめてラヴィニアのカフェに行ったのは、きみがあのいかれた殺人犯を罠にかけるのを手伝うためだったんだから。あの時点でこうなることは決まってたんだ。ラヴィニアのパイのとりこになることは」

サンジャイの言い分には一理あった。だが、今日のテンペストはあまり寛大な気分ではなかった。いや、正直なところ、数カ月前からずっとだ。人生の計画を足元から崩されて以来、ずっと。なんとか計画を立てなおそうとしているものの、いまだにピースが足りなくて全体像のわからないジグソーパズルをやっているような気がする。半年前のテンペストは、自分がラスヴェガスの花形イリュージョニストから〈秘密の階段建築社〉の仕事に不思議な要素を吹きこむストーリーの作り手に転職するばかりか、事故ではなく他殺だとわかった家族の死についてひそかに探るようになるとは、夢にも思っていなかった。完璧な人生計画をぶち壊したのは、ある人物の妨害行為と、テンペストの一族に伝わる呪いだった。

「たしかに、ラヴィニアにはノーと言えないよね」テンペストは認めた。リフォームの仕事が大変だったことは記憶に新しい。「で、なにをさせられることになったの？」

「リフォーム完成お披露目会でパフォーマンスを」

「すばらしいことね」テンペストはにっこり笑ってみせた。心からの笑みだ。テンペストの知るかぎり、最近のサンジャイは人気が高まり、ギャラもあがったので、小さな仕事はたいてい断るが、友人のためにちょっとしたパフォーマンスをするのは、初心に返るという点でもいいことだ。

「すばらしいの反対だよ」サンジャイは返した。

「友達の頼みを聞くのはいいことでしょ。ラヴィニアがあなたに危険な出しものをさせるとは思えないし。それに、いくらラヴィニアでも庭でガンジス川を再現することはできないよ」サンジャイはかつてインドのガンジス川に沈めた櫃《ひつぎ》から脱出するパフォーマンスを成功させたことがあるし、なんならもっと危険なショーもやっている。

「なんでもいいわけじゃないんだ。よりによってインチキ降霊会をやれだって。つまり、ラヴィニアが新たな人生、コービン以後の人生のスタートを切るにあたって、コービンの魂をあの家から追い出すための降霊会」

テンペストは真顔になった。「コービンは死んでないけど」

「もちろんぼくだってそう言ったよ。でもラヴィニアは象徴的な儀式だからって聞かないんだ。引き受けるつもりなんてなかったのに」

「じゃあやらないって言えば?」

「きみだってラヴィニアにはノーと言えないって認めたじゃないか」

「インチキ降霊会なんか引き受けたらろくなことにならないって、あなたもわたしもよくわかってるよね」

「ぼくがこれほど優れたマジシャンじゃなければよかったのに」サンジャイは大真面目だった。

揺るぎない自尊心の持ち主なのだ。「ぼくの才能の無駄遣いだよ。リフォーム案に降霊会用のテーブルを採用したのはきみだろ」

テンペストはサンジャイをにらんだ。「わたしのせいにしないでよ。あれは降霊会用のテーブルじゃありません。ただの丸テーブルよ。あれを入れたのは読書会に使えるからよ」

「きみのお父さんはあのテーブルに隠し抽斗《ひきだし》や秘密のくぼみをつけた。ラヴィニアが全部見せてくれた。降霊会でマジックに使ってくれって」

「そりゃパパはそうするよ。うちは〈秘密の階段建築社〉なんだから。とことんやるのがうちの会社。ラヴィニアのご希望は？」

サンジャイは肩をすくめた。「細かいことはぼくにまかせるけど、浄化をテーマにしたいそうだ。人生からコービン・コルトを追い出せたと実感できるようにね。それにしても、コービンって変な名前じゃないか？ 八〇年代のアクション映画の主人公みたいだ」

「ペンネームかもしれない。そういえば、〝コービン〟には大鴉《レイヴン》って意味があるのよね。彼の書いた超自然スリラーにもその名前が出てくるの」

「作家なのか？ 知らなかったな」

「わたしたち、生まれるのが何十年か遅すぎたのよ。コービンの本がベストセラーになってたのは三十年以上まえで、人気は長続きしなかった。いまでもハンサムだけど、まだ本のカバーには三十歳のころの写真を載せてる。ラヴィニアが言うには、だから浮気をするようになったんだって」

「古い写真を使ってるから?」

テンペストはあきれて両目を上に向けた。「作家として終わっちゃってるからよ。過去の栄光は取り戻せないのに、いまだにしがみついてる。少しまえに六十歳になったんだけど、どうやらそれで弾みがついたみたい」

サンジャイは鼻を鳴らした。「年は関係ないだろ」

「三十秒まえまでは、もうすぐラヴィニアの元夫になる人ってこと以外、コービンのことは知らなかったんじゃないの」

「知らなくてもわかるよ。あと少しで老人って呼ばれそうな年齢の誕生日を迎えたから浮気せずにいられないのなら、きっとそのまえからやってるさ」

「それってメンタル・マジック（読心術や透視など超能力的な演出で見せるマジック）から得た知見?」

サンジャイはうなずいた。「あの手のショーをやってたころに人間について学んだことを、なにもかも忘れられたらいいのにと思うよ」

人あたりのよいサンジャイはメンタル・マジックの才能があり、読心術を使えるふりをするのがうまい。ところが、本人はメンタル・マジックを毛嫌いしている。虚構の世界であるマジックショーのなかであっても、他人から感じ取るものに殺伐《さつばつ》とした気分になることがあるからだ。最近は売れっ子になってきたので、メンタル・マジックなどやる必要はない。ましてや降霊術なんか。けれど、サンジャイの言うとおりだ。ラヴィニア・キングズリーの要求を断ることなどできるわけがない。

「きみはあの空間をよく知ってるだろ」サンジャイはつづけた。「だから、ちょっと協力してくれないかなと――」

テンペストのスマートフォンが鳴った。サンジャイはアシスタントをやってくれないかと頼もうとしていたに違いないが、テンペストに追い返されずにすんだのは、電話のスクリーンに表示された名前のおかげだ。ラヴィニア・キングズリー。

サンジャイの目が丸くなった。「ぼくはここにいないからね。いいかい、ぼくはいないことにしてくれ」

「もしもし、ラヴィ――」テンペストは応答したが、名前を最後まで言うひまもなくラヴィニアにさえぎられた。

「新しい地下室に侵入されたわ」

「は?」ヒドゥン・クリークは小さな町だからときに息が詰まりそうになるが、不法侵入や強盗事件はめったに起きない。

「あいつにめちゃくちゃにされてしまったの」

「あいつとは? だれが侵入したのか知ってるの――?」

「コービンよ」テンペストとサンジャイのいるこの部屋にラヴィニアがいるかのように、彼女の憤《いきどお》りが生々しく伝わってきた。「あいつを殺してやる」

2

「被害はどのくらいひどいの？」テンペストは彫刻をほどこした木のアーチをくぐり、ラヴィニア本人が〈ラヴィニアの隠れ家〉と名付けた、リフォームしたばかりの地下室に入った。テンペストの父親ダリウスは、ラヴィニアが主催する読書会、〈推理の鍵《ディテクション・キーズ》〉の四人のメンバーを象徴する四つの万能鍵《スケルトン・キー》をシーダー材に彫りこんでいた。テンペストは、ドクロと交差した骨をデザインに組み入れた、いちばん目立つ鍵のなめらかな木肌をなでてから、ラヴィニアについていった。

サンジャイはショーを控えていて稽古があるからと言い訳して、ここには来なかった。それは嘘ではないけれど、ラヴィニアに会えばさらにやりたくないことをやらされる羽目になると恐れたのではないかと、テンペストは思っている。

「コービンは、あなたたちが造ったものを傷つけてはいないの」ラヴィニアが言った。「最初はめちゃくちゃに荒らすつもりだったんだと思うわ、わたしの書類が散らかっていたから。ごめんなさいね、わざわざ来てもらったけどその必要はなかったみたい。結局、あの男はもっとひどいことをやっていったの」

テンペストは肌がちりちりするのを感じた。「どんなこと？」

「見せてあげる」

ヒドゥン・クリークの住宅の例に漏れず、ラヴィニアの家は急斜面に建っていた。半地下の部屋には、ドアと窓の並んだ壁が一面しかない。三十年近くまえ、新婚夫婦だったラヴィニアとコービンは、使われていなかったこの部屋をコービンの執筆用のホームオフィスにした。離婚が決まってから、ラヴィニアは引っ越して新しい生活をはじめることも考えたが、この家と周囲の自然の風景が気に入っていたのでとどまった。

この地下室には、上階からは入ることができない。独立したガレージと同様に、外に面したドアだけが唯一の出入口だ。地下室の内部は、もとは二部屋に分かれていて、天井は高いが、ふたつの小さな高窓からわずかに自然光が差しこむだけで、薄暗かった。テンペストは、自分たち〈秘密の階段建築社〉によって陰気くさい地下オフィスから明るく風通しのよいくつろぎの空間に変わった室内をつかのま眺めた。窓を拡張し、負荷に弱くて邪魔でしかない内壁を取り壊し、新しい仕切りを立てて玄関ホールとトイレを造ったのだ。

テンペストの仕事は、細部のデザインを通して語りたいストーリーをラヴィニアから聞き出すことだった。そのあと〈建築社〉のほかのメンバーが構造を考え、実際の作業をした。リフォームが完了したのはつい最近だ。

いまではひとつの広々としたスペースのなかに三つのエリアがある。居心地のよい読書会コーナーと、読書専用の小さなコーナー、そしてラヴィニアが経営するカフェ〈ヴェジー・マジック〉の事務仕事をするためのホームオフィスだ。コービンがデビュー作『大鴉《おおがらす》』以来の大ヒット作を書こうとしていたあの暗い部屋とは似ても似つかない。もっとも、テンペストは『大鴉』をポオの二番煎じだと思っている。ある男が妻を殺され、真相を追うというストーリーだ。男の妻の死体は、大きな黒い鳥の羽根に囲まれた状態で発見された。悲しみに囚《とら》われた男は、物語が進むにつれて、自分は意識を失っているあいだに大鴉に変身しているのではないかと疑念を抱くようになるのだ。もっとも、あの本をベストセラーに押しあげたのはその設定ではない。終盤のどんでん返しがよくできていたからだと、それはテンペストも認めざるを得ない。だが、読者に贈られたたくさんの不気味な鴉に囲まれて地下室にこもっていたコービンは、二冊目のヒット作が書けないままだ。

玄関ホールを抜けて地中の隠れ家に入ってきた者がまず目にするのは、〈オックスフォード・コンマ〉という名の小さなパブだ。突然オックスフォードの石畳の小道に迷いこんだかのようなデザインは、ドロシー・L・セイヤーズのピーター・ウィムジイ卿とハリエット・ヴェインの物語や、エドマンド・クリスピンの『消えた玩具屋』など、ラヴィニアが愛するオックスフォードを舞台にした黄金期のミステリ小説へのオマージュだ。〈オックスフォード・コンマ〉のアンティークのドアの脇にはメリーゴーラウンドの馬が立っている。どちらもテンペストが廃品置き場で見つけたものだ。偽のパブの壁は天井の少し下で途切れていて、オックスフォード大学の建物のように、上端を城壁風にでこぼこさせてある。

パブのドアをあけるには、メリーゴーラウンドの馬に特別なおやつをあげなければならない——馬が口にくわえているカゴに入っているコインだ。馬の顎は動くようになっていて、間近でよく見れば、コインを入れなくてもレバーを作動させられるのがわかる。ドアのむこうは読書会用のスペースで、会のメンバーは秘密の抽斗《ひきだし》付きの丸テーブルを囲んで本の話をするのだ——サンジャイは二日後にこの丸テーブルを使って降霊会をやることになっている。

テンペストは、ラヴィニアの好きなクラシック・ミステリと彼女が希望する部屋の機能を組み合わせたリフォームの草案を考えた際、実用的なだけではいけないということを忘れないようにした——魔法のような魅力が大事なのだ。居心地のよいパブを魔法のように再現するために、リモコン操作で炎が燃えている暖炉を壁面に映写できるようにした。

〈オックスフォード・コンマ〉を出て右手へ目をやると、竹林を透かしてラヴィニアの大好きな日本の本格と新本格ミステリにちなんだデザインの読書コーナーが見える。そこに入るには、横溝正史《よこみぞせいし》の『八つ墓村』の鍾乳洞《しょうにゅうどう》のような短い通路を通らなければならない。竹林には、それぞれに異なる金属の元素記号のラベルが貼られたガラスの薬瓶がいくつかひっそりと置かれている。島田荘司《しまだそうじ》の『占星術殺人事件』へのオマージュだ。短い通路の突き当たりに、座り心地のよい紫色の肘掛け椅子と、読書灯とマグカップを置いて、下に数冊の本を積んでおけるサイドテーブルがある。ラヴィニア専用の読書コーナーだ。

竹林と鍾乳洞の先へ進むと、ナイル川のクルーズ船を模したコーナーがある。アガサ・クリスティの『ナイルに死す』にインスパイアされたものだが、ポワロがあの危険に満ちた旅でナイル川をくだった船よりずいぶん小さい。こちらの木の船には装飾用の帆が一本立っているのみで、船室もあのラウンジだけが再現されている。ラウンジの家具でもっとも大きなものはアンティークの木の机で、ラヴィニアは〈ヴェジー・マジック〉に出勤しない日はここで仕事をする。ロールトップ式のデスクにはそのためのパソコンが隠れている。

船の周囲は川だが、床に描いたまやかしの川だ。深い溝も水もないのだから歩いて渡れるが、簡単に船に乗れるわけではない。舷《げん》は床から百五十センチの高さがある。甲板の下は、パブに並んでいる本棚を除く唯一の収納スペースになっている。船に乗りこむには、運動不足解消のために高い舷を乗り越えたい気分でもないかぎり、タラップをおろす秘密の仕掛けを知っていなければならない。

ラヴィニアは、床に描かれた川のなかのある一点を踏んだ。ただの石があるようにしか見えないが、じつはそれがレバーなのだ。甲板の端に積んだ木箱が展開して階段になった。ラヴィニアとテンペストは階段をのぼり、船上のホームオフィスに入った。

「あの男はわたしの古いレミントンのタイプライターを盗んだの」ラヴィニアはコーヒーテーブル代わりの船旅用《スチーマー》トランクに人差し指を突きつけた。「母にもらったカタカナのキーボードがついてるやつよ」

「どうしてコービンが日本語のタイプライターをほしがるの?」

「めずらしいけど、たいした価値はないのにね」ラヴィニアはいったん両手を拳に握りしめてから力を抜いた。「本格的な日本語のタイプライターはすごく複雑なの。でもカタカナ・タイプライターのほうはそこまで複雑じゃない。西洋の普通のキーボードのように、キーが配置されてるの。わたしと同じく言語的に日本と西洋が組み合わさった道具だから、母はあれをプレゼントしてくれた。コービンは、わたしが大事にしていたものだから盗んだのよ」

ラヴィニア・キングズリーは、ちょっと意外なその名を初対面の人に名乗って怪訝《けげん》な顔をされることにすっかり慣れている。父方の亡くなった親戚から名前をもらったのだが、生まれは日本で、母親が日本人、父親はイギリス人で、いずれも日本文学の研究者だった。数年前に父親が九十歳で他界したあと、母親のクミコはずっとひとりで不自由なく暮らしていたが、八十七歳になり、最近、転倒して怪我をしてしまった。クミコは介護施設に入るのをいやがり、娘の家に越してきた。ほんのいっとき世話になるだけだと言い張っている。車椅子が必要になったこともいやでたまらないらしい。頭まで耄碌《もうろく》したと見られて、博士号を持っていて数種の言語を流暢《りゅうちょう》に話せるとは、だれも思ってくれないというわけだ。ラヴィニアがクラシック・ミステリのファンになったのは、日本文学と比較文学の博士である母親の影響が大きい。クミコはとくに、日本の〝本格〟と呼ばれるクラシックな探偵小説――おおまかに言えば、フェアプレーを重んずる西洋の犯人当てパズラーの日本版――を研究していた。

ラヴィニアの夫の不貞にいち早く気づいたのはクミコだった。コービンは三十年近くまえからクミコを知っていたのに、いまだに彼女を見くびっていたのだ。

「日本のタイプライターだけ盗んで、ほかのものには手を着けてないなんてどういうこと?」

テンペストは室内を見まわした。なにが気になるのだろう?

「あいつはあの金属の塊《かたまり》をわたしが大事にしているのをよくわかってる。そんなに高価なものではないの。だから、帰り道にそのへんのゴミ箱に放り捨てたかもね。でも、わたしがはじめての就職で書店員になったときに母から贈られたものなのよ。コービン・コルトに出会うまえから持ってた数少ないもののひとつ。あの男と出会った書店で働いていたころから、ずっと手元にあったの。だからあいつはあれをほしがった。わたしの人生を奪おうとしたのよ」ラヴィニアは言葉を切り、深呼吸した。ふたたび口をひらいたときには、声に怒りはなかった。

「最初は室内のどこかが壊されたかもしれないと思いこんでた。よく考えもせずに呼び出してしまって、ごめんなさいね」

「うちのスタッフが仕上げの作業をするときにタイプライターを持ち出したかもしれないから――」

「いいえ、あいつよ。あの男が盗んだの」

ラヴィニアが言いつのれば言いつのるほど、そう信じたがっているように聞こえた。見るからに気を昂《たか》ぶらせている。冷静に考えることができているのだろうか?

「家のこの部分の鍵はどれも替えていない」ラヴィニアはつづけた。「住居部分の鍵は替えたけどね。〈建築社〉のみんなを除けば、ここの鍵を持ってるのはコービンだけなの。いろんな職人さんが出入りしてたし、住居部分からここには入れないから、リフォームが完成したのちに、鍵を替えるつもりだった。ええ、言いたいことはわかる。〈建築社〉が仕事を終えて、もう何日かたってる。だけど、お披露目会の準備に忙しくて、鍵を交換するひまがなかったの。そうしたらやられたってわけ。ただ……」

「ただ?」

ラヴィニアはためらいがちに言った。「家の玄関には監視カメラがあるの。一台だけ。広角レンズだから、だれかが地下室へ入ろうとしたら撮影されてるはず。カメラはつねに作動してるわけじゃなくて、動くものに反応するの。だから調べてみた。でも、コービンは映ってなかった」

「つまり、彼じゃなかったってこと？」

「だれでもないのよ。だれもあのタイプライターを持ち出していないの。だけど……」ラヴィニアは口をつぐんだ。

テンペストは少し待った。じっとしているのは得意ではない。窓のまえへ行ってみた。人がひとりくぐれそうな大きさだが、実際にくぐるのは不可能だ。窓は風を通して新鮮な空気を取りこむためのもので、十数センチしかあかないからだ。テンペストは船の横の窓をあけた。そばの木の枝にとまっていた鳥が抗議するようにカアと啼《な》いた。

ラヴィニアは傍目《はため》にもわかるほどびくりとした。「いらいらするのはあれのせいよ」ぴしゃりと窓を閉める。「というか、自分にいらついてるの。ばかみたいなことを考えてる自分に」

「どんなこと？」

「タイプライターが盗まれたとおぼしき時間帯に、監視カメラがとらえたのは鴉《からす》だけなのよ」

3

「鴉」テンペストは繰り返した。

ラヴィニアの表情が暗くなった。「コービンの超自然スリラーが作り話でしかないことはわかってる。だけど、この数カ月は現実とは思えない状況だった。そもそも、だからこの部屋が必要だったの」

外でまた鳥が啼《な》いた。すぐそばで。テンペストは窓の外に目をやったが、鳥の姿は見えなかった。指先でガラスをコツコツと叩き、さっと振り向いた。「もしかしてコービンもそこまでいやなやつじゃないかもよ?」

ラヴィニアは鼻で笑った。

「どこかに隠したのかも」テンペストは言った。

「それはわたしも考えたわ。だから捜してみた。でも見つからなかった。わたしはいまから書類仕事をしなくちゃいけないんだけど、どうぞ自由に捜してみて。もしかしてわたしの知らない秘密の空間がまだあるのかもしれないと思って、あなたのお父さんに訊いたの。そうしたら、全部教えたって」

「今日は別の現場に出てるのね、そうでなければここへ来たはずだもの」

「そう言ってたわ。会社が繁盛してて忙しいでしょうに、あなたが来てくれてよかった」

繁盛しているうえに、ほかにも人生を立て直すためにやるべきことがあるので、テンペストは休むひまもなかった。自分の家を建てる準備をしつつ（いつまでも子ども時代の寝室で暮らすつもりはない）、マネージャーがテレビ放映の手配をしてくれた引退公演の企画を進め、人生最悪の二晩にほんとうはなにがあったのか、いまも考えつづけている。

テンペストは、まず船上でタイプライターを捜しはじめた。コーヒーテーブル代わりのスチーマー・トランクは、ただのトランクではない。〈秘密の階段建築社〉特製、船上の〝密輸品庫〟——要するに秘密のもの入れになっているのだ。偽の船の甲板下は収納庫で空きスペースがないため、スチーマー・トランク形のコーヒーテーブルに隠し底を作った。トランクの蓋をあけると、なかは空で、なんの仕掛けもなさそうな底が見える。だが、それは錯覚だ。黒いベルベットを張った底板は本物ではない。テンペストはそれを持ちあげた。ほんとうの底の部分にも、なにも入っていなかった。

「わたしも最初にそこを見たの」ラヴィニアはテンペストから偽の底板を受け取り、元に戻した。

テンペストはオックスフォードの繁華街のパブを模した部屋へ行った。メリーゴーラウンドの馬にコインを食べさせる。カチッと小さな音がして、〈オックスフォード・コンマ〉のドアの鍵が解除された。ラヴィニアはここもすでに捜しているし、見たところタイプライターはなさそうだ。だが、〈秘密の階段建築社〉の仕事は、外から見ただけではわからないのだ。中央テーブルを囲む壁にも、入口の両脇の壁にも、背の高い本棚が並んでいる。テンペストの父親が作ったオーク材の本棚には、本が詰まっているだけでなく、ペン立てにした〝幸福とはパイと一冊のおもしろい本〟という格言入りのマグカップ、〝古い本〟の香りというラベル付きのキャンドルなど、本にちなんだ小物も飾ってある。

本棚の本は古いものばかりだが、〝映画のセットの書斎〟的な古書ではない。背が同じデザインの革装の本など一冊もない。ほとんどは何十年もまえのペーパーバックで、背は幾筋もの折れ目が入り、ばらばらになっていないのが奇跡のように思える。そのなかに、あざやかな色の背の一群がある。大英図書館によるクラシック・ミステリの復刻ものだ。テンペストは椅子にのぼり、本棚の上を覗いた。タイプライターはなかった。椅子から飛び降りる。

〈秘密の階段建築社〉が本からインスパイアされた空間を造ったなら、そこにはかならずスライドする本棚がある（皮肉にも秘密の階段を造ることはめったにない。一般の住宅のリフォームで、そこまで大がかりなことはしないものだ）。テンペストはジョン・ディクスン・カーの『死者の眠りは浅い』のハードカバー版を少し引いた。それまで本の重みで押さえられていたピンが解放された。鍵があいたので、テンペストは本棚を横へスライドさせた。本棚は六十センチほど動いただけで、別の部屋への入口が現れるわけではない。別の部屋はないからだ。クッションを二個並べた造りつけのベンチになっていて、ラヴィニアや訪問客たちが、ちゃんとした肘掛け椅子ではなく子ども時代の手作りの隠れ家を思わせる場所で読書をしたくなったとき、ここはうってつけだ。

テンペストはクッションを持ちあげた。なにもない。もっとも、ここにはなにかを隠せるような余分な空間はそもそもないのだが。

部屋の奥の一角は、電気ケトル、陶器の小さなシンク、まだ樽をつなげていない生ビールのタップ、お茶やコーヒーの道具をしまった棚を備えたキチネットになっている。冷蔵庫はないが、ケトルの隣の寄木張りのカウンターにガラスのクッキー瓶が置いてある。

テンペストの銀のチャームブレスレットがきらりと光った。五年まえ、母親のエマ・ラージが失踪する直前に、テンペストの二十一歳の誕生日の記念にプレゼントしてくれたブレスレットは、あのころよりますます大切なものになっている。

テンペストが大人になってすぐに起きた悲劇は、いまでも家族に影を落としている。真実がわかるまでは、ほんとうの意味で自由になることはできない。

この誕生日プレゼントのブレスレットについているチャームのひとつひとつが、テンペストと母親のマジックへの愛を表している。チャームに隠されていた手がかりによって、テンペストは母親の失踪の真相に一歩近づけた。けれど、望んでいたほどの進展はまだない。未解決事件の謎解きは難しいものだけれど、探偵がアマチュアで、公式には自殺とみなされていればなおさらだ。

「さっきも言ったけど、わたしも捜したのよ」パブから出たテンペストに、ラヴィニアが言った。ラヴィニアは船上のデスクのまえに座り、ノートパソコンのキーを叩いていた。ひとつしかないパブの窓にはガラスがはまっているが、船室の窓にははまっていないので、リビングルームで二メートル半の距離を挟んで話しているかのように、明瞭に声が届いた。テンペストはパブのドアストッパーを足で押しさげ、ドアをあけたままにした。

テンペストはラヴィニアのいる船室へ戻らずに、甲板の下の収納庫の扉をあけた。天井まで百五十センチほどしかないので、なかで立つことはできないが、なにもない空間を照明がすみずみまで照らした。いや、まったくなにもないわけではない。壁に鏡が立てかけてあった。一辺が一メートル二十センチほどの正方形の鏡は、光を反射させて地下室を明るくするために購入したものだが、窓を拡張することになり（腐朽していた壁の一部を壊して修繕する必要があったので、ついでに拡張したのだ）、鏡はいらなくなった。けれど、ラヴィニアは〈建築社〉が用意したこの鏡を気に入り、取っておいたのだ。テンペストは鏡を手前に引いた。裏にはなにもなかった。埃《ほこり》すらたまっていない。しゃがんで踵《かかと》を軸に体の向きを変え、狭い収納庫内を見まわした。目を閉じ、タイプライターを隠せそうな場所を思い浮かべる。収納庫は、真新しい木材のにおいがした。

あとずさりして収納庫から出ようとして、頭をぶつけた――さらに、扉の外にいただれかにぶつかりそうになった。

「年寄りの背後からこっそり近づいちゃだめよ」車椅子に乗った女性が言ったが、肩越しにテンペストを見ている彼女の口元にはいたずらっぽい笑みが浮かんでいた。

ラヴィニアの母親、クミコ・キングズリーがしばらくのあいだ車椅子で生活しなければならないので、ラヴィニアは〈秘密の階段建築社〉に完全なバリアフリー化を依頼した。地下室はほぼバリアフリーだが、クルーズ船にはタラップしかない。ゆるやかな傾斜路を造ろうとすれば、地下室の端から端まで占めてしまうからだ。クミコはすぐにまた歩けるようになると言っているし、ラヴィニアも母親にホームオフィスを覗かれたくなかったので、ひとまず折りたたみ式のタラップをつけることで決着した。

「アショクはお元気？」クミコは尋ねた。

テンペストはほほえんだ。「一昨日《おととい》、スタッフにランチを運んできたおじいちゃんに会いませんでした？」クミコとテンペストの祖父は、クミコがラヴィニアと同居しはじめたころに友人になった。

「一昨日なんて大昔よ。うちの娘はどこ？」

テンペストはクルーズ船のオフィスを見あげた。「ラヴィニアなら、ついさっきまでそこにいましたよ」

「タイプライター消失事件を調べてるの？」

テンペストはたじろいだ。「事件というほどじゃないと思いますけど」

クミコは骨張った人差し指をテンペストに突きつけた。「違うとは言わせないわ。若い女性の殺人事件で警察は無実の男を逮捕したのに、あなたは真犯人を突き止めたでしょう」

テンペストは、できることなら〈秘密の階段建築社〉での初仕事を忘れたかった。あのとき、築百年の屋敷の壁のなかから自分の元替え玉役《ステージ・ダブル》の遺体が見つかったのだ。

「あれはわたしからのプレゼントだった話は聞いた？」クミコはつづけた。「あのタイプライターのことよ。死体じゃなくて。大阪の大学であの子の父親と出会ったころに買ったの」

クミコは娘と同じく固定概念にあらがう。だから、テンペストはクミコが大好きだ。クミコと彼女のイギリス人の夫はさまざまな国の大学で教鞭《きょうべん》をとったのち、北カリフォルニアに居を定めた。ラヴィニアはそこで子ども時代の後半を過ごしていた。

型にはまった見方をする相手には、しばらく黙って合わせ、それからやりこめるのが、クミコのいつものやり方だ。以前は英語を話せないのだろうと端《はな》から決めつけられると、「英語ワカリマセン」と申し訳なさそうに理解できないふりをしていたらしい。オックスフォード大学で講師を務めていたこともあるのだから、ちょっと愉快な話だ。

クミコはテンペストの顔を見あげた。「それで、おじいさまは元気なの?」

「祖母がずっと留守にしているので、さびしそうです」テンペストは、クミコが祖父に対して親しげなのは、食べることが好きで、一九七〇年代にイギリスでアジア系の外国人として過ごしたという共通点があるからであって、それ以上の理由はないと思っている。それでも、祖母のモラグが来週スコットランドから帰ってくるとクミコに伝えておいても損はないだろう。

玄関ホールの角のむこうから、書類保管用の段ボール箱を抱えたラヴィニアが現れた。メリーゴーラウンドの馬のまえに置くと、ドサリと重そうな音がした。

「この家に残っていたコービンの書類はこれで全部よ」ラヴィニアは見えない汚れを洗い流すかのように両手をこすり合わせた。「どうせ駄作だろうけど、降霊会が終わったら何行か読んで、そのあと燃やすわ。あの男の霊魂を完全に追い出すの」そして力強くうなずく。

テンペストは、箱のむこう、ドアのひらいたパブのなかを見やった。中央テーブルに古いペーパーバックが置いてある。アントニイ・バークリーの『毒入りチョコレート事件』だ。盗まれたタイプライターにたいした価値はないのに……古いタイプライターを盗むためだけに合鍵を使って忍びこむだろうか、いや、コービンにはほかに目的があったのでは？　彼がコーヒーや紅茶に毒を仕込むとは思えないけれど……まさか？

「コーヒーと紅茶は捨てて、新しいものに交換したほうがいいね」テンペストはキチネットを指さした。「それと、クッキーも」

ラヴィニアは引きつった笑い声をあげた。「タイプライターを盗んだのは真の目的から注意をそらすためって言いたいの？　まさか。ありえない！　コービンはそこまでやらないわ。いろいろやりかねないけど、わたしに危害をくわえることは絶対にない。そういう人じゃないのよ」

クミコはすでにキチネットへ向かっていた。缶や瓶を集めて抱えた。「検査してもらうわ」

「お母さん、毒物検査のできる人を知ってるの？」ラヴィニアは目を丸くしてクミコを見つめた。

クミコは謎めいた笑みを浮かべた。「八十七年も生きていればそういう知り合いもできるものよ。テンペスト、わたしはこれで失礼して、娘のクッキーを検査に持っていくわね」

「今日中に鍵を交換してくれる合鍵屋さんの電話番号を送るね」テンペストはラヴィニアにメッセージを送信し、〈ラヴィニアの隠れ家〉を出た。ディテクション・キーズを象徴する彫刻をほどこした木のアーチの下で、いったん足を止めた。コービン・コルトがなにか目論《もくろ》んでいるのだとすれば、きっとよくないことが起きる。

4

翌朝、テンペストはにんまりと笑っているガーゴイルの口に差した鍵をひねり、ツリーハウスの赤いドアをあけた。

言葉を厳密に使いたがる人たちは、この家を〝ツリーハウス〟と呼ぶことに眉をひそめるだろう。木に接しているのはデッキだけだからだ。テンペストが子どものころに建てられたのだが、当初はいま食堂として使っている屋根付きのデッキ部分だけしかなかった。〈秘密の階段建築社〉の成長に伴って、両親のダリウスとエマは自分たちの土地で作品を試作しはじめ、もとは遊び場だったツリーハウスは二本の古い巨木をつなぐ二階建ての住宅になり、いまでは祖父母が住んでいる。

玄関ドアをあけると階段があり、その上がこぢんまりしたワンベッドルームの住居部分だ。テンペストはドアを閉め、階段をのぼった。祖母が友人の芸術家たちと旅行に出かけているあいだ、自宅キッチンのシンクでひとり冷たいシリアルをかきこむより、祖父と一緒に朝食をとったほうがいいに決まっている。

キッチンに入ってきたテンペストに気づいたアッシュおじいちゃんは、うれしそうに目を細めた。「朝食は?」と、スコーンの大皿を指さした。

まだ朝の八時まえだ。テンペストはシャワーを浴び、体重六・八キロのロップイヤーラビット、アブラカダブラに餌をやってきた。もともとアブラカダブラを飼う気はなかった。友人から、マジシャンに引っかけたジョークとしてプレゼントされたのだ。テンペストはステージで生きものは使わないし、とくに動物好きではなかったのに、気難し屋の兎がサンジャイのいけ好かないデート相手に嚙《か》みついた瞬間、ハートをわしづかみにされてしまった。あのとき、アブラカダブラの人を見る目に間違いはないと気づいた。そんなに賢い兎を手放すことなどできるわけがない。

毎日、父親の会社で働いているうちに、テンペストは夜明けとともに目を覚ますようになった。今日、父親は〈秘密の階段建築社〉がハイスクールの生徒たちのために毎学期実施しているワークショップで使う道具や材料を仕入れに、ギディオンと出かけている。履修単位として認められる正式なインターンシップではないが、ダリウスは里親家庭で育ち、十代になってようやく養子として受け入れられた経験から、親のような存在が大きな支えになることをよくわかっていた。実子はテンペストだけだが、ダリウスはだれにとっても父親のような存在だ。仕事の合間に時間を確保し、週に二日、午後は〈建築社〉の工房に戻って簡素な家の建て方を子どもたちに教えている。学期ごとにさまざまな子どもたちのグループがやってきて、好きなものを造るのだ。ただし、完成後に工房のドアから外へ出し、新たな場所へ引っ張っていける大きさのものにかぎるけれど。

その日、ダリウスとギディオンが木材を買いに行ったので、テンペストはついていく必要がなかった。だから、朝寝坊できたはずだった。けれど、目が覚めてしまった。この数カ月はぐっすり眠った覚えがない。母親の失踪にはなにか理由があり、おばの死もただの事故死ではなさそうだと気づいてからというもの、毎朝のように目を覚ますと胸がどきどきしていて、頭のなかにはラージ家の呪いについてわかっていることの断片が浮かんでいる。

アッシュはテンペストとデッキに出ながら、褐色の禿《は》げ頭にフェドーラ帽をかぶった。ブラックベリーのジャムを塗ったカルダモン風味のスコーン、サトウヤシの黒糖ジャガリー入りのコーヒーを注いだマグカップ。冬の空気は冷たいが、ふたりは外で食べることにした。よほどの悪天候でなければ、アッシュがキッチンの朝食コーナーで食べることはない。テンペストは、祖父が外で食事をしたがる理由はどちらだろうと思った。新鮮な空気のためか、それとも膨大な帽子コレクションのなかのひとつをかぶる機会を逃したくないからだろうか。

「ちゃんとした食事をするには危険な上着だな」アッシュはテンペストの白いピーコートを見やった。元親友でたぶん現親友でもあるアイヴィと古着ショッピングをしたときに見つけたものだ。

「いまのところ、ジャムもコーヒーもこぼしてないよ」テンペストはジャガリー・コーヒー独特の甘い香りを深く吸いこみ、陶器のマグカップで両手を温めた。「わたしにつきあって二度目の朝食をとらなくてもいいのに」

「わたしもまだ食べていないんだ。おまえのおばあちゃんと話していたのでね。コロンゼー島に嵐が近づいているそうだ。海辺で絵を描くのを中断して、屋内で写真撮影をすることになったらしい」

「もちろん想定内よね。冬にスコットランドのヘブリディーズ諸島で合宿しようなんて、いったいだれが考えたのかしらね」

アッシュはくすりと笑った。「わたしが思うに、〝芸術家の合宿〟なんてのは学生時代の友達に会いに行く口実だろうな。グループの半分がモーの大学時代の友達なんだから。そのひとりがコテージの持ち主にうまいことを言って、冬なのにあけさせたんだ。おまえがうちに帰ってきたからには、ラスヴェガスで一族の呪いを引き寄せることもなくなったから、安心して出かける気になったんだろう。でも、暖かい場所の貸別荘はどこも予約でいっぱいだったようだ」

〝一族の呪い〟ではなく生身の人間が犯した罪について、テンペストが家族に黙って調べている理由はこれだ。家族はテンペストを守ろうとしている。無理もない。ラージ家は何代にもわたって悲劇に襲われたのだから。でも、テンペストは檻のなかでは生きられない。そもそもテンペスト自身が一族の呪いなどでっちあげだと示す証拠だ。一族の長子はマジックに殺される。その呪いの正体は、過去にステージ上の危険行為によって二度も死亡事故が起きた事実を利用し、呪いと見せかけてエルスペスおばを殺したうえに、そのことを暴こうとしたエマ・ラージの口を封じた人物なのだ。

ふと、アッシュが空気のにおいを嗅ぎ、はじかれたように立ちあがってキッチンに消えた。

早くもランチのためになにかを煮こんでいるらしい。アッシュのレシピの多くは、南インドとスコットランドとカリフォルニアの料理を融合させたもので——彼の人生を反映している——だからこそおいしさの幅が広い。〈秘密の階段建築社〉で働く利点のひとつが、アショク・ラージの手作りのランチを毎日のように食べられることだ。アッシュはダッバーワーラーを自称している。ムンバイの複雑なランチ配達システムのなかで温かい弁当を運ぶ人たちのことだ。彼らは、各家庭で調理した弁当を詰めたティファンキャリアというステンレスのランチボックスを回収し、大量に自転車に積んで街のあちこちへ配達する。アッシュにとって、隠居生活のなかでみんなに食事を振る舞うことはよろこびであるばかりか、みずからの健康を保ち、社会とつながる手段でもあった。自転車にはかならず余分にクッキーを積み、行く先々で出会う人に分けた——たいていは、相手の人生譚《じんせいたん》に耳を傾けたあとで。

アッシュは南インドで生まれたが、十代のときに悲しい事故で親族を亡くしたのをきっかけに、スコットランドへ移住してエジンバラ大学に入学した。そして、そこでモラグと出会った——テンペストのモーおばあちゃんだ。ふたりは今年、結婚五十六周年を迎えた。アッシュの母語はタミル語だが、多くのインド人と同じく彼も幼いうちから英語を覚えた。いまでも南インドのアクセントが強いが、そこにかすかなスコットランドとカリフォルニアのアクセントが混じっている。

まだアッシュがキッチンにいるあいだに、テンペストのスマートフォンにクミコからメッセージが届いた。毒物はなし。

やけに早い。テンペストは、クミコもアッシュのように名刺でいっぱいのローロデックス（回転式の名刺ホルダー）を持っているのだろうかと思った。昨日の午後、なんの成果もなく〈ラヴィニアの隠れ家〉を出たときよりも、毒を盛られたかもしれないなどと言ったのがますます恥ずかしくなった。

アッシュがぼんやりしているテンペストの手からそっとマグカップを取り、コーヒーのおかわりを注いだ。湯気の立つ熱いカップを持ってきたアッシュに、テンペストはタイプライターがなくなった件を話した。「最初はたちの悪いおふざけだと思ったの。スチーマー・トランクの隠し底に入ってるんだろうと」

「あの男は善人ではないよ、テンペスト。きっと悪意で盗んだのだよ」アッシュは自分のマグカップの縁を指でなぞった。「ラヴィニアの降霊会に、わたしも呼んでくれるように頼んでくれないか?」

テンペストはコーヒーを飲みながら、しばらくじっと祖父を見つめていた。ふっくらした頰と大きな茶色い瞳のおかげで童顔に見えるアッシュは、とぼけるのがうまい。だがいま、彼は明らかになにかを隠している。

「おじいちゃんは」テンペストはゆっくりと言った。「降霊会が嫌いでしょ」

アッシュはにっこり笑った。「サンジャイの手伝いをしたいんだよ」

「サンジャイは来てもらいたくないんじゃないかな。だれにも来てもらいたくないのよ」

「老人の願いを聞いてくれないか」アッシュはくつくつと笑い、テンペストの手の甲を握った。

テンペストは目をすっと細くした。まさかクミコに会いたいわけじゃないよね？「なにを隠してるの？」

「なにも隠してないよ。おまえは疑《うたぐ》り深いなあ、テンペスト」アッシュはテンペストと目を合わせず、まだ中身が半分残っているマグカップを取ってキッチンへ戻った。

テンペストがあとを追おうとしたとき、アッシュがまた声をあげた。だが、テンペストに話しかけたのではなかった。「おや！　朝食は？」

「腹が鳴ったのをダリウスに聞かれて、食べてこいと言われたんです」

テンペストはその声を聞いてだれが来たのかわかった。ギディオン・トレスだ。彼はすぐに姿を現した。デッキの入口でテンペストに気づいて足を止めたが、空腹には勝てないようだった。真っ先に、残っているスコーンのほうへ向かった。一個取ってから椅子に腰をおろし、ようやくテンペストに挨拶した。

テンペストは、〈秘密の階段建築社〉で石工のアルバイトをしている彫刻家、ギディオンを眺めて笑顔になった。殺人事件の解決に協力してくれたハンサムな男（ちょっと変わっていて古風ではあるけれど）と向かい合っていると、カフェインを摂取するより目が覚める。

「ぜひブラックベリーのジャムを塗って」テンペストはほとんど空の陶器のボウルを指さした。

「すごくおいしいから」

ギディオンは残ったジャムをスコーンに塗り、ひと口かじって幸せそうになった。

二十五歳のギディオンは、テンペストより一歳下なだけだ。テンペストと同じく、彼もまだ人生を模索している。最近、建築の大学院に進むつもりはなく、〈秘密の階段建築社〉でアルバイトをしながら石で自己を表現するアーティストを目指していると両親に打ち明けたばかりだ。そして、テンペストのような多文化のマッシュアップでもある。フランス人の母親もフィリピン人の父親もギディオンとは違う方向の職業に従事しているので、わが道を行こうとする息子につい口出ししたくなるのを我慢しているらしい。

親が心配するのも当然かもしれない。ギディオンの頬はこけ、目の下には大きなくまができている。

「ときどき飢え死にするんじゃないかと思ってしまうよ」ギディオンは一個目のスコーンの最後のひと口を呑みこんでから言った。「きみのおじいさんと、おれの母さんのおかげで生きてる」

アッシュはくつくつと笑い、ギディオンのまえにコーヒーのマグカップを置いた。「スコーンのおかわりを焼こうか――」

「いえいえ」ギディオンはあわてて言った。「ここに残っているものでじゅうぶんです」

「たったこれだけじゃ――」

「ほんとうです。どうぞおかまいなく」

アッシュは首を振り振り、キッチンへ戻った。

「よく眠れてないんじゃないの」テンペストは言った。

「家の電話が鳴って、いつのまにか徹夜していたことに気づいた。きみのお父さんからで、集合時間なのにどうしたんだって。材木屋があくと同時に入るはずだったのに」ギディオンはひとつだけ残ったスコーンを見やったが、ゆっくり食べることにしたようだ。ひとまずジャガリー・コーヒーのマグカップを長い指で包みこんだ。

「新しい作品に取り組んでるの？」

「あと少しで完成するんだ」ギディオンは世界中のほしいものすべてを手にしたような満ち足りた笑みを浮かべたが、とたんに乾いた唇がひび割れ、痛そうに顔をしかめた。

「水を持ってくるね」テンペストはキッチンへ行った。アッシュが洗い物をしていた。

水切り板には洗ったステンレスのティファンキャリアが乱雑に積み重ねてあった。アッシュは洗い終えた皿を置くスペースを作るために、自転車で運ぶときのようにティファンキャリアをきっちり重ねていた。重ねたものをキッチンカウンターの片隅に集めると、ディッシュラックの上で山になっていたものとはまったくの別物に見えた。

これだ。テンペストは、自分が昨日なにを見落としていたのか悟った。

「もう行くね」テンペストは急いでギディオンのために水をグラスに注いだが、テーブルに置いた拍子に半分がたこぼしてしまった。アッシュおじいちゃんの帽子を持ちあげて禿げ頭にキスをし、階段を駆けおりて外に出た。

5

〈ラヴィニアの隠れ家〉のドアがさっとひらき、ラヴィニアではない人物がテンペストを出迎えた。

「おやおや……ラヴィニアは今日の読書会に有名人のゲストが来るなんて言ってなかったけど」その女性は、テンペストの頭頂部のシニヨンからシンプルなTシャツとデニムパンツ、ルビーレッドのスニーカーまで、非難のこもった目つきでねめまわした。

女性のほうは、朝食を兼ねた読書会ではなくソワレへ出かけられそうな格好をしていた。赤いスラックスにノースリーブの黒いブラウス、赤いシルクのスカーフ。ローヒールの靴を履いていても、百七十八センチのテンペストと身長はさほど変わらない。ブラウスに着いている犬の毛が唯一、服装に釣り合わないが、それもよくよく見なければわからない。声はしわがれているが上品で、一九五〇年代のハリウッド映画に出ていたイギリス訛《なま》りの役者たちのような、アメリカ英語とイギリス英語の中間のような話し方をする。

「読書会にお邪魔するつもりはないの」テンペストは言った。「ただ、五分だけ時間をもらえれば、ラヴィニアのなくなったタイプライターを見つけられるかもしれない」

「ほんとに?」ラヴィニアがドア口に現れた。非難がましい読書会メンバーにくらべれば、ラヴィニアは体格も態度もかわいらしく見えた。

「昨日、あなたが助けを求めた相手ってこれ？」テンペストの知らない女性は、またテンペストをじろじろと眺めた。

「テンペスト」ラヴィニアは言った。「こちらはシルヴィー・シンクレア。ディテクション・キーズのメンバーよ」

テンペストは、懸命に働いて仕上げた部屋の入口に立ち、なくなったタイプライターはやはりここにあると確信を強めた。「ほんとうにお邪魔したくないんだけど、タイプライターのありかがわかったの」

ラヴィニアは眉をひそめた。「わたしに伝え忘れてた秘密のスペースを思い出したの？」

「いいえ。でもわたしの考えが正しければ、わたしたち、見えてるものを見逃してたのよ」

ラヴィニアが脇に退《しりぞ》くと同時に、テンペストは傾斜した通路を抜けて〈ラヴィニアの隠れ家〉のメインルームに入った。

「テンペスト！」〈オックスフォード・コンマ〉のドアの上に並んだガーゴイルの下で、アイヴィが声をあげた。顔からストロベリーブロンドの髪を払うと、目の下のくまがあらわになった。「ラヴィニアはあんたを呼んだなんて言ってなかったけど――」

「呼ばれてないから」

一度壊れたふたりの友情はこの数カ月でずいぶん回復したが、どこまで回復したのか、テンペストにはよくわからなかった。アイヴィは仕事をふたつ掛け持ちしているうえに、学校に通っている――〈秘密の階段建築社〉でアルバイトをしながら、図書館司書になる夢を追っているのだ。サンフランシスコの〈密室図書館〉でもアルバイトをし、大学院で図書館情報学を学ぶ準備として、一度はあきらめた学士号を取るためにオンラインで講義を受けている。テンペストも父親の会社再建を手伝いつつ、引退公演の準備をしたり、おばと母親にほんとうはなにがあったのか内密に調べたりで忙しい。

「人数が多いほうが楽しいわ」〈オックスフォード・コンマ〉の入口のガーゴイルの下に、もうひとり女性が出てきた。ラベンダー色に染めた髪の根元が黒い。首にタトゥーがあるが、ほとんどセーターに隠れている。好奇心に満ちた表情は、シルヴィアのつまらなそうな顔つきとは対照的だ。

「あたしはエラリー」ラベンダー色の髪の女性はコーヒーのマグカップを掲げ、テンペストに温かな笑みを向けた。「よろしく」

「エラリー」ラヴィニアが言った。「こちらはテンペスト・ラージ。彼女のお父さんがこの部屋を造ったのよ。テンペスト、こちらはエラリー・リーオズ。わたしたちの読書会のメンバーはこれで全員よ。で、盗まれたタイプライターのありかを示す手がかりは、この部屋のどこにあるの？」

「手がかりを見つけに来たんじゃないの。残念ながら、盗まれてはいないと思う」

「盗まれていないのなら、残念じゃないでしょ？」エラリーは大きなマグカップ越しにテンペストを見つめた。

「まあ見てて」テンペストはガーゴイルの下をくぐり、自分も造るのを手伝った読書会のスペースに入ると、中央テーブルの奥の席に座った。テーブルにはコースターに載せたマグカップが三個、マグカップの載っていないコースターが一枚、そして表紙のデザインも背の折れ方もそれぞれに異なる『毒入りチョコレート事件』のペーパーバックが四冊置いてある。

テンペストはテーブルの下に手をのばし、ペンや紙を入れるための隠し抽斗《ひきだし》をあけた。思ったとおり、かつてはタイプライターを構成していた金属の部品が二個入っていた。

テンペストが部品を掲げてみせると、ラヴィニアの表情が変わった。

「わたしたち、狭い場所は捜さなかったよね」テンペストは、さらにふたつの隠し抽斗をあけた。タイプライターのキーが十個ほど出てきた。テンペストはすべてテーブルに置いた。

「あいつを殺してやる」ラヴィニアの声は震えていた。彼女の両手も。「ありがとう、テンペスト」

「とにかく部品は無傷なのね」シルヴィーはマニキュアをほどこした指でキーを一個つまんだ。

「こんなことをするなんて信じられない」ラヴィニアは嗚咽《おえつ》をこらえ、スマートフォンを取り出すと、足早に部屋を出ていった。

「やれやれ」シルヴィーはとがめるようにテンペストを見た。「こんなものをラヴィニアに見せても大丈夫か、よく考えるべきだったわね」

「あたし、ようすを見てくる」アイヴィはラヴィニアを追いかけた。シルヴィーも肩をすくめてあとを追い、テンペストとエラリーはふたりきりになった。

テンペストはテーブルの上のキーを数えた。「読書会を台無しにしてしまってごめんなさい」

エラリーは肩をすくめた。「手伝うわ。残りの部品はどこにあるの？」

「とりあえず、テーブルの縁のパネルを全部あけてみよう」

はじめて隠し抽斗をひらいたエラリーは、顔をほころばせた。「子どものころ、こんな抽斗がほしかった。五人きょうだいの末っ子だから、おもちゃも服も兄や姉のお気に入りだったもののおさがりばかりだったの」

「どんなものがお気に入りだったの？」

「悲しいかな、本よりお人形とかレーシングカーとか」

「でも、名前からして、あなたは結局本好きになる運命だったのね」

エラリーの口角があがり、いたずらっぽい笑みになった。「実際、エラリー・クイーンが由来なの。でも、本の主人公の名前でも作家の名前でもなくて、一九七〇年代のテレビドラマのほう。母がドラマの大ファンだったのと、あたしが生まれたときには、もはや名前のネタに尽きてたってわけ」

「わたしは暴風雨のせいで、危うく車のなかで生まれるところだった」

「大嵐《テンペスト》ね」

テンペストの知るかぎり、生まれた日が暴風雨だったというのは事実だが、名前の由来はそれだけではない。母親はエジンバラにいたころ、おばとセルキー・シスターズの名でショーをやっていたのだが、ふたりの演目のなかでもっとも観客を驚かせ、評判になったイリュージョンのタイトルが〈ザ・テンペスト〉だったのだ。

アイヴィは五分後に戻ってきた。その五分間で、テンペストとエラリーはラヴィニアの大切なタイプライターの部品をほとんど見つけてしまっていた。いくつかのキーはまだ見つかっていないが、ここにあることはわかっている。

キーを捜しているテンペストとエラリーに、アイヴィもくわわった。「シルヴィーは上でラヴィニアにお茶を淹《い》れてあげてる。ラヴィニアはすごい剣幕でコービンに電話するって言ってたけど、なんとか思いとどまってもらった。証拠がないからね。離婚はまだ成立してないんだから、よけいなことはしないほうがいいよね」

エラリーはテーブルに置いてあるペーパーバックの一冊を取り、鞄にしまった。「来週に延期する？」

アイヴィはうなずいた。「今日中に、みんなにメッセージを送るよ」

三人は一緒に部屋を出た。アイヴィは、くだり坂のドライヴウェイの下でポンコツ車に乗りこむエラリーに手を振ったが、テンペストは鍵を彫りこまれたアーチの下に残り、そばの枯れ木の枝からこちらを見ている大きな鴉《からす》に注目していた。あれは大鴉《レイヴン》だろうか？　そもそも普通の鴉とどこが違うのだろう？

「大鴉って普通の鴉と違うの？」テンペストはつぶやいた。

「違うんじゃないかな」アイヴィもアーチの下に立った。「大鴉のほうが大きいよ。それに不気味」

「たしかに」

「ラヴィニアのタイプライターは元に戻せないかもしれないね」アイヴィは寒そうにピンクのダウンベストのファスナーをあげた。「いっそのこと、溶接してオブジェにしようかって申し出るべきだと思う?」

「ひとまずラヴィニアが修理するあいだは黙ってたほうがいいよ」

枝の上で鴉が啼《な》いた。遠くから応えるような啼き声がしたとたん、鴉は翼を広げて飛び立った。テンペストとアイヴィは、彼が森のなかへ消えるのを見送った。

「うん、やっぱり不気味」アイヴィはさらにベストのファスナーをあげて顔の下半分を隠した。

「あの枝にいた鴉のもとに群れ《マーダー》が飛んできていたら、不気味どころじゃなかっただろうね」風が強くなり、テンペストは白いコートのまえをかき合わせた。

アイヴィは赤みがかったブロンドのボブヘアをぶんぶんと振った。「殺人《マーダー》じゃなくて冷酷《アンカインドネス》だよ。それが大鴉の群れを表す言葉。このまえラヴィニアの家のそばで大きな鴉を見たときに調べたの」

「なぜか〝マーダー〟よりも邪悪な感じがするね」ふたりの上で、鳥のいない枝が揺れた。

「ねえ、話を変えようよ」

「ちょっとしたゴシップはどう?」

「いいね、わたしに関係のないことであればね」テンペストはアイヴィに舌を突き出してみせた。

ふたりは十年にわたる冷戦を正式に終わらせたとはいえ、スコットランドでエルスペスおばがステージ上で亡くなり、事故と処理されるまえの状態に戻ったわけではなかった。あのとき、テンペストは悲しみのあまりエジンバラの祖父母のもとに身を寄せ、ハイスクールを卒業するまであちらにいたせいで、大きな悩みを抱えていたアイヴィが見捨てられたと感じていたことに気づかなかった。いまは親友同士だった子どものころのように気楽につきあえるが、それがどんなにありがたいことかよくわかっている。

「読書会のメンバーのことなんだけど」アイヴィは言った。

「だと思った」友情の脆《もろ》さもそばの枝からこちらを見ていた気味の悪い大鴉も、たちまちテンペストの頭のなかから消えた。「ちょっと変わった人たちの集まりに見えたのは、壊れたタイプライターのせいだけじゃないような気がしたの。どうして友達になったのかわからない」

「友達とは言えないんじゃないかな。あんたはなにかのクラブに参加したことある？　ないでしょ。あんたはそういうタイプじゃないもの。あたしたちは、月に二度集まって本の話を楽しむけど、それ以外で会うことはないの。みんなの都合が合うのが、土曜日の午前中だけなんだ。エラリーは怖すぎる本は読みたがらない――だから、ゴシックホラーはなし。ミステリと大いに重なるジャンルなのにね。お母さんが亡くなって、厄介なお父さんの面倒を見てるから、日常生活だけで恐怖はじゅうぶんなんだって。そしてシルヴィーは、博士号レベルの作家でもなければ見落とすような文法のミスをねちねちいつまでも突っこむの」

「あなたはそんな人と平気でつきあえるの？」

アイヴィは口角をあげてにんまりと笑い、声をひそめて言った。「さっきも言ったけど、あたしたちは本好きという共通点がなければ友達にはならなかった。でも、シルヴィーは知り合いになっちゃえば、そんなに悪い人じゃないよ、ほんとに。それに、飼ってる犬を連れてきてくれるし。シルヴィーはドロシー・セイヤーズがご贔屓《ひいき》で、どうしてあたしがセイヤーズの深い人物描写を賞賛しないのかわからないいんだって。あたしが彼女のお気に入りの作品はパズラーとしてはフェアじゃない点があると指摘しても、シルヴィーは納得できないの。あたしはただパズラーが好きなだけであって、個人の好き嫌いで小説の価値が決まるわけじゃないって、はっきり説明してるんだけどね。おおっと、また早口になっちゃった」

「それよりも問題なのは、その話がゴシップですらないってことよ。あなたはいい人すぎるね、アイヴィ・ヤングブラッド。わたしはゴシップを求めてるんだけど」

今度はアイヴィがテンペストに向かって舌を突き出した。「短気は損気だよ、わが嵐の友よ。あたしが話そうと思ってたゴシップは、うちの大胆不敵なリーダーのこと。ラヴィニアは本が大好きなんだけど、もうすぐ元夫になる人の作品は大嫌いなの」

「そのことは本人から聞いたよ、地下室の改装プランを作るために面談したときに」

「コービンを追い出すずっとまえから嫌いだったって話は聞いた?」

テンペストは目を丸くしてアイヴィを見つめた。へえ、そういう話ならおもしろそう。

「内緒にしてねって言われてたんだけど」アイヴィはつづけた。「だから、だれにも言わないでよ。ラヴィニアは、メディアであれこれ言われても気にしないと思うけど。でも、結婚生活がうまくいってたとしても、夫の作品を嫌ってるなんて広まらないほうがいいでしょ。あたしたち、いつも本の話ばかりしてるから、ラヴィニアも打ち明けないわけにはいかなかったの。かえってふたりがほんとうに愛し合っていた証拠だって言ってる。コービンは見た目がいいし、デビュー作が大ヒットしたから、取り巻きがうじゃうじゃ寄ってきてた。でもラヴィニアはそのなかのひとりじゃなかった。働いていた書店で、コービンが三時間サイン会したあとも引きとめようとする連中から彼をかくまったの。そのときに、ラヴィニアは作品が合わなくて最後まで読み通せなかったとコービンに話した。それ以来、ふたりはずっと一緒にいた――二、三カ月まえまではね」

「二、三カ月まえにいろんなことが変わっちゃった」テンペストはつぶやいた。

「あいかわらずモリアーティから音沙汰はないの？」アイヴィは子どものころからテンペストの考えていることを鋭く読み取る。

「モリアーティ？　洒落てるね。いかにも強敵って感じのあだ名」

「正体がわからないから呼び名を決めなくちゃって思ったの」

「むしろ、あいつのことは考えたくない。まだ警察に捕まってないなんて怖すぎる」不吉な話をしていると、さっきの不気味な大鴉が戻ってきそうな気がした。ぶるりとかぶりを振る。なにをびくびくしているの？

テンペストは、いまの気持ちを口にするのを思いとどまった。アイヴィにも正直に言えないほど、不安を感じているということを。テンペスト・ラージは自信家だ。サンジャイほどではないにせよ、かなり近い。飛び抜けて長身で褐色の肌で、人前でマジックをやるのが好きだったから、人にどう思われているのか気にしないことが得意になった。賢くて才能に恵まれていて、でも努力を怠らず、負けず嫌いと自負している。だから、だれかに出し抜かれたうえに、そのだれかが警察からも逃げおおせたことには平静でいられなかった。なんの取り柄もないと思っていた男の消息がまったくわからないことが不安をかき立てた。アイヴィは正しい。モリアーティというあだ名は、あの男にふさわしい。

6

「社交は苦手?」テンペストは、〈秘密の階段建築社〉の新しいメンバー、ヴィクター・カスティロのほうへ歩いていった。彼は庭の隅でビールジョッキともじゃもじゃのひげに顔を隠していた。黒いひげは、テンペストが三カ月ほどまえにはじめて彼と会ったときはきちんと剃ってあったが、いまでは十九世紀前半の辺境開拓者といった風情《ふぜい》だ。

テンペストがタイプライターを発見して明くる日、ラヴィニアの地下室リフォーム完成お披露目会は盛りあがっていた。屋外庭園も今回のリフォームで整備された。〈建築社〉が特注のトレリス(植物を這わせるための格子状の垣)を造り、古い石の噴水を修理したが、植栽と舗装はまえからつきあいのある地元の造園会社にまかせた。

ヴィクターはジョッキの縁越しにテンペストをじっと見た。「あんたの頭から湧いてくるすごいアイデアには、いつもびっくりさせられる。しかも、その若さでな。だからエンジニアになれって言ってるのに、聞いてくれなくて残念だ。なんて思ってたら、やっぱりまだ若いなって思いなおすようなことを言いだす」

「人間だもの」テンペストは肩をすくめた。「複雑なのよ」

この半年間に起きたあれこれのせいで、テンペストは自分や家族に他人を近づけることに慎重になった。そもそもヴィクターを見つけたのはテンペストだ。当初は自宅を天然の洞窟がある丘の中腹に建てる計画について相談するだけのつもりだった。〈建築社〉に新しい社員を入れるのは気が進まなかったが、父親に人手不足を指摘されていた。父親の大工の腕前、アイヴィの粘り強い働きぶり、ギディオンの石の彫刻、この三つでカバーできるプロジェクトよりもっと大きな仕事をするには、どうしてもエンジニアが必要だった。

ヴィクターは高報酬の罠に捕らえられ、サンフランシスコの企業に構造エンジニアとして勤めていたが、燃え尽きてしまい、五十歳の誕生日に退職した。それまであまりにも多忙で、自身の夢の家を建てて生活を楽しむことができなかったので、次はパートタイムで働きたいと考えた。その希望が、ダリウスが求めていたものとぴったり一致した。そんなわけで、ヴィクターは〈秘密の階段建築社〉のパートタイム従業員になり、労働時間を大幅に減らし、たいていは自宅で仕事をしている。〈フィドル弾きの阿房宮《フィドラーズ・フォリー》〉の工房にも、彼専用の製図台とパソコンデスクを設置した。もちろん、アッシュが従業員全員のためにこしらえるランチも、ヴィクターにとって大きな魅力だった。

テンペストは、そばの柿の木の下に父親とギディオンを見つけた。柿の木はすっかり葉を落とし、枝にはオレンジ色の実だけが残っている。

「おれならあっちに行かないな」ヴィクターが言った。

テンペストは片眉をあげた。

「いまあのふたりは建築規制の話をしている」ヴィクターはかぶりを振った。「おれがあんたの親父さんの会社に入ったのは、お役所的な手続きから逃げるためだ。そっちに寄っていくためじゃない。ほんとうだ。そっち方面の仕事を避けられるのであれば、たとえじたばたわめいて逃げなきゃならんとしても、逃げたほうがいい」

「覚えとく」テンペストは、ギディオンと父親とは反対のほうへそそくさと移動した。

テンペストは建築規制についてなにも知らない。構造設計については、ステージ上のセットに関するものくらいしかわからない。そんなテンペストが〈秘密の階段建築社〉の役に立てるとすれば、母親の失踪で失われてしまった不思議な力を取り戻すことだ。父親の小さな工務店を、スライドする本棚の設置と秘密のドア造りの相談だけにとどまらない規模に成長させたのは、ほかならぬ母親だった。

ステージマジシャンのテンペストは、つねにみずからが語るストーリーを強みにしてきた。身体的な技術ならテンペストに負けないマジシャンはいるし（とはいえ、身長百七十八センチのグラマラスな体格でアクロバットをやるマジシャンはそういない）、テンペストが集めたスタッフさえいれば同じくらい大がかりなイリュージョンをやってのけるマジシャンもいるし（有能なスタッフばかりだったけれど、ショーを妨害されたときに彼らが味方してくれなかったことには失望した）、手先の技術も同等なマジシャンもいる（テンペストだってクロースアップ・マジックの腕は悪くないが、もっと上手なマジシャンは山ほどいる）。

〝ザ・テンペスト〟としてテンペスト・ラージが作りあげてきたのは、大がかりで目をみはるようなイリュージョンだけではない。物語だ。心をとらえる設定と、あっと驚く展開で、観客の目を釘付けにする物語。テンペストが作るマジックは、ひととき悩みを忘れさせ、子どもに戻ったような気持ちにさせる。いま、あのころとは違うステージでやっていることも同じだ。

その最新の例が〈ラヴィニアの隠れ家〉なのだ。

お披露目会の参加者は〈ラヴィニアの隠れ家〉をひととおり案内されたあと、午後のガーデンパーティを楽しんでいた。一月にしては過ごしやすい日になったが、ラヴィニアがまえもってレンタルした赤外線ヒートランプが庭のあちこちに置いてあった。

読書会メンバーのエラリーとシルヴィーは、ベンチに座ってクミコと話していた。三人の身振り手振りを見ていると、どうやら本ではなくもっと深刻な話をしているようだ。テンペストはケータリングのウェイターから飲みものをもらい、生け垣の陰に引っこんだ。だが、フルーティな飲みものをちびちび飲んでいるうちに、やめておくべきだとわかっていたのに、気がついたら三人のほうへ近づいていた。

「こっちにいらっしゃいよ、テンペスト」エラリーが気づいて声をかけてきた。雲が流れ、差しこんできた日光がエラリーのラベンダー色の髪をあざやかなすみれ色に変えた。

「どうぞ」シルヴィーが言った。「いらっしゃいな。いま話し合っている問題に、新たな視点がほしいの。エラリーとわたしの意見が割れちゃって」

「こちらのおふたりはたくさん読んでらっしゃるようだから、日本の〝新本格〟と〝本格〟は根本的には同じと思うかどうか訊いてみたの」クミコが言った。「書かれた時代だけで区別されるものなのか。英語圏の探偵小説の黄金期はふたつの大戦に挟まれた期間とされてはいるけれど、それよりまえ、あるいはあとに書かれた、フェアプレーを旨とする古典的なミステリ小説はたくさんあるわ。日本の同種のミステリはどうなのかしら?」

「キングズリー教授はご自分の意見を教えてくださらないのよ」シルヴィーがつけたした。

「厳密に言えば、カズミ＝キングズリー教授よ」クミコは目尻にしわを寄せてほほえんだ。

「四十年以上、カズミ＝キングズリー教授だった。でも、あちこち転々とするうちに少しずつ呼び名が変わっていったから、いまじゃなんでもいいわ。ただし〝奥さん〟はやめて。〝奥さん〟って言葉は嫌いなのよ」

「それがご専門だったんですよね?」テンペストは尋ねた。「〈オックスフォード・コンマ〉のファサードのガーゴイルを作っていたとき、オックスフォードの学生時代のお話をしてくださいましたよね。たしか、漕艇《そうてい》部に入って――」

「話をそらして時間稼ぎをしようとしてるでしょ」エラリーがテンペストに向かってグラスを掲げた。

テンペストは片眉をあげた。「違う話に見えて同じ話ってこともあるよ」実際、いま訊かれた問題を考え、読みたい本を全部読む時間があればいいのにと思っていた。

「先生の講義を受講させていただきたかったわ」シルヴィーはクミコに言い、テンペストに向きなおった。「先生はオックスフォードのカレッジで十年近く講義をなさっていたのよ、ご存じ？　先生も、先生の旦那さまもね」

「わたしは東洋研究の授業を担当していたの。当時は日本の小説、とくに探偵小説が英語に翻訳されることなんかほぼなかったわ。だから日本語で作品を読んでいたのよ」

「でも、英語で講義をしていらしたんでしょう」シルヴィーは言った。「優れた教育者や著者から学ぶことは、物語の核心さえ語ればそれでよしとする最近のエンターテインメントに接するよりずっと多くを得られるわ。気を悪くしないでね、テンペスト」

わざわざ名指しされなければ気を悪くすることもなかっただろうけれど、まあいい。

テンペストは議論の輪から離れた。ほかの参加者たちは思い思いに楽しんでいる。トランポリンのお城は壊れてしまっていたけれど。子どもたちのために、ラヴィニアはエアトランポリンをレンタルしていたが、ひとり目の子どもが跳び乗ったときにはすでに空気が抜けかけていた。事故を防ぐため、アッシュが急遽マジックショーをやった。テンペストもラヴィニアになにかマジックをやってくれないかと頼まれたのだが、サンジャイの降霊会の準備を手伝わなければならなかった。サンジャイは、インチキ降霊会をやるほど落ちぶれたくはないと文句を言いつつも、いったん引き受けたからには、ラヴィニアのために精一杯やるつもりらしい。

お披露目会は日没前におひらきになり、降霊会に参加する八人は〈オックスフォード・コンマ〉の読書会用テーブルに移動した。

「変なんだ」サンジャイは、見えないワイヤーをつるす位置をテンペストに指示しながら話しはじめた。「ラヴィニアのタイプライターを分解したのは、コービン・コルトじゃなさそうだ。彼は版元の編集者に会いに、ニューヨークに行ってた」

「どうしてあなたがそんなこと知ってるの？」

サンジャイは、テンペストにふたつ目の首が生えたかのようにまじまじと見つめた。「SNSだよ」

「コービンをフォローしてるの？」

「降霊会で彼の霊をちゃんと追い出すために、正しい情報を集めなくちゃいけないからね。言っとくけど、自分がこんなばかげたことを言うなんて信じられない」サンジャイはため息をついた。「さっさと終わらせよう。これを最後に降霊会なんてやらないぞ」

「大丈夫よ」テンペストは言った。「あと一時間もすれば、コービン・コルトのことはきれいさっぱり忘れられるよ」

7

「例のガーゴイルがちゃんとはまってるぞ！」アッシュは満面の笑みで石の生きものを指さした。「それに、メリーゴーラウンドの馬もいる。〈ラヴィニアの隠れ家〉は、最後にランチを配達に来たときよりずっとよくなったな」体を左右に揺らしながら、木の馬のたてがみを軽く叩き、くつくつと笑った。「案内してもらえるかね？　さっきは子どもたちを楽しませていたから、ルームツアーに参加できなかった」

「もちろん」ラヴィニアはアッシュの曲げた肘に腕をからませた。「でも、もうすぐ日没だから、お孫さんと息子さんの仕事ぶりをほめる時間はあまりないわよ」

降霊会のために残ったのは、ラヴィニア、彼女の母親のクミコ、サンジャイ、テンペスト、テンペストの祖父のアッシュ、読書会メンバーのシルヴィーとエラリー（アイヴィは勉強のため、お披露目会にちょっと顔を出しただけで帰った）。そして最後に意外な人物がいた。〈秘密の階段建築社〉の新しいメンバー、ヴィクターだ。なぜ彼がいるのだろう？〈建築社〉の全員が降霊会に招待されたわけではない。アイヴィは読書会メンバーなので声をかけられたが、辞退した。テンペストがここにいるのは、サンジャイが助手が必要だと言ったからだ。それは厳密にいえば正しくない。サンジャイならひとりでも楽にこなせる。それでも、心の支えを必要としているのだろうと、テンペストは思っている。考えすぎかもしれない。なんだか緊張してしまうのは、サンジャイのインチキ降霊会ではときどき妙なことが起きるせいだ。

ラヴィニアは、竹林の読書コーナーから案内をはじめた。鉢植えの竹の稈《かん》の隙間からむこう側が見えるものの、区切られた場所に入ってきた感覚を味わえるようになっている。作りものの石灰岩の洞窟に入って謎のガラス瓶のまえを通り、紫色の肘掛け椅子にたどり着いたときには、そばの本棚から取り出した一冊に没頭する準備は万端にととのっているはずだ。

床の隠しパネルを作動させると竹林が左右に分かれ、クルーズ船が目のまえに現れる。洞窟を後戻りしてもクルーズ船へはせいぜい十歩も歩けばすむ。でも、そういう問題ではない。竹林が音もなく左右に分かれるのをはじめて見たとき、ラヴィニアは子どもに戻ったかのように顔を輝かせた。そのあとも、テンペストはたびたび同じような場面を見ている。

今日、うれしそうな声をあげたのはエラリーだった。「このまえの読書会のときに見せてもらったんだけど、やっぱりここがいちばん好き。魔法みたい。あたしもお金がたまったら相談するわね、テンペスト」

竹林を抜けてナイル川の岸辺に出ると、シルヴィーは甲板の下の収納庫の扉を指さした。「でも、ここは少しも魔法らしさを感じない部分ね。ああいう目障りなものは青い幕かなにかで覆って、川に見せかければよかったのにと思ってしまうわ」ため息をつく。「アッシュのついでに、わたしたちもなかを見せてもらってもいいでしょう」

「ご心配なく、シルヴィー」ラヴィニアは言った。「地元の壁画アーティストを呼んでるの。次の読書会のまえには来てくれる。あなたも退屈な収納庫を二度と目にしなくてすむわ」

アッシュは先頭に立ち、ひょいと首をすくめて収納庫に入った。それから車椅子に乗ったクミコ、そのすぐうしろにラヴィニア、そしてヴィクターとエラリーがつづいた。テンペストが竹林をもう一度笑顔で見やってから収納庫に入ると、アッシュがコービンの古い草稿が入った段ボール箱を見つけたところだった。彼は箱の蓋をあけた。

「おじいちゃん」テンペストはあわてて止めた。いつものアッシュはこんなに詮索好きではない。人のものを勝手に覗くなんてことはしない。他人の人生譚《じんせいたん》は聞きたがるけれど。アッシュは人と三十分も話せば、テンペストが一年かけて知るよりもっとたくさんのことを聞き出す。

「いいのよ」ラヴィニアは笑って言ったが、アッシュはさらに、壁に立て掛けてある鏡の裏を覗きこんだ。

「痛いっ！」シルヴィーが鴨居に頭をぶつけて声をあげた。「わたしは腰が曲がるほど年は取っていないし、ハイハイするほど若くもないし。甲板にあがるわね。だれか一緒に来る？」タラップをおろす隠しレバーを乱暴に踏んだ。

テンペストは息を詰めた。幸い、〈秘密の階段建築社〉のメンバーは腕利きなので、シルヴィーが乱暴に踏んだくらいでは、レバーは壊れなかった。タラップがおりてきた。エラリーが最初に甲板へのぼった。

なぜかシルヴィーはためらった。「階段でのぼるのを忘れてたわ。ごめんなさいね、クミコ」

へえ。シルヴィーはお高くとまっているかもしれないけれど、いやなやつと決めつけたのはよくなかったと、テンペストは反省した。

「わたしのことはおかまいなく」クミコはパブのほうへ車椅子をターンさせた。「降霊会のテーブルで待ってるわ」

シルヴィーはタラップをのぼり、ほかの面々も彼女につづいた。テンペストは手すりを持って足を止めた。うん、やっぱり本物の船に乗っているみたいで、これから冒険に出かける気分になれる。みんなのあとから船室に入ると、ラヴィニアがアッシュにテンペストのお気に入りの作品を見せているところだった。例の〝密輸品庫〟だ。なかを覗きこんだが、タイプライターを捜した二日まえと変わらず、上下のコンパートメントはどちらも空っぽだった。

テンペストは自分たちの仕事ぶりが誇らしかった。いじけた作家の書斎にされてろくに手入れもされていなかっただだっ広い地下室だったのが、不思議な仕掛けの読書コーナーや、やる気を鼓舞するホームオフィス、人生をやりなおそうとしている女性たちが集まる居心地のよい読書会室に変わったのだ。

ルームツアーの最後は、降霊会がおこなわれる読書会室だった。メリーゴーラウンドの馬のまえを通り過ぎ、じっと見つめてくるガーゴイルたちの下をくぐると、今夜の〈オックスフォード・コンマ〉はパブというより幽霊屋敷の一室のような雰囲気を漂わせていた。天井の照明を落とし、小道具を置いてある。頭蓋骨《ずがいこつ》、蠟燭《ろうそく》、映画のセットから持ってきたのではないとわかる、古いハードカバーの本。それから、目立たないようにつるされたワイヤー。

「今夜は最後にかがり火を焚くと孫から聞いているよ」アッシュが言った。

「かがり火というわけではないの」ラヴィニアは答えた。「さっきあなたが見つけた段ボール箱には、コービンが置き忘れていった古い草稿が入ってる。あれを焼き捨てるのよ」

「一箱まるごと？」

ラヴィニアは肩をすくめた。「全部、あの人がノートに手書きした草稿なの。大量に書いていたみたい。読ませてくれたりはしなかったけど」

「読んだことはないのか？」アッシュはさらに尋ねた。

ラヴィニアはかぶりを振った。「火にくべるまえにちょっと読んでみるつもりだけど、それでおしまい。そして、新たなスタートを切る。そうよね？」ラヴィニアはほほえんだ。その笑顔を向けたのはアッシュではない。

テンペストはラヴィニアの視線をたどった。ヴィクターがここにいるのは、意外でもなんでもなかったのかもしれない。ラヴィニアの笑顔や、ここ数時間のふたりのようすから、ロマンスの兆《きざ》しが感じ取れる。

「そろそろ日が沈みます」サンジャイが言った。「はじめましょうか」

テンペストは、外が暗くなりかけているのがどうしてわかるのだろうと思った。地下室のふたつの窓は暗幕を張ってある。

「みなさん、携帯電話はこの袋に入れてください」サンジャイはステージ用の堂々とした口調でつづけた。「飲みものをお持ちの方も、キチネットのカウンターに置いてください」

「電話を持っていてはだめだと言うの？」シルヴィーがあきれたように目を丸くしてサンジャイを見た。「本気？」

「お作法どおりにやるって、あらかじめ話しておいたはずよ」ラヴィニアが言った。テンペストは、むしろ降霊会の写真をSNSに投稿されたくないからではないかと思った。ラヴィニアが求めているのはカタルシスであって、嘲笑《ちょうしょう》ではない。

結局、全員がさほど抵抗せずに従った。アッシュはくつくつと笑いながら携帯電話を黒いシルクの袋に入れた。「さすがサンジャイだよ」とつぶやく。「さすがだ」

「みなさん！」サンジャイがパンと両手を打ち鳴らした。シルクの袋が消えた。「ご着席ください」

サンジャイはタキシードの裾をさっと持ちあげ、キチネットにもっとも近く、パブのひらいたドアと向き合う席に座った。テーブルを囲んでいる椅子は七脚で、クミコの車椅子を入れるスペースが空いていた。ラヴィニアとクミコが、それぞれサンジャイの左と右に着席した。テンペストはラヴィニアの隣に、それからエラリー、アショク、シルヴィー、ヴィクターの順で座った。

五十人の招待客に給仕したケータリング業者の三人は、パブの外にいた。ふたりは片付けをして、ひとりは玄関ドアの外にあるアーチの下にしつらえたテーブルで待機している。降霊会が終わったあと、参加者に飲みものと軽食を出すことになっていた。

サンジャイは、キチネットのカウンターに置いた燭台《しょくだい》の蠟燭の火を銅の蠟燭消しで消した。彼の席のまえに置いた一本の蠟燭だけがともっている。テーブルの上をぼんやりと照らす炎が参加者たちの呼吸で揺らぎ、影が踊った。

「では、みなさん、手をつないでください」

威厳たっぷりにそう言われ、参加者たちはそれぞれ左右の人と手をつないだ。

「大鴉、すなわちコービン・コルトの霊は弱っています」話しているサンジャイの顔を蠟燭の光がちらちらと照らした。「彼の霊は、すでにこの空間からいなくなりかけています。しかし、完全に追い出すには、いったん呼び戻し、あらためて追放せねばなりません」

サンジャイは首を前後に揺らした。顎を引きながら、蠟燭の炎を見据える。

「太陽のもとおこなわれたガーデンパーティのおかげで、ラヴィニアの新しい住まい――そう、新しい住まいは――ずいぶん浄化されましたが、いまから夜の降霊会で完璧に浄化します」

目が揺らめく薄明かりに慣れてきた。テーブルを囲む人々は、ひとり、またひとりと、壁を引っ掻《か》く鉤爪《かぎづめ》のような影に気づいて息を呑んだ。テンペストはかぶりを振り、ひそかに含み笑いをした。来た来た。テンペストはこの影に関してはなにも手伝っていないが、サンジャイは抜かりない。光が当たるどこかに、鉤爪の形に切り抜いた紙かなにかが仕込んであるのだろう。

「あれはコービンの記憶と共鳴しているのでしょうか?」サンジャイは暗闇に向かって尋ねた。

蠟燭の炎がフッと消えた。

テーブルのまわりで、何人かがあえいだ。

テンペストは、サンジャイが蠟燭を消したところを見てはいなかったが、なんらかの方法を使ったことはわかっていた。おそらく、芯が燃え尽きるタイミングを計っていたのだろう。あるいは、蠟燭が本物ではないのだろうか。どう見ても本物だけれど。テンペストすら気づかないほどの手先の早業《スライト・オブ・ハンド》で取り替えた可能性もある。

「コービンがここにいる?」サンジャイが問いかけた。「間違いない! いま彼の翼がぼくの頬に触れた」

頭上の空気がさっと動いた。隙間風などではない。地下室の天井近くにある窓はふたつとも閉まっている。お披露目会がはじまるまえに、テンペストがつるすのを手伝ったワイヤーの効果だろう。

「彼の翼の羽ばたきを感じましたか？」サンジャイがささやいた。「みなさん、彼の存在を感じませんか？」

エラリーがはっと息を吐いた。「頬に息を吹きかけられた！」

アッシュが低く笑った。ヴィクターが鼻を鳴らした。

「コービン・コルト」サンジャイは懐疑的なふたりを無視してつづけた。「いや——大鴉《レイヴン》よ。おまえは元の肉体ではここにとどまれないから、大鴉《おおがらす》に姿を変えた。もはや、この場所からおまえの駄作の記憶は消え去った。ラヴィニア？」

テンペストは、自分の手を握っているラヴィニアの手が、名前を呼ばれた瞬間にびくりと動いたのを感じた。

「ラヴィニア」サンジャイは繰り返した。「いまここにいる大鴉に、なにか言いたいことはありますか？」

「ここは」ラヴィニアは口をひらいた。「もうわたしの場所よ。わたしのなかでは、あなたは死んだの」

ふたたび空気が動いた。大きな鳥が室内にいるかのように。熟練した演者であるサンジャイは、参加者たちの心理を巧妙に誘導している。新たな音がするたびに、テンペストの背筋に悪《お》寒《かん》が走った。大鴉の啼《な》き声。床板のきしむ音。亡霊のささやきのようなかすかな音。

そして――音ではないなにか。音のようで音ではない。物理的な力のような感じだが、それとも少し違う。体を刺激されたわけではないのに、まるで殴られたかのような衝撃を強く感じた。

死の感覚が。

迫ってくる。

ドサッ。

サンジャイがうめき声を押し殺した。テンペストは身震いした。いまのは演技ではない。なにかが変だ。

かすかな赤い光が、不規則なリズムで点滅を繰り返している。テンペストは、遊園地のびっくりハウスを思い出した。あの意地悪な場所では、決まって頭が痛くなる。いま点滅している光のもとは偽の暖炉だと気づくのが、一瞬遅れた。

その二秒後、光の点滅が止まって真っ暗になった。もう遅い。すでにその場のだれもが見てしまった。

インチキ降霊会のテーブルの中央に――手をつないだ八名の人間が囲むテーブルの中央に、力なく横たわっているコービン・コルトを。その胸からは血まみれのナイフの柄が突き出ていて、周囲には大鴉の黒い羽根が散らばっていた。

8

テーブルの周囲で悲鳴があがった。ラヴィニアの叫び声がだれよりも大きかったが、ほかにも何人かが恐怖や驚きの声をあげ、少なくとも二名が明かりはどこだとどなっていた。

六秒後に照明がつき、恐ろしい暗闇から全員を救った。六秒より長く感じたが、テンペストはステージでの経験から、正確に秒数を数えることができた。どんなに強いストレスを受けていても――そして、肉体的にきついショーではつねにストレスにさらされるものだが――テンペストは冷静さを失わず、正確に時間を計るすべを身につけている。間違いなく、六秒しかたっていない。

サンジャイがひっくり返った椅子のそばに立っていた。いま、室内の明るさは安定している。サンジャイとは違って。彼は胸を大きく上下させ、荒く浅い呼吸を繰り返している。

「こんなことになるなんて」サンジャイのつぶやきは、テンペストの思っていることとまったく同じだった。「こんなこと、ありえない」

引退するまでは四十年間、医師をしていたアッシュが出し抜けに立ちあがり、コービンの死体のほうへ身を乗り出した。胸にナイフが突き刺さっているのに、コービンが生きている可能性があるとでも思っているのだろうか？

テンペスト自身は驚愕と恐怖を交互に味わっていた。これはサンジャイのショーだ。きっとこれもパフォーマンスの一部だ。ナイフの柄だって小道具に見える。でも、そうではない。サンジャイの反応を見ればパフォーマンスではないとわかるくらい、彼のことはよく知っている。それに、彼はこんな悪趣味なおふざけはやらない。彼の流儀ではない。ザ・ヒンディー・フーディーニのショーに残酷な場面がないことはだれもが知っている。これは違う。

パフォーマンスではないと認めたとたん、恐怖がじわりと染みこんできた。コービン・コルトは、みんなの目に死体をさらすような冷酷で計算高い人物の手にかかり、ほんとうに死んでしまったのだ。あんなにハンサムだった顔は、いまや見る者をぞっとさせる。苦痛にゆがんだままの表情で凍りついている。唇と頰に、べとべとした質感のものが付着しているけれど、あれはなんだろう？　いったい……？

アッシュが脈を確認し、ナイフを動かさないようにして胸の傷を検《あらた》めた。サンジャイは上下している胸のほかはぴくりとも動かさず、石像のように突っ立って死体を見つめていた。ふたりとも、コービンを救急医療の必要な人間ではなく死体とみなしているようだ。ラヴィニアは、かつて愛した大嫌いな男を助けようとするかのように身を乗り出しかけたが、ヴィクターに引きとめられた。

「この男はなにもかもめちゃくちゃにするのね」クミコがコービンの青白い顔を見据え、ぼそりと言った。

エラリーがあとずさりながらつぶやいた。「血が。血があんなに」彼女がよろめいた。ヴィクターはとっさにラヴィニアを放し、エラリーを助け起こした。

とたんにラヴィニアがテーブルの上へ身を乗り出したが、アッシュは彼女になにもしないでくれるほうがありがたいと優しく声をかけた。かぶりを振っている。もはや患者を救うことはできないと、彼にはわかっているのだろう。深呼吸をして、少し仰向いた。

テンペストはアッシュの視線をたどった。コービンの死体をどこからどうやってテーブルの上に落としたのか？　テーブルの中央に重たいものが落ちた音は聞こえたけれど、だれが――あるいは、なにが――彼の死体を持ちあげ、テーブルの上に落としたのか？　テンペストはわれに返ってかぶりを振り、みんなから少し離れて天井を見あげた。降霊会のためにサンジャイがつるした目立たないワイヤーのほかには、見たところ妙なものはない。

「なにをしてるの？」エラリーが尋ねた。

ふたたび照明が消えた。

「ちょっと、ふざけないでよ、フーディーニ」シルヴィーが息巻いた。

「ぼくじゃないよ！」サンジャイが叫んだ。

バンッ。手のひらで壁を叩く音がして、また室内が明るくなった。クミコが壁の照明のスイッチから手を離した。「フーディーニ、わたしたちの携帯電話はどこ？　警察に通報しなくちゃ。だれかが趣味の悪いゲームを仕掛けてるみたいだから。あなたたちのだれかが、わたしの義理の息子だった男を殺したのよ」

〈オックスフォード・コンマ〉に死体と一緒に残る者はひとりもいなかった。警察の到着を待つあいだ、ヴィクターは竹林の奥でラヴィニアを慰め、テンペストはサンジャイとアッシュと船上のラウンジに座り、エラリーとシルヴィーはメリーゴーラウンドの馬のそばで身を寄せ合い、クミコは911のオペレーターと電話をつなげたまま、車椅子で玄関に出る通路をふさいでいた。

「わたしにはなにもできなかった」アッシュは悲しげに言った。「すでに亡くなっていたから」

「わかっていますよ」サンジャイは優しく答えた。

「ケータリング!」ラヴィニアが叫んだ。竹林から玄関へ急いだが、母親の車椅子に阻まれた。「ケータリングの方たちに、参加者以外のだれかを見なかったか訊いてみなくちゃ」

「あなたは警官?」クミコは道を空けようとはしなかった。「警察が来るまでは、だれひとり部屋を出さないからね」

「いえ」サンジャイが口を挟んだ。「ラヴィニアは、殺人犯はいまごろもう遠くへ逃げてしまってるかもしれないと言いたいんじゃないかな」

「それは違うと、みんなわかってるはずよ」クミコは911のオペレーターに聞かれないよう、電話のマイクをオフにした。「犯人はよそから来たんじゃないわ。わたしたちのなかにいる」

次の七秒間、ストレスのたまった人々の呼吸の音だけが地下室内にこもっていた。

やがて玄関ドアのあく音がして、人の姿は見えないが足音が通路を進んできた。警察とは往々にして犯人が逃亡したあとに駆けつけるものだ。

騒々しさのおかげでわれに返ったエラリーが、真っ先に口をひらいた。「あら」とつぶやく。「殺人犯が現場にいるうちに駆けつける警察ってめずらしいわね」

「これはあんたたちの大好きなマーダーミステリじゃないんだ」ヴィクターは、警察が姿を現すまえに、声をひそめて嚙《か》みつくように言った。「おれたちのなかに犯人がいるとは決まったわけじゃない」

「いいや、いる」新たに現れた人物が言った。二名の制服警官を従え、チャコールグレーのスーツ姿で足早に入ってきたその男は、テンペストの知らない人物だ。彼の小さな黒い目がさっと動き、室内のすみずみまで見まわした。

テンペストは息を止めた。あんなことがあったばかりなので、想像力が暴走しているのだろうが、こちらを観察するような男の黒い目は大鴉《おおがらす》の目に似ていると思わずにいられなかった。

「ケータリング業者の三名には話を聞きましたが、ずっと外にいたそうだ」男は言った。「あなたがたのパーティがはじまってからは、だれも出入りしていない。事件はこの部屋のなかで起きたんだ」男は参加者の顔を順番に見つめた。「わたしはラインハート刑事。この事件の捜査を担当する。では、遺体のある場所を見せてもらおう」

サンジャイはうめいた。「誓って言うけど、金輪際《こんりんざい》、降霊会なんかやるもんか」

テンペストとサンジャイは事情聴取を受けたあと、テンペストの駐めたジープのなかに座っていた。数メートル先の街灯が、たがいの顔がやっと見える程度の光を投げている。

警察は降霊会の参加者をひとりずつ順番に聴取した。全員の身体検査をして指紋も採った。参加者たちは、聴取のまえに弁護士を呼んでもよいと言われたが、だれも呼ばなかった。

去年の夏にテンペストはショーを妨害され、罠にはまってキャリアを棒に振ったとき、弁護士から黙っているようにと助言された。あのときはその助言が役に立ったが、今回は違う。あの部屋にいただれかが、なにかを目撃したはずだ。クミコが言ったとおり、八人の参加者のなかに殺人犯がいる。そうとしか考えられないのではないか?

「ほんとうに死んだんだね」サンジャイが小声で言った。「ぼくは、あんなことになるとは……」

「わかってる」テンペストはきつく目をつぶったが、逆効果だった。コービン・コルトの死体が脳裏に浮かぶ。なんだか気分が悪くなった。

サンジャイはうめいた。「どうしてぼくがこんな目にあわなくちゃいけないんだ?」

テンペストは目をあけ、片眉をあげた。

「なんだよ?」サンジャイは言った。「あんなところに死体を載せるなんて、とんでもなく手がかかる。犯人はかなりの労力を使って、ぼくの降霊会の最中に死体をこれ見よがしに置いていった。なにもあそこに置いていかなくてもいいのに」

「お願いだから、鴉の羽根はあなたがやったって言って」

サンジャイはピンとのばした指先で山高帽をくるくるまわした。ジープの前部座席は狭いが、サンジャイは器用にやってのけた。「ぼくだったら安心する?」

「違うの――？」

「ごめん。我慢できなかった」サンジャイは帽子をまわすのをやめ、テンペストに向かってにんまり笑った。だが、目は笑っていなかった。不本意だろうが、彼も動揺しているのだ。「そう、羽根はぼくが置いた。でも、死体はぼくじゃない。どうやって死体をテーブルに置いたんだろう？　あの刑事は有能そうだよね、自信過剰だけど。死体をテーブルに載せた装置を探してる。ラインストーンが言うには――」

「ラインハート」

「え？」

「刑事の名前。ラインハートよ。あの人、似てるよね……？　ううん、なんでもない」

「え？」

「あの刑事の目……」テンペストは口にするのもばからしいと思った。「鳥の目みたいじゃない？」

「たしかに」サンジャイは間髪入れずに答えた。「そう思ったのがぼくだけじゃなくてよかったよ。見出しが目に浮かぶね。〝鴉刑事が鴉殺しを逮捕〟とかさ。だから名前を忘れてたんだ。考えるだけで気味が悪くなるよ。話を変えよう」

「わかった。ねえ、ラインハートたちが死体を動かした装置を捜してるって言ったよね。真剣に調べてくれるのはありがたいけど、あの部屋に大がかりな装置を入れる場所はないよ。わたしはあの部屋を造るのを手伝ったんだもの。変なものがあれば気づいてたはず。それに、不可能だと思われるのは、あのテーブルに死体を載せたことだけじゃない。不可能に見える点があとふたつある」

「ふたつ？　まず、コービン自身がテーブルに着地するのは不可能だったと考えられる――彼がほんとうに大鴉だったのでもないかぎりはね」

「もちろん大鴉ではないよね、あなたのぶっ飛んだシナリオではそういうことになってたけど」

「傷つくなあ、テンペスト。派手なパフォーマンスが求められていたんだよ。だれもが降霊会なんてインチキだと承知していたんだし。それはわかってくれよ。でも、不可能に見える点はまだひとつだけだ」

「もうひとつ、コービンの死体はあらかじめ〈ラヴィニアの隠れ家〉のどこかに隠されていたはずと考えられる」テンペストは言った。「でも、わたしたちの知るかぎり、隠されてはいなかった。みんなで降霊会の直前までルームツアーをやったけど、死体なんてどこにもなかった。ただし、トイレは見ていないけど……」

サンジャイは咳払いをした。「ぼくが降霊会の直前にトイレを使った。死体なんかなかったよ」

「あら」

サンジャイはふたたび山高帽を両手でくるくるまわした。「きみのお父さんが造った秘密の空間が悪用されたんじゃないか」

テンペストはかぶりを振った。「あそこには大きな隠しスペースはないの。死体を隠せるほど大きなものは。一応、クルーズ船に密輸品庫があるけど、降霊会の直前に覗いてみた。もっとも、死体を分解してまた組み立てるわけにいかないよね。マジックショーじゃあるまいし。秘密の通路もない。非常口はふたつの窓だけ。だから、隣に大きなハンマーが置いてあるけれど、窓は割られていない。わたしたちが〈ラヴィニアの隠れ家〉のなかにいるあいだに、コービン・コルトの死体を運びこむのは不可能だった。死体があの地下室内になかったのはたしかなのよ」

「でも、どこかにあったんだよ」サンジャイは食いさがった。「殺されるまで縛られて口をふさがれていたみたいだし」

テンペストは先ほど見たものを思い出した。「コービンの口のまわりにべとべとしたものがくっついてた。あれは粘着テープの跡ね」

サンジャイはうなずいた。「なんらかのテープだ」

「死人を拘束する必要はない……つまり、降霊会のまえまでコービンは生きていて、縛られていた。いま思えば、だからおじいちゃんはコービンを助けようとしたのね。彼は直前まで生きてたのよ」

「死体を劇的に見せるためにも、口に貼ったテープを雑にはがしたんだ」

「だけど、劇的に見せる目的は？」テンペストは不意に寒気を感じ、フロントガラスの外の闇を眺めた。

「あっ、そうか」サンジャイがつぶやいた。

「わかったの？」

「わかるどころか、その反対だよ。不可能に見える点が三つに増えた。ラインハートに訊かれたときはわからなかったんだけど……あれはそういう意味だったんだ。ぼくたち全員が身体検査を受けたのは、理由があったんだよ。あの刑事、ぼくの手品セットのなかに刃が引っこむナイフは入っているかって何度も尋ねたんだ――手品セットだってさ！　信じられるか？　そのへんで売ってる子どものおもちゃをぼくが買うわけないだろ」

「話がそれてるよ、サンジャイ。なにを言いたいの？」

「真の問題はこれなんだよ、ぼくたちが選んだ職業はこんなにばかにされてるんだ。ぼくたちはみんなを楽しませてるのに。なんでこんなに嫌われなくちゃいけないんだ？」

「サンジャイ」

彼は咳払いした。「ええと。ラインハートがなぜ、ぼくに〝手品セット〟のなかに刃が引っこむナイフが入っているか尋ねたのか、理由がわかったよ」

テンペストはうめいた。コービンの死体を思い出した。「あのナイフの柄が安っぽく見えたのも当然ね。あのナイフは偽物だった」

「でも、偽物のナイフでどうやって殺したんだ？」

「どう考えても不可能よね」

「三つの不可能のひとつだ」

テンペストはコートのまえをかき合わせた。「なぜアッシュはまだ尋問されてるのかな?」

「待たなくていいと言われたよ」

「ええ、でも――」

「きみのおじいさんは話し好きだからね。きっと、いくつもの仮説を話して聞かせてるんだよ。よし、きみの家に帰り着くまでに、せめておもちゃのナイフでどうやって殺したのかという謎を解いてみせようじゃないか。それこそ、子どものいたずらみたいだ」サンジャイは山高帽をかぶり、助手席のドアに手をかけた。「ぼくもきみの家に行くよ。そのときまでには、おもちゃのナイフで人を殺す方法をいくつか考えついてるかもしれない」

「ああ、その謎はもう解いちゃった」

サンジャイはドアをあけようとして、ぴたりと動きを止めた。「解けた?」

「まあ、一部はね。あなたが自分でその謎の答えを言ったのよ、〝ぼくたち全員が身体検査を受けたのは、理由があったんだよ〟って。コービンはおもちゃのナイフで殺されたわけじゃない。凶器は別にあるの。どこかにある。警察はそれを捜してたの」

「でも、どうしてなんだ?」サンジャイは不満そうだった。「みんな、マジシャンはおもちゃのナイフが入った〝手品セット〟を持ってると思ってるのか? ぼくを陥れようとしてたのか?」

テンペストはあきれて目を上に向けた。「全部自分に引き寄せるのはやめてよね」

サンジャイは目をぱちくりさせた。「だって、ぼくの降霊会だ」

「会場はラヴィニアの家。コービンの死体はわたしたち八人のまえに、これ見よがしに置かれた。殺人犯は、わたしたちにあれを見せたくて見せたのよ。その目的は？　なぜわたしたちにレイヴンがナイフで刺し殺された姿を見せなければならなかったの？」

サンジャイは身震いした。「コービンをそんなふうに呼ぶのはやめてくれ」

テンペストは、自分がコービンをレイヴンと呼んだことにまったく気づいていなかった。あの状況はいかにも劇的に演出されていた。真っ先に目に飛びこんでくるように、胸から突き出ていた大きなナイフの柄。それから、死体のまわりに散らばっていた黒い羽根。でも、羽根を置いたのはサンジャイだ。

「待って」テンペストは言った。「あなたが降霊会で黒い羽根を使うつもりだったことを、犯人は知っていたのかな？　犯人が作ったあの状況に、あまりにもはまりすぎてる」

「黒い羽根はラヴィニアに提案されたんだ。あっ！　それに、おとといラヴィニアはコービンを殺してやるって言ってたよな」

「だれだって別れた相手に一度はそう言いたくなるんじゃない？」

サンジャイは三秒間黙っていた。その顔にさまざまな感情がよぎった。大きな茶色の瞳は悲しみをたたえ、弱々しい声で言った。「ぼくはきみに対してそんなふうに思ったことも言ったこともないよ」

「ちょっとデートしたくらいじゃ、殺してやると言いたくなるほどの情熱は湧かないでしょ」

テンペストはそう言ったとたんに後悔した。いまのは心を守ろうとするとっさの反応だ。茶化したつもりだったが、いまは茶化してよいときではなかった――それよりなにより、間違っていた。以前ふたりのあいだで閃《ひら》めいた火花は、タイミングさえよければもっと大きなものに育っていたかもしれないのだから。ひどいことを言ってしまったけれど、どう謝れば決定的に気まずくならずにすむのか、テンペストにはわからなかった。

サンジャイは黙ったまま車のドアをあけ、叩きつけるように閉めた。

9

「四つ、四つ目の不可能?」サンジャイは目を丸くしてテンペストを見た。「しかも、ほかの三つよりも不可能度が高い? ほんとうに?」

テンペストとサンジャイは、アッシュより先に〈フィドル弾きの阿房宮《フィドラーズ・フォリー》〉に帰ってきた。テンペストがひどい失言をしたうえに、気まずくならない謝り方がわからなくて謝れずにいたのに、サンジャイは約束どおりツリーハウスに現れた。テンペストは、彼なら来てくれると思っていた。サンジャイは情に厚いがゆえに、つい興奮することもあるけれど、信頼できるし、誠実だ――ときには度を超すほどに。友人が困っていたら、見て見ぬふりはできないのがサンジャイだ。

ふたりはいま、キッチンの片隅にある居心地のよい朝食コーナーで、湾曲した長椅子に座っていた。屋外のダイニングデッキは寒いし、その夜は暴力的なできごとを目撃したばかりだったので、外にいるのは不安だった。

テンペストはアッシュの聴取が終わるまで待ち、彼の自転車をジープに積んで一緒に帰りたかったが、先に帰ってダリウスに事件について伝え、キッチンの残りものを食べるようにとアッシュに言われた。ツリーハウスの冷蔵庫には残りものがたっぷり入っていたが、ダリウスの姿が見当たらなかった。ドライヴウェイに車はないし、母屋にも工房にもいないし、アブラカダブラのねぐらにもいなかった。テンペストはテキストメッセージを送り、サンジャイと一緒にツリーハウスの階段をのぼった。

テンペストの家族が住む家は、〈フィドル弾きの阿房宮〉の名から連想するような、先祖代代伝わる大建築ではない。父親のダリウスにはテンペストと義理の両親のほかに家族はいないし、母親のエマはもともとスコットランドで姉とセルキー・シスターズの名でステージマジシャンをしていたけれど、カリフォルニアへ渡ってきた移民だ。夫婦は自分たちの住まいを〈フィドル弾きの阿房宮〉と名付けた。エマ・ラージの愛した楽器と、ヨーロッパの庭園によく見られる実用に耐えない装飾建築を指すフォリーを冗談半分で組み合わせたのだ。ツリーハウスと、斜面に立っている未完成の砦《とりで》もかつては〈阿房宮〉の一部だったが、いまではテンペストの祖父母がツリーハウスに住み、テンペストは未完成の〈秘密の砦〉を自宅に改築する計画を立てている。母屋は昔もいまも変わらず実用本位だが、二十六年まえにダリウスとエマが移り住んできたときは、現在の四分の一の広さだった。そのときから、ふたりは自宅を土台にユニークなリフォームの実験をはじめた。〈秘密の階段建築社〉が大きくなり、専用の工房が必要になった時点で、納屋のようにがらんとした工房を建てた。

「あなたのほうが先に気づかなかったことが意外だよ」テンペストはサンジャイに言った。「つねにスマホが手にくっついてるのはそっちでしょ」

「最初の三つの不可能な謎を解くことに集中してるやつもいるんだよ」

テンペストは、記事の見出しが表示されたスマートフォンをサンジャイに渡した。「どうしてメディアがこんなに早く嗅ぎつけたの？」

「だれかがリークしたんだ。ぼくは最初からラインストーンが気に食わなかった」

「ラインハート」

サンジャイは訂正を無視してスマートフォンを受け取り、画面に表示された見出しを読みあげた。


大鴉《おおがらす》、飛び立つ——作家コービン・コルト氏、衝撃的な不可能殺人の被害者に

大ヒット作『大鴉』で知られる超自然スリラー作家、コービン・コルト氏が、元妻の自宅で遺体となって発見された。死因は不明。亡くなる直前に、氏が新しいパートナーのライブ動画配信に出演していたことが確認された。

サンジャイはいったん目をあげ、画面をスクロールした。「ネットの有名人が録画しておいた動画を配信して、ライブだったと言ってるんだろ？　それがどうしたんだ？」

「その先を読んで。あらかじめ録画しておいたとは考えられないの」

　コルトはカリフォルニア州フォレストヴィルで今日午後五時十五分からライブ配信された《ヘイゼルのハッピー・アワー》に出演していた。午後五時三十三分、約九十キロ離れた同州ヒドゥン・クリークで911に通報があり、七分後に警察が現場に到着した。《ヘイゼルのハッピー・アワー》はライブ配信番組。三十五歳のインフルエンサー、ヘイゼル・ベロウが配信中にファンと交流する。今日も午後五時二分から五時十四分まで多くのファンからのコメントに答え、五時十五分にコルトが出演した。

　フォレストヴィルからヒドゥン・クリークまでは、車で六十分以上かかる――夕方のラッシュアワーなら九十分はかかる距離だ。しかし、鳥ならどうだろう？　直線距離を飛べば、時間は大幅に短縮されるだろう。

　情報筋によれば、遺体の周囲には大鴉の羽根が散乱していた。超自然現象を研究していたコルトは、大鴉のように飛行したのか、それとも知る人ぞ知る著作『空飛ぶ死者』の登場人物のように瞬間移動したのか？

　サンジャイはまた目をあげた。「『空飛ぶ死者』？　冗談かな？」

　テンペストは目を上に向けた。「コービンのこと、調べなかったの？」

「調べたよ、彼は三十年間、年に一冊のペースで本を出してた。全部は読めてないよ。読む必要もなかったし。でもたぶん、今回の謎は解けたような気がする」

「解けたの？」

「不可能な謎が解けたわけじゃない。犯人がわかったんだ。クミコだと思う」

「大胆ねえ」

「じつは、車椅子は必要ないんじゃないか」

テンペストはきょとんと彼を見やった。「ここ数年で外科手術が大進歩してるのは知ってるよ。でも、クミコはそんなに演技が上手じゃない。慇懃無礼《いんぎんぶれい》な連中を相手に英語を話せないふりをするときですらね」

サンジャイはかぶりを振った。「彼女の靴が証拠だ」

テンペストはクミコの服装を思い出そうとした。紺色のラップドレスを着ていた。靴は？踵《かかと》の低いスリッポンだった。たぶん。「だめだ。降参する。どんな靴を履いてた？　クミコが靴を脱いで、つま先でコービンを刺したとでも思ってるの？」

「靴底がすりへってた」サンジャイはわざとらしく言葉を切った。「歩けないふりをしてる証拠だ。車椅子はもう必要ないんだよ」

テンペストはうめいた。サンジャイはとても優秀ではあるのだが、大きな弱点がいくつかあって、頭のよさに自信があるからかえって始末が悪い。「転んで怪我をしたあとに新しい靴を買っていないだけでしょ。底靴がすりへっていても、なにもおかしくない」

サンジャイは眉をひそめ、さっと立ちあがった。「だれか来たぞ」

ダリウスが入口に現れ、テンペストをハグし、そのまま軽々と抱きあげた。テンペストの身長と筋肉質な体は父親譲りだ。ダリウスはテンペストよりずっと体が大きく、その腕はピックアップトラックのタイヤより太いとサンジャイは思っているみたいだが、あながち間違いではない。

テンペストが物心ついたころからずっと頭を剃りあげ、堂々たる風采のダリウス・メンデスは、どこへ行っても注目された。明るい褐色の肌と大きな体格が怖がられることもあるが、憧れの視線を向けられることのほうが多い。たしかに、彼には存在感がある。大男だから意外に思われがちだが、彼はテンペストの知るかぎりだれよりも穏やかだ。テンペストの母親は小柄だったけれど、父親ほど穏やかではなかった。

「大丈夫か?」ダリウスはテンペストをおろして尋ねた。「お義父《とう》さんは一緒に帰ってこなかったのか?」

「ラインハート刑事が、訊きたいことがあると言って警察署へ連れていったの。コービン・コルトが亡くなっているのを確認したのはおじいちゃんだから」

「ラインハート?」

「新顔みたい。ブラックバーン刑事が退職したから、後任じゃないかな。わたしはおじいちゃんに付き添いたかったんだけど、パパが心配するから先に帰れって言われたの。どうして怖い顔をするの? おじいちゃんなら、死亡判定したことが何度もあるでしょう。四十年も医者をやってれば――」

「心配してるのはそのことじゃない」

テンペストは息を呑んだ。「もしかして、元気なふりをしてるけど病気なの？」アッシュは八十歳だが、いつも自転車に乗っているので、驚くほど元気だ。生きる目的があること――料理をして食べさせることも、若さの秘訣だ。

ダリウスはテンペストのひたいにキスをした。「お義父さんは健康そのものだ。心配なのは、ラインハートがお義父さんを警察署へ連れていったことだよ」

「聴取が終わったら、刑事さんが車で送るって言ってましたよ」サンジャイが言った。「それでようやく、テンペストもぼくと一緒に帰ることにしたんです。アッシュはあなたに状況を伝えたほうがいいと言ってたそうですよ」

ダリウスはテンペストに向きなおった。「詳しく教えてくれ」

「コーヒーを淹《い》れましょう」サンジャイはエスプレッソ・ポットを取った。「アッシュほどおいしく淹れるのは無理ですけど、とりあえずカフェインはとれます」

ダリウスは手で顔をこすった。「コービン・コルトはほんとうに死んだのか？」

「どう見ても死んでました。ひどい言い方ですが、ほんとうです」

テンペストは父親を見て言った。「いつもはわたしのメッセージにもっと早く気づくのに」

ダリウスは、すぐには答えなかった。きれいにひげを剃った顔をよぎったのは罪悪感だろうか？　待って。もしかしてだれかとデートしていた？　テンペストは心のどこかで、そうだったらいいのにと思った。ダリウスは五年まえにエマが失踪して以来、一度だけデートした相手がふたりほどいたが、どちらのときもそれ以上は気が進まず、ほぼずっとひとりでいた。家族はみんな、エマは死んだと思っているが、はっきりと言葉にすることはできずにいる。それでも、もしダリウスが次の段階に進もうとしているのなら、テンペストも受け入れなければならない。

「着信音が鳴ったときに、車を路肩に止めればよかったんだが」ダリウスは言った。「ドライヴに出かけていたんだ。降霊会をやってると思うと落ち着かなくてな。なぜならサンジャイが降霊会をやると、かならず――」

「わかってます」サンジャイは不満そうに言い、挽いたコーヒー豆をカウンターにこぼした。

「それ以上言わなくていいです」

「なにがあったかって言うと」テンペストは話をはじめ、ときおりサンジャイに補足されながらも、記憶どおりに一部始終を語った。

「降霊会を引き受けるのはもうやめたほうがいいな」話を聞き終え、ダリウスはサンジャイに言った。

「そんなことはわかってます。でも、ラヴィニアの頼みは断れませんよ！　ラヴィニアじゃなければ断ってたのに」

テンペストはそう思えなかったが、黙っていた。黙っているのは骨が折れた。三人とも二杯目のエスプレッソを飲み干してしまい、テンペストは妙に目が冴えてしまった。

サンジャイは山高帽をつかんだ。「もう二度と降霊会なんかやらないぞ。いまならわかる、ぼくはコービン殺しに利用されたんだ。そうに違いないよ」

「ラヴィニアは犯人じゃない」テンペストはそう口走ったあとで、自分がなにを言ったのか気づいた。

「人の言葉にはその人の本性が表れていると思ったほうがいいよ」

「その格言は、ラヴィニアには当てはまらない。ラヴィニアはたしかにコービンを殺してやると言ったけど、それはかけがえのない大切なものを壊されて、怒ってたからよ。怒りのあまり、だれかを殺してやるって息巻く人はそこらじゅうにいる。だからといって――」

「ラヴィニアはコービンを憎んでた。家をリフォームして、降霊会で彼の霊を追い出そうとしたくらいだ」

ダリウスはなにか言いたそうにしながらふたりを見ていたが、黙っていた。

「コービンがほかの状況で死んだのなら」サンジャイはつづけた。「ラヴィニアが真っ先に疑われていたはずだよ――彼を憎んでいると公言していたんだから。だけど、一つどころか四つも不可能な点がある状況で死体が発見されたら？　しかも、その場に複数のマジシャンがいたら？　ラヴィニアは無罪とみなされるだろうね。これだけ複雑な状況だと、合理的な疑いを排除することはできないから」

「降霊会のあいだラヴィニアとずっと手をつないでいたと断言できる人物がふたりもいるのよ、つまりあなたとわたし。それは事実でしょう。わたしは、彼女の手を放していないと誓って言える。だから犯人はラヴィニアじゃない」

「だれかに金でやらせたのかもしれないよ」

「そのだれかっていうのが、あなたが召喚した偽物の霊だったのなら、それも可能でしょうけれど。あのとき、つないだ手を放した人はいなかった」

「おれは、ラヴィニアだと思いたくないな」ダリウスが静かに言った。「でも、辻褄《つじつま》は合う。ラヴィニアはリフォームを依頼しにきたとき、ひどい精神状態だった」

「パパはラヴィニアとは長いつきあいだものね」

ダリウスはうなずいた。「〈ヴェジー・マジック〉はヒドゥン・クリークの名所だ。おまえが生まれる直前におれたちはここへ引っ越してきたんだが、そのときにはもうあのカフェがあった。ラヴィニアとコービンも引っ越してきたばかりで、カフェをはじめたんだ。だが……」

「なんですか?」サンジャイが尋ねた。

「もしラヴィニアが潔白で、そのことを警察に証明できたら……」ダリウスは言葉を切り、キッチンからデッキに出る引き戸をあけた。デッキへ出ていき、なめらかな木の手すりをつかんだ。

テンペストもデッキに出た。冷たい風が吹きつけ、髪が煙のようにたなびいた。

ふたたび話しだしたダリウスの声は、ごく小さかった。「ラヴィニアが殺したのではないとすれば、おまえのおじいちゃんが困ったことになる」

「警察署で長々と取り調べを受けてるのは疑われてるから? 言ったでしょう、パパ。アッシュおじいちゃんは、元医師としてコービンを診てあげたのよ。コービンが重傷を負ったどころか、すでに亡くなっていることを確かめようとしたの。ラインハートはおじいちゃんの意見を聞きたいだけよ」

ダリウスはのろのろとかぶりを振り、口元をこわばらせた。「お義父さんが取り調べを受けているからには、おまえたちには思いもよらない理由があるんだよ、テンペスト」

「必然だったんだな」サンジャイが言った。「テンペストが一流のステージマジシャンになったのは。演出のセンスをご両親の両方から受け継いだんだと、いまわかりましたよ。もうじれったくてたまらない。なにをためらっているんですか？　テンペストに打ち明けなければならないことがあるんでしょう？」

「コービン・コルトは、おまえのおじいちゃんに対して接近禁止命令を申し立てたんだ」

10

ダリウスの強い要望で、アッシュのために弁護士を呼んだ。もしほんとうに殺人の容疑がかかっているのなら、取り調べに弁護士を同席させないわけにはいかない。

アイヴィの姉であるダリアの妻、ヴァネッサ・ザモラが刑事弁護士だ。彼女に電話をかけたところ、その必要はなかったとわかった。アッシュは弁護士を呼ぶ権利があるのを知っていたので、みずからヴァネッサに電話をかけていた。彼女はすでに警察署にいるという。

「おじいちゃんに接近禁止命令が出ていたこと、パパは知ってたのね」テンペストはいらだちをあらわにし、ツリーハウスのデッキを行ったり来たりした。「知ってたのに、教えてくれなかったんだ？　いつの話？」

ダリウスは手をのばしてテンペストの肩をつかもうとしたが、テンペストはさっとかわした。

「コービンがなにか攻撃的なことをして——意外でもなんでもないことだが——アッシュはそれが許せなかったんだ。それでカッとしてどなりつけてしまった」

「よくわからないんですが」サンジャイが口を挟んだ。「それくらいで接近禁止命令は出ないんじゃないかな」

ダリウスは顔をこすった。「まずかったのは……コービンの家に入っていって、どなりつけたことだ」

サンジャイは目を丸くした。「勝手に入ったんですか？」

「そもそもコービンはなにをしたの？」テンペストは尋ねた。「わたしの知るかぎり、アッシュおじいちゃんほど分別のある人はめったにいないよ」

「ドーナツにとんでもない量のスパイスを入れるけどね」サンジャイは小声でつぶやいた。

「あれは分別があるとは言えない」

ダリウスは首を左右に振って一呼吸置いてから答えた。「エマがいなくなって一年がたったころ、メディアはインタビューに応じてくれる人を探していた」

「覚えてる」テンペストは胸の鼓動が激しくなるのを感じた。あのころは、母親が失踪した当時と同じくらいつらい日々だった。失踪後一年がたち、エマ・ラージは死亡したとみなされた。おそらくみずから命を絶ったのだろう、と。そう考えるに足る根拠がいくつもあった。だが、違ったのだ。テンペストの知るかぎり、エマは自殺したのではない。おばのエルスペスも、エジンバラのステージで事故死したのではない。

「コービン・コルトは、いそいそとインタビューに応じた」ダリウスはつづけた。「おまえのお母さんとは特別に親しかったと話したんだ」

「親しくはなかったでしょ」

「アッシュは激怒した。エマはだれにでも気さくに接したけれど、コービンがエマと親しかったふりをしたのは、おれたちの悲しみを利用して、ふたたび注目を集めようとしたということだろう？　アッシュにはそれが我慢できなかった」

「悲しみに暮れる父親が一瞬だけ判断を間違えてコービンの家にどなりこみに行ったからって、接近禁止命令を出したことが驚きよね」

サンジャイがスマートフォンから目をあげた。「ネットの情報によれば、アショク・ラージはコービン・コルトに暴力を振るったことになってる」

「わたし、どうしていままで知らなかったんだろう？」テンペストは息苦しさを覚えた。ピルエットを連続三回まわり、ダイニングテーブルにぶつかりそうになった。じっとしていたら、心身に満ちているいらだちがあふれそうだった。

テンペストがダリウスの目のまえでぴたりと動きを止めると、彼は言った。「事実じゃないからだ。暴力を振るったわけじゃない。それに、おまえはもうラスヴェガスへ行ってしまったあとだったし、ゴシップがはびこるネットは見ないようになっていた。わざわざ引き戻すことはないだろう、アッシュは逮捕されなかったんだし。なぜなら、コービン・コルトに暴力を振るってはいないからだ。ちょっと脅しはした。それだけで、コービンはあとずさった拍子に足首をくじいた——信頼できる医師が診ても、異常は見つからなかったんだが。コービンはアッシュに暴行されたと通報したが、駆けつけた警察官は自転車に乗っているアッシュを街のあちこちで見かけているから、ほんとうはなにがあったのか察した。悲しんでいる父親がクソ野郎をどなりつけた。それだけのことだ。ところが、コービンはあきらめず、証拠を提出して接近禁止命令を申し立てた。おれたちはおまえを心配させたくなくて、黙っていたんだ」

「心配させたくなくて黙ってた？　おじいちゃんが疑われるかもしれないとわかってたら、死体に近づけたりしなかったのに」

「止めても無駄だったんじゃないかな」サンジャイが言った。

テンペストは腹立ちのあまり、サンジャイがいるのを忘れていた。「そんなことない——」

「きみたち家族の外から見ている者として、ぼくのほうがふたりよりはっきり見えてることもあるよ」サンジャイはタキシードの袖口をととのえ、見えない糸屑《いとくず》をはじいた。「アッシュは、ええと、四十年間お医者さんをやってたんだよね？　うん。目のまえに胸を刺された人がいたら、アッシュが放っておくわけがない。助けてあげられるかもしれないと思いながらなにもしないアッシュなんて、四つの不可能要素よりもありえないよ」

「でも、コービンはどう見ても死んでいた」テンペストの言葉に、ダリウスがたじろいだ。

「一見死んでいても、じつは生きてたって例はいくらでもある」サンジャイは指摘した。「ペストが大流行したころ、棺《ひつぎ》のなかに鈴を入れていた話は知ってる？　かろうじて息がある人を死んでると勘違いするのはよくあることだ」

「その話は眉唾ものよ」テンペストは遠慮がちに返したが、サンジャイは自信たっぷりだ。

「でも、一理あるね。とにかく、いまごろおじいちゃんが解放されてることを願うしかないよ」

ダリウスのスマートフォンが鳴った。彼は二度目の呼び出し音が鳴るまえに応答した。テンペストはダリウスが何度か短く返事をするのを聞いていたが、電話の相手がなにを話しているのかはわからなかった。見ていると、ダリウスの顔に汗がにじんできた。彼は電話を切ったが、テンペストと目を合わせようとしなかった。

「ヴァネッサにはどうしようもなかった。アッシュは今夜、身柄を拘束されるそうだ。第一容疑者らしい」

11

「じっとしてるなんて無理」寝室の上の塔の部屋で、テンペストはうろうろと歩きまわった。

「さっきから床板をすりへらすのをがんばってるね。アブラカダブラを踏んづけそうになったけど」

テンペストはサンジャイをにらんだ。愛するロップイヤーラビットを踏んづけるわけがない。彼はいま、柳のバスケットにしつらえてやった兎用ベッドでのんびりと干し草を食《は》んでいる。

午前二時。以前のテンペストは、ちょうどこのくらいの時間に就寝していた。当時は日付が変わるころに劇場を出て、遅い夕食をしたためるか長々と湯船に浸かり、リラックスしてからベッドに入るのがつねだった。ラスヴェガスに所有していた家にあった猫足のバスタブや、寝心地のよいマットレスは恋しいが、それを除けば、あの豪華な家に未練はなかった。あのころは、自分はこういう家がほしかったのだと思いこんでいたけれど。このごろは午前零時まえに眠りにつき、日の出とともに目を覚ます。けれど、今夜はまだしばらく眠れそうになかった。

「せっかくSNSをやめたのに、見るんじゃなかった」テンペストは言った。「役に立つ情報があるわけじゃあるまいし。雑音ばっかり」SNS上では、コービンがどうして離れた場所に同時刻に存在できたのか、突飛《とっぴ》な仮説が飛び交っていた。

「じつは双子だったたって仮説は悪くない。まったく現実的ではないけどね。この時代に双子の存在を秘密にしておくなんて無理だよ。でもまあ、妥当ではある」

「コービンが著作の登場人物のように大鴉《おおがらす》に変身したってやつよりはましね。みんなそう噂してるけど」

「本気で信じてるわけじゃないさ。おもしろがってるだけだよ」サンジャイは襟を引っ張った。

「ええと。ぼくが気にしてるのは、ヒンディー・フーディーニが降霊会でコービンと悪霊の両方を呼び出したっていう噂。絶対に、二度と降霊会なんかやらない。きみもどんな手を使ってもいいから、ぼくを止めてくれよ。なんとしても止めてくれ」

「信頼できるニュースメディアは、コービンがほんとうに死んでいたのか疑問を呈していたよね？」

「うん、売名のためにきみと協同したという説だろ」

テンペストはぴたりと動きを止めた。「わたしと？」

「きみはカメラが入る引退公演をもっと宣伝したがっていて、コービンは最新作がまったく話題になりそうにないからもっと注目を集めようとした。〝落ち目の人間ふたりがカムバックを目論《もくろ》んでいる〟とか〝またテンペスト・ラージがイリュージョンに失敗したのか？〟とか言われてるよ」

テンペストはうめいた。状況は思っていたよりもひどく、去年の夏にスキャンダルに巻きこまれたときにSNSをやめた理由をあらためて思い出した。「たしかに、なんらかのトリックが使われたんだろうけど。コービンが大鴉に変身できたわけがないもの」

「きみは『大鴉』を読んだことがあるの？」

「ティーンエイジャーのころに読んだ。それが？」

「コービンが殺された状況は、本に書かれていた殺人事件と似てるのか？」

テンペストは考えた。「妻を強盗に殺された男が彼女の死の真相を探っているうちに、じわじわと現実感をなくしていくというストーリーだった。サスペンスに満ちた作品ではあるよ、主人公がほんとうに正気を失いかけてるのかどうかわからなくて」

「殺人の手口そのものは？」

「あなたはいやがりそう」

「とっくにむかついてるよ」

「妻の死体のそばに、大きな黒い鳥の羽根が一本落ちていたの。大鴉の羽根」

サンジャイはうめいた。「どうして降霊会のまえに教えてくれなかったんだよ？」

「第一に、あなたが羽根を使うなんて教えてくれなかったから。第二に、殺人事件が起きるなんて思ってもいなかったから」

「小説の結末は？」サンジャイの顔は紅潮し、声はとがっていた。

「インターネット上でいくらでも読めるよ」

「きみの口から聞きたいんだ」サンジャイの魅力的な笑みに、テンペストは彼をパンチしたくなると同時にキスをしたくなった。

「主人公は殺人犯を〝大鴉〟と呼んでいる。手がかりが羽根だけだから。ところが、偽の手がかりに次々と引っかかって、人々に奇妙な話を聞かされているうちに、自分が大鴉に変身しかけているのではないかと思いはじめる。賢明なる読者は意外な結末を当てた気になって、主人公が妻を殺した真犯人なのだろうと考える。だけど、あの本がホラーではなくて超自然スリラーである理由も、大ヒットした要因も、真犯人が主人公の妹だったというどんでん返しにあった。彼女は、兄の妻が自分たちの鴉の群れにくわわろうとしないから殺さなければならなかったと、血なまぐさい告白をする。主人公と妹がほんとうに鴉に変身できる超自然的能力を持っているのかどうかは、はっきりしないまま終わるの」

「ぼくはオチのない話は嫌いだ」サンジャイは、そわそわとコインを指ではじいて裏返した。

「だから、わたしたちがステージでやるショーや、アイヴィがバイトしてる〈密室図書館〉にあるクラシック・ミステリは、コービン・コルトの小説よりおもしろいのよ」テンペストは顔をしかめた。「こんなことを言うなんてひどいよね。ほんとうにそう思ってるけど、いま口に出して言うことじゃない」

「コービンに会ったことはある？」

「十二歳か十三歳のときに、二回くらい会ったかな。〈ヴェジー・マジック〉でたまたま居合わせて、ラヴィニアが紹介してくれた」

ちょうどそのころテンペストは男の子に興味が出てきたばかりで、漆黒《しっこく》の髪に鋭角的な顎、憂《うれ》いのある表情のコービン・コルトをハンサムだと思ったのを覚えている。ただ、友人たちが自室の壁にポスターを貼っていたティーンアイドルのようにキラキラしたヒーローではなく、優柔不断でいかにも悪に引きずられやすそうな顔をしている映画の悪役を思わせた。

コービン・コルトの初期の超自然スリラーはヒットしたが、テンペストがはじめて会ったころには、彼は知る人ぞ知る作家になっていた。『大鴉』が売れたおかげで、だれもが知る作家とまではいかなくても、一時期は読書界で名前が知られていたのはたしかだ。黄金時代の探偵小説作家とくらべると、アガサ・クリスティほど有名ではなく、クリスチアナ・ブランドほどマニアックでもないが、エラリー・クイーンのようにジャンルのファンからは崇拝されているといったところだろう。

「つまり、彼のことはよく知らないんだ」サンジャイが言った。「作品をヒントに謎を解くのは無理だな」

「そんなことはする気もないよ。とにかく、不可能な要素に惑わされてるんじゃないかと思うの。混乱しているから、おじいちゃんが犯人扱いされるのよ」

「ぼくたちが聴取を受けに行くまえに、科学捜査班が到着したんだよな。きっと科学的な手がかりを見つけてくれるよ」

「それが心配なの。コービンの血が付着したのはおじいちゃんだけだもの」

「ほかにも物証が残ってるはずだ。たとえば、遺体を隠してあった場所に」

「そうかな？　遺体をテーブルに落とすまで隠しておくことのできた空間は存在しないのに、物証が残るわけがないでしょ」

「アッシュが遺体を調べてるあいだに、きみがテーブルの真上の空間を見つめていたのはそういうことか」

「気づいた？　サーストンとケラーの十八番《おはこ》だった貴婦人の空中浮揚イリュージョンとは違うみたい。ほかに、死体をいきなりわたしたちの目のまえに落とすことができそうな装置を使ったマジシャンっていなかったかな」

マジックの黄金時代には、空中浮揚や幽体離脱、女性をまっぷたつに切断するなどのイリュージョンが考案された。なかでも、今回の事件に応用できるのが空中浮揚のトリックだ。単純なものも複雑なものもあるが、大がかりなイリュージョンには装置が必要不可欠であり、劇場でなければ再現できないものが多い。観客をあっと驚かせるすばらしいマジックのトリックには、外から見ているだけでは想像もできないほどの労力がかかっているものであり、だからこそ容易にはまねできないのだ。心理学とショーマンシップと巧妙な装置と稽古がそろってはじめて可能になる。とくに、長時間の稽古は欠かせない。

「マジックのトリックを発見したとして、かえってアッシュがますます疑われることにならないか?」

「むしろ、疑われるのはわたしたちかもよ」

「きみが怖くなってきたよ、テンペスト。いまのきみはまさにザ・テンペストそのものだ。爪痕を残してる」

サンジャイの言葉は、もう何年もまえにテンペストの師匠であるニコデマスが考えたキャッチフレーズだ。当初、テンペストは大げさだと思った。だが、テンペストがステージでこのキャッチフレーズを唯一の台詞《せりふ》として発すると、客席は沸いた。〝わたしはザ・テンペスト。行く先々で爪痕を残す〟という台詞だ。

「わたしが怒りを向けるべきなのは、他人の結婚生活を壊したコービンのガールフレンドなのかも。ライブ配信でなにかトリックを使ったに違いないよ」

「どうかな……」サンジャイはスマートフォンでさらにニュースを探した。「ライブ配信は録画されていないから、見た人の証言があがってるだけだ。まだなにもわからないよ」

「でも、わたしたちは遺体が落ちてきたときに〈ラヴィニアの隠れ家〉にいた。もう一度、あそこへ行かないと」

「犯罪現場だからしばらく立入禁止だろうし、ぼくもしばらくいなくなる」

「いなくなる？　あ、そうだった」テンペストは胃袋がずっしり重くなるのを感じた。自分をさびしがり屋だと思ったことはないが、サンジャイがそばにいてくれるのは、セクシーな安全毛布に包まれているようなものだ。なんとかして祖父を助けなければならないのにサンジャイがいないことに、自分でもあきれるほど落胆してしまった。「ショーがあるものね。出発はいつ――？」

「ほんとうはとっくに荷造りを終えていなければならなかったんだ。夜明けまえに飛行機が離陸する」サンジャイは山高帽を頭にぽんと載せ、ドアへ向かった。「フライトの予約を人任せにするのはいいかげんにやめないといけないな」


午前二時半にサンジャイが帰っていくと、テンペストに残されたのは、兎と八角形の部屋の壁に貼ったポスター、そして不安だけだった。三つ目は残ってくれなくてもよかったのに。

八面の壁のうち一面には、幅の狭い秘密の階段に出るドアがあり、もう一面には窓がある。残りの六面には、額に入れたマジシャンのポスターが飾ってある。テンペストの母親のお気に入り、ハリー・フーディーニ。テンペストのお気に入り、アデレイド・ハーマン。師匠の黒魔術師《ネクロマンサー》ニコデマス。サンジャイつまりザ・ヒンディー・フーディーニ。母親とおばのユニット、セルキー・シスターズ。そして、テンペスト自身のショー『ザ・テンペストと海』からの一場面を描いたもの。イラストのなかで、テンペストの長い髪は水中で渦を巻き、黒い波と溶け合っている。ほとんどのポスターには、ささやく悪魔たちや飛び交う幽霊たちが描きこまれていて、妖《あや》しく楽しいイメージを喚起する。唯一、ハリー・フーディーニのポスターには、手錠抜けの王者に脱出できない場所はない、という明快なメッセージが書きこまれている。

エマ・ラージはテンペストに、あなたはハリー・フーディーニのようにどんな錠前でもあけられる鍵なのだと、たびたび言い聞かせた。鍵のかかった部屋だろうが手枷足枷《てかせあしかせ》だろうが、みごとに脱出してみせたフーディーニは、文字どおり〝どんな錠前でもあけられた〟のだが、エマ・ラージは彼の苦難に満ちた経歴についてもそんなふうにたとえるのが好きだった。ハンガリー移民のヴェイス・エリクは何年もの厳しい下積み生活を経て、近代奇術の父と呼ばれるジャン・ウジェーヌ・ロベール‐ウーダンにちなんだ芸名をみずからにつけた。エマ・ラージの娘は体が大きく、性格は大胆で、多様な国にルーツを持つため、どこにいてもはみ出していたけれど、エマは娘に、あなたは世界のどこにでも行きたいところへ行けるのだと請け合った。

テンペストは、フーディーニの時代の奇術興行を愛するあまり、自分は生まれるのが百年遅すぎたと思うことがある。もちろん、そんなふうに思うのは甘い。肌が浅黒く、たいていの男性より背が高い女性が二十一世紀でマジシャンとしてやっていくには、いくつもの障壁を乗り越えなければならない。だが、百年前はいまよりはるかに障壁が高かったはずだ。

　だれでもそうだろうが、テンペストも彼女だけの難題にぶつかったことがあった。マジシャンになるのを家族全員に反対されたのだ。理由はラージ家の呪いだ。一族の長子はマジックに殺される。テンペストは、そんな超常現象のような呪いなど存在しなかったということまでは解明した。しかし、ステージ上の事故とみなされたおばの死の真相も、母親が失踪後どうしているのかもわからないままだ。

　エマ・ラージが湾でみずから命を絶ったとされたのは、五年まえのことだ。テンペストはそれがきっかけで大学を退学した。母親になにがあったのか――事実はなにひとつつかめず、深い悲しみを注ぎこむようにして、ステージ用に母親とおばの物語を書いた――亡くなるには早すぎる、すばらしい女性ふたりの物語を。

　テンペストが生まれる数年まえまで、エマとエルスペスの姉妹ユニット、セルキー・シスターズのマジックショーはスコットランドのエジンバラで人気を博していたが、ふたりの関係に亀裂が入ってしまい、エマはカリフォルニアへ移住し、ダリウスと出会った。エルスペスはエジンバラに残り、エジンバラ旧市街の劇場でソロパフォーマーとして活動をつづけた。そして、十年まえに悲劇的なステージ事故で命を落とした。

　ほんとうに事故だったのか――それとも、やはりラージ家の呪いだったのか？

　そのどちらでもなく、エルスペスは殺されたのだ。

　そして五年まえ、エマ・ラージがエルスペスを殺した犯人を告発しようとしていたことはわかっている。ところが、エマは〈ウィスパリング・クリーク劇場〉での公演中、大勢の観客の目のまえで姿を消した。

エマはショーのなかで殺人犯を暴露するつもりだった。警察に信じてもらえなかったからだろうか？　その答えはわからない。ただ、エマはテンペストに深追いさせたくないと考えていたのはたしかだ。娘の命が危険にさらされるのを恐れていた。呪いが現実になるのを。一族の長子はマジックに殺される。

ほんとうに一族に呪いがかかっていたのか、それとも過去、危険なパフォーマンスと不運によって死亡事故が起きてしまった事実を、殺人犯が利用したのか？　十九世紀のインドでは、大がかりなマジックに危険はつきものだっただろう。アッシュの親族だった長子がふたり立てつづけに亡くなったあと、呪いがかかっているという噂が広がりはじめた。その後、自身の長兄が危険なパフォーマンスの最中に事故死したのをきっかけに、十代だったアッシュは、すでに凋落《ちょうらく》していた名門マジシャン一族から離れ、スコットランドに移り住み、医学部に入学した。

テンペストの家族に起きた事件と同じく、コービン・コルト殺人事件も奇妙で謎に満ちている。手口は、そして動機は？　エマとおばの未解決事件と同様に、このふたつの謎はつながっている。

つらいけれど、エマとエルスペスのラージ姉妹の事件について調べるのはあとまわしだ。いまは、祖父が巻きこまれた殺人事件の真相解明に全力を尽くさなければならない。愛する人をふたりも失ってしまったのに、祖父まで奪われるわけにはいかない。

テンペストはきつく目をつぶり、突然コービン・コルトの死体がテーブルに落ちてきたときのことを思い出した。胸に突き刺さっていたナイフ、周囲に散らばる大鴉の羽根。その十数分まえには、コルトは九十キロ離れた場所で生きているのを目撃されていた。羽根はサンジャイの小道具だったし、不可解な現象の裏にはトリックがあるとわかっていても、テンペストの理性は揺らいでいた。

サンジャイがそばにいてくれたらいいのだけれど、彼はもうすぐ飛行機で出発してしまう。朝が来たらアイヴィに会おうと決めたものの、日が昇るのが待ちきれない。

四つの不可能な要素。どんなトリックを使えば可能にすることができるのだろう?

12

「あの不気味な大鴉《おおがらす》、片付けられない?」テンペストはアイヴィに尋ねた。

「ヴァルデミアのこと?」アイヴィは本棚の上の鴉の剝製《はくせい》を見あげた。

「あれがカアカア啼《な》きだしたら、どんなに渋滞していても橋のむこうにすっ飛んで帰るからね」

「近づきすぎなければあの子のセンサーに引っかからないよ。啼き声が利用者さんをびっくりさせないように引っこめたんだから。あの子に会いたかったらよーく捜してもらわないと見つからないくらいに」アイヴィはテンペストを反対方向へ押した。「さあ、客車の集会室で話そう」

時刻は午前九時まえで、テンペストとアイヴィはサンフランシスコの〈密室図書館〉にいた。アイヴィはここでアシスタントのアルバイトをしている。改築したヴィクトリア朝の建物の一階にあるこの私設図書館はクラシック・ミステリ専門の図書館で、週に六日、開放されている。開館まであと一時間あるが、今日はアイヴィが早番で遅刻は許されないので、ここで会うことにしたのだった。

アイヴィは客車を模した小さな集会室のドアの鍵をあけた。この部屋は、開館中は予約すれば読書会などに利用できる。本格的なレプリカではなく、黒い壁板に大きな車輪や歯車をつけ、蒸気機関車の客車に似せてある。ひと目で客車とわかるこの部屋は、ミステリファンなら『オリエント急行の殺人』の列車を連想するだろう。

集会室として使う部屋なので、内部はラウンジカーを再現してあり、細長いテーブルの周囲に座席がたっぷり配置され、隅にはバーカウンターがしつらえられている。

「死人みたいな顔をしてるね」アイヴィはそう言ってから顔をしかめた。「言葉の選択を間違ってた。だけど、ほんとにゆうべはぜんぜん眠れなかったみたいな顔だよ」

「とてもじゃないけど眠れなかった」テンペストは手近な席に腰をおろした。いつもは居心地のよい部屋なのに——図書館の中心なのだ、楽しい場所に決まっているではないか？——今日はこの狭さが息苦しく感じた。曲線を描く天井をちらりと見あげ、あらためて考えた。〈秘密の階段建築社〉がリフォームしたラヴィニアの地下室には、やはりなにか秘密があったのだろうか？「ゆうべ、目に見えない死体がある部屋にいたものだから――」

「九十キロ離れた場所から二十分とたたずにやってきた不可解な死体でしょ。あんたからメッセージをもらったあとにニュースを読んだよ」

「そのニュースに書いてなかったのは」テンペストは言った。「おじいちゃんが第一容疑者だってこと」

アイヴィは目を丸くした。「そんなのありえない」

「あなたが息をするみたいに読んでる古い本に書いてありそうな状況だった」テンペストは窮屈な座席から立ちあがり、客車の窓からミステリ小説でいっぱいの図書室を眺めた。「だからここに来たの。あなたが忙しいのはわかってたけど。なにか意見をもらえないかと思って」

アイヴィがテンペストの隣へ来た。「頼ってくれてうれしいけど、あたしに反響板以上の役割を求めてるふりはしなくてもいいよ」

「そんな――」

「テンペスト。キャシディになにがあったのか突き止めたのはあんたでしょ。長いあいだ磨きをかけてきたステージ・マジックの経験から、目くらまし《ミスディレクション》を知りつくしてるのもあんた。もちろんあたしも協力するけど、機嫌を取ってくれなくてもいいよ。あんたはマジシャンとして、あたしの大好きな黄金時代のミステリ作家みたいに、人生をかけて目くらましの技術を編み出してきたんじゃないの」

テンペストはほほえんだ。「ジョン・ディクスン・カーだ」ふたりは子どものころ、自分たちがほかの子どもたちよりアニメのスクービー・ドゥーのミステリに熱中していると気づき、親友になった。やがて、ロイ・ブラウンやナンシー・ドルー、トリクシー・ベルデン、カリフォルニア少年探偵団といった古典的な子ども探偵の冒険を読むようになり、さらにシャーロック・ホームズ、デュパン、ポワロ、ミス・マープル、エラリー・クイーン、奇術師マーリニ、そしてジョン・ディクスン・カーの生んだ人気探偵、フェル博士と読み進めた。『三つの棺《ひつぎ》』に書かれた有名な密室講義で、かの太っちょ探偵は不可能犯罪を可能にする方法を網羅してみせた。アイヴィが子どものころからたどった道を進みつづけて本の世界へ消えた一方で、テンペストがマジックに身を投じたのは、ふたりが十六歳のときだった。

「あんたならできるよ」アイヴィはつけくわえた。

テンペストは、アッシュが接近禁止命令を受けていたこと、現在も警察に拘束されていることを話した。

「おばあちゃんは旅行を中断して帰ってこないの？」

テンペストはかぶりを振った。「スコットランドのヘブリディーズ諸島はいま嵐に見舞われていて、おばあちゃんと連絡が取れないの。嵐で基地局の鉄塔が倒れたみたい」

「むこうにたくさん知り合いがいるんでしょ。本土からだれかに行ってもらうことはできないの？　ニコデマスなら――」

「ニッキーはほんとうに魔法が使えるなら行ってくれるだろうけど」テンペストは子どものこ

ろから黒魔術師ニコデマスを知っている。このスコットランド人のステージマジシャンこそ、十代だったエマとエルスペスがセルキー・シスターズとしてエジンバラ・フェスティバル・フリンジでデビューした際にふたりの才能を見出した人物だ。

「体調がよくないの？」

「関節炎のせいで昔のような手先の早業《はやわざ》ができなくなったけど、旅行できないわけじゃないよ。でも、モーおばあちゃんたちが泊まってるのは、船でしか近づけない島なの。橋もない」

「つまり、モラグにあなたの夫が殺人事件の容疑者にされてますよと伝える手立てはないってこと？」

「アッシュおじいちゃんは無実だし、いずれはみんなもわかると思う。ただ……」

「ただ、そもそもすべてがありえない状況だった」

「だから、おじいちゃんに動機があることと、おじいちゃんだけにコービンの血が付着していたことが注目されてしまう」

アイヴィはまた目をみはった。「はあ？」

「おじいちゃんはコービンに息があるかもしれないと思って、当然のことながら助けようとしたの」

アイヴィはうめいた。「偶然にも、真犯人から自分に目を引きつけてしまったんだ」大きく息を吸う。「待って、だれかがアッシュに遺体を診てくれと頼んだんじゃない？」

「そのだれかが怪しいと思ってるんでしょ？」テンペストはかぶりを振った。「だれも頼んでないよ。おじいちゃんみずから進んでやったの」

「まさか、アッシュがやったなんて――」

「思ってるわけないでしょ」テンペストはぴしゃりと返した。

アイヴィは両手をあげた。「あたしだって思ってないよ。でもラヴィニアからコービンの話を聞いたかぎりじゃ……」アイヴィはさっと両手で口を押さえた。「ラヴィニアが？」

「そう思いたくないし、ラヴィニアも含めてテーブルを囲んでた人たちにあんなことができるとは思えない。だから、今朝はあなたと話したかったの。だれひとり、あんなことができたはずはない――でも、降霊会の参加者のだれかがやったに違いないんだよ。ラヴィニア、お母さんのクミコ、あなたも入ってる読書会のメンバーのエラリーとシルヴィー、ヴィクター、おじいちゃん。わたしは除外。サンジャイでもないし、アッシュおじいちゃんも――」

「サンジャイでもアッシュでもないと言いきれる？」

「あたりまえでしょ」

「あたしだってそこにいた全員を知ってるよ。そのなかのだれかが犯人とは思いたくない」

「わたしはおじいちゃんが警察に拘束されてるのに、なにもできなくてふがいないこの気持ちがいや――いつまで拘束されるのかな？　二十四時間？　四十八時間だっけ？」

「あたしはイギリスのクラシック・ミステリの読み過ぎで、アメリカの警察と司法のシステムについてはなにも知らないの。ただ、法廷弁護士《バリスタ》はいるよね」アイヴィは言葉を切ってテンペストの反応を待ったが、なにも返ってこないので、先をつづけた。「ちなみにいまのは冗談だよ。最後のひとことはね。アメリカにバリスタはいない。たぶん。あたしたち、なにか感覚を刺激してくれるものが必要だね。ちょっと待ってて」

アイヴィは図書館側の窓辺を離れ、壁に接する窓のほうへ行った。見るべきものはない——が、アイヴィがスイッチを入れると、まるで列車が田舎を走っているかのように、偽の風景が窓の外を流れはじめた。

テンペストは、蒸気機関車が走る音とともに移り変わる葡萄《ぶどう》畑の風景を眺めた。風景が流れる速度が増すと、機関車の音も加速した。

「警察は、おじいちゃんを疑ってるのなら、レイヴンを殺した真犯人を真剣に捜そうとはしていないよね。そして、四つの不可能の謎を解くこともできない」

アイヴィの顔がぱっと輝いた。「四つ？　うちの読書会のテーブルに落ちてくる直前に、九十キロ離れた場所で姿が目撃されただけじゃないの？」

狭い客車のなかではピルエットができないので、テンペストは深呼吸を三度繰り返し、ゆうべのできごとを思い返した。「もうめちゃくちゃ」

「あたしも降霊会に参加すればよかった。ごめんね——」

「あなたは勉強しなくちゃ。わかってるよ。学士号を取らないと、大学院に行けないものね」

アイヴィはピンク色の欠けた爪を嚙《か》んだ。「ゆうべは結局、勉強してないんだ。最近、忙しすぎて燃え尽きちゃったから、お姉ちゃんに勧められたトゥルークライムのポッドキャストをぼんやり聞いてたの。本すら読んでない」

「それでいいんだよ。あなたがいても、できることはなかったよ。事件はサンジャイがインチキ降霊会をやってた最中に起きた。ラヴィニアは、サンジャイとわたしのあいだに座ってた」

「それなら、もしラヴィニアがいかさまをしてたら、あんたたちに気づかれてたよね。たとえば、手をつなぐのに偽の手を使ってたとか」

テンペストは、アイヴィがお気に入りの架空のヒーロー、フェル博士の言葉遣いをまねたことに、思わずほほえんだ。「そうだね。ラヴィニアが足も使ってたら気づかなかったかもしれないけど」

アイヴィは息を呑んだ。「まさか、本気でそんな――」

「あなたが言ったんだよ、可能性はなにひとつ除外してはいけないって」

「コービンとなんのかかわりもなかったのはヴィクターだけか」

「そうとも言いきれないの」テンペストは、ヴィクターに向けたラヴィニアのまなざしを思い出し、のろのろと答えた。「ラヴィニアとヴィクターはつきあってると思う。確認したわけじゃないけど、だからヴィクターは降霊会に招待されたんじゃない？　ラヴィニアがヴィクターを見る目からして、なにかあるって感じなんだよね」

「じゃあ、コービンを知らなかったとしても除外できないね」

「降霊会の直前に〈ラヴィニアの隠れ家〉のルームツアーをやって、すみずみまで見てまわったから、コービンの遺体を隠しておけたはずはない。ケータリング業者が全部で三名、降霊会のあいだずっと玄関ドアの外にいた――外に出入りするドアはそこしかない。ほかに出口はなくて、窓を割らないかぎり外に出られない――火災が起きたら非常口として使えるように、窓のそばにハンマーが置いてあるけれど、だれも窓を割って出てはいない。わたしたちがいたあの地下室に、ほかのだれかが出入りするのは不可能だった」

「だろうね。あたしもあの地下室を造った一員だから、秘密の通路がないのは知ってる」

「ところが、降霊会がはじまって、サンジャイがコービン・コルトの霊を呼び出すと、胸にナイフが突き刺さったコービンの遺体がテーブルに落ちてきた。わたしたちはつないだ手を放していない。しかも、ナイフはステージの小道具みたいな偽物だったの」

「そして、そのすべてが、九十キロ離れた場所で彼がライブ配信に出てきた十数分後に起きた」アイヴィは指でテーブルを小刻みに叩いた。「それがなによりも不可能な話だよね」

「もちろん、コービンは偽のナイフじゃなくて別のもので殺されたの。厳密に言えば、ほんの一瞬〝不可能〟なことが起きたように見えただけ。でも、それにしても不可解だよね、だっていなぜそんなことをするの？　遺体をわざわざあんな形でさらしたのは、なにか理由があったはず」

「別のなにかから、みんなの注意をそらすためだ！」

「それが理由なら、このうえなく効果があったよ」いま振り返れば、降霊会のあいだ、あのナイフの柄にくっついている刃がまさか偽物だとは思いもしなかった。「目くらまし。巧妙に仕組んだ目くらましだね」

「となると、疑わしいのはあんたとサンジャイ、それからアッシュ――でも、その三人は犯人じゃないとわかってる」

「さっきはだれひとり除外してはいけないって――」

「あんたたち三人のうちだれかが犯人だなんて、本気で思ってるわけないでしょ。ただ、警察から見ればみんな疑わしいと言いたいの。もしコービンがほんとうに大鴉に変身できたとして――変身できたとは言ってないからね」アイヴィは急いでつけくわえた。「だれかが彼を刺し殺したのは間違いない。あっ！　新しいガールフレンドがいるでしょ。《ヘイゼルのハッピー・アワー》の彼女」

「彼女は降霊会に参加していない。だれよりも確実なアリバイがある。降霊会の会場にいなかったし、それどころかライブ配信の番組に出演してた。視聴者とやりとりしてるように見せかけて、あらかじめ録画したものを配信するのは不可能ではない。でも、あらかじめ録画したものではなかったのはわかってる」

　アイヴィは片眉をあげた。「どうしてわかるの？」

「視聴者がいろいろ質問したの。彼女はそれに答えた。リアルタイムでね」

「手間はかかるけど、やってやれないことはないよ」アイヴィは左右の指先を小刻みに打ち合わせた。「不可能犯罪に見せかける方法のなかでも重要なやつ。時刻をずらすのは古典的な手口だよ」

「そうだとしても、彼女がそんなことをするのはなぜ？　彼女は降霊会に来ていなかったんだから、そこまでする理由がないでしょ？　手間もかかるし、失敗する可能性が高い。わたしが謎解きミステリで解せないのはそこなんだよね。巧妙なプロットは大好きだけど、なぜ犯人はそこまで労力をかけるのかという疑問の答えがほしい」

「コービンを殺すためだよ」

「不可能犯罪に見せかけるのはなんのため？」

「それは」アイヴィは答えた。「偽のアリバイを作るためでしょ」

「偽のアリバイは必要ないんだってば。彼女はほんとうに〈ラヴィニアの隠れ家〉に来ていなかったんだから」

アイヴィは片眉をあげた。「ほんとに？」

「間違いない。もしわたしが間違ってるとしても——間違ってないけど——どうやって視聴者に気づかれないようにやりとりを偽造したのか、想像もつかない。たしかに彼女は疑わしいけれど、動機も手口も思い浮かばないよ」

「わからないことが多すぎるんだ。去年の夏の事件はパズルのピースが全部そろってるのに見えてなかっただけだけど、今回は違う」アイヴィは口ごもった。「警察が捜査してるだろうから、きっとそのうちもっといろいろなことがわかるよ。知的好奇心を刺激する事件だとは思うけど、あんたが解決しなきゃいけないわけじゃない——」

「待って」テンペストはポケットから振動しているスマートフォンを取り出した。のんきな笑みを浮かべた父親の写真がスクリーンに映し出されたが、応答すると、彼の声は深刻だった。

テンペストは集会室のテーブルの端をつかみ、信じがたい話に耳を傾けた。窓の外を流れていく偽の風景を見つめて落ち着こうとしたが、葡萄畑はいつのまにか険しい峠に変わっていた。

「どうしたの?」電話を切ったテンペストに、アイヴィが小声で尋ねた。

「もはや選択の余地はないよ」テンペストの声は震えていた。「ただの知的なパズルじゃなくなった。もう放っておけない。おじいちゃんがコービン・コルト殺人の容疑で逮捕されてしまった」

13

アショク・ラージは、その日の午後に保釈された。予想より早かったので、テンペストはささやかな幸運に感謝した。アッシュが逮捕されたというダリウスの知らせは間違いではなく、判事によって法外な保釈金が課されたので、〈フィドル弾きの阿房宮〉を担保にしなければならなかった――そのうえ、アッシュの足首には逃亡防止のモニターが装着された。さらに、パスポートも没収された。

「トリックがあるのよ」テンペストはツリーハウスのデッキをうろうろと歩きまわった。「どんなトリックかわかれば、おじいちゃんの容疑はすぐに晴れるよ」

「テンペスト」アッシュが口をひらきかけた。

「エラリーとシルヴィーは、ずっとおじいちゃんと手をつないでいたんだよね? だったら、おじいちゃんが犯人じゃないという証拠になる」

「参加者の全員が、つないだ手を放さなかったんだ。警察がひとりひとりに確認した」

「ということは、やっぱりなんらかのトリックを使ったのよ」

「だから、ラインハート刑事と地区検事は、わたしが犯人だと思いこんでいるんだよ。コービンを診たときに、両手に血液が付着してしまったんだが、彼を殺したのを隠すために遺体を診るふりをしたと決めつけられてしまった。遺体はまだ温かかった。殺されてからさほど時間はたっていなかったんだ。つまり、あの部屋にいたわれわれのなかに犯人がいる」

「でも、凶器がなかった。ナイフは偽物で――」

「体内から刃が見つかったそうだ」アッシュは低い声で言った。「警察は、当初は凶器が持ち去られたと考えていたようだが、違ったんだ。ずっとそこにあったんだよ。そして、わたしには動機がある」

テンペストは拳をきつく握りすぎて、爪が手のひらを切ってしまうのではないかと思った。キッチンの雑貨を入れた抽斗《ひきだし》をあけ、目当てのものを見つけると、ほんの少し不安がやわらいだ。取り出したのは、〈バイスクル〉のトランプだ。

「だから、おじいちゃんが疑われるのはわかってるよ」テンペストはトランプをシャッフルしはじめた。「でも、逮捕するのは間違ってない？　ラヴィニアのほうが、もっと大きな動機がある――それに、現場は彼女の自宅だった。おじいちゃんがウォッシュバーン判事の知り合いでなければ、いまごろまだ拘束されてたはずだよ」

「だが、知り合いだから帰ってくることができたんだ」アッシュはくつくつと笑い、パナマ帽をかぶりなおした。「判事の息子はいい子だったぞ。どうしてかかりつけ医はアレルギーと誤診したんだろうな。昼間のオーロン・グリーンウェイ（サンフランシスコにある歩行者と自転車専用道路）並みにひと目で見通せる症状だったんだが」

テンペストはその話を覚えていた。アッシュがバークリーの現場で作業をしていたダリウスたちに、ティファンキャリアに詰めた温かいランチを自転車で配達していたときのことだ。彼は呼吸困難に陥っていた男の子とその母親に出くわし、自転車を止めて助けた。その母親が判事で、「ありがとうございます。この子はひどいアレルギーで」と言った。アッシュは別の病気を疑い、かかりつけ医にライム病の検査をしてもらうようにと勧め、自分の見解と連絡先を書いて母親に渡した。数日後、判事はアッシュに電話をかけてきて、彼の推測が正しかったと告げ、礼を述べたのだった。

もし公判の判事がウォッシュバーンだったら、テンペストはこれほど不安にならなかったかもしれない。だが、職業倫理を守るウォッシュバーン判事のことだから、公判の担当を割り当てられていたら忌避《きひ》したに違いない。ウォッシュバーン判事は逮捕後最初の審問を担当し、公判までの処遇をどうするのか決定しただけだ。

アッシュが助けたのは判事の息子だけではない。彼は多くの命を救ってきた。誇張ではない。エルスペスおばが事故死したと知らされ、世界の意地悪な気まぐれに憤《いきどお》っていた十六歳のテンペストを、みずから深い悲しみを抱えながらも支えてくれたのはアッシュだ。祖父がいなければ、テンペストはあのつらい日々を生き延びることはできなかっただろう。

「お先真っ暗みたいな顔をしなさんな」アッシュはテンペストのひたいにキスをした。「なにもかも解決するさ」

「どうしてそう言いきれるの？」

「なにより腹立たしいのは」アッシュはテンペストの質問を聞き流した。「この奇っ怪なしろものがビービーうるさいから、庭の半分よりむこうに行けないことだよ！」アッシュはズボンの片方の裾をあげ、足を動かしてみせた。「こんなものがついていたら、おまえたちの家にも行けやしない。おまえたちに食事を作ってやれないじゃないか」

「おじいちゃんがパパのキッチンで料理をしてくれたことなんてあったっけ？」

「そういう問題じゃない」アッシュは渋い顔でキッチンへ戻っていった。「マーケットにも行けないし。おまえのおばあちゃんもいないから、代わりに買い物に行ってもらうこともできない」

「わたしが行くよ。ぜんぜん問題ない。リストをちょうだい」

アッシュはため息をついた。「おいしい果物の見分け方をおまえには教えていなかった。エジンバラのフラットで一緒に暮らすようになったときには、おまえはティーンエイジャーだったからなあ。わたしと料理をしたいとは思いもしなかっただろう」

テンペストは顔をしかめた。「あのころのわたしはどこをとってもいやなやつだったのに、おじいちゃんが見捨てないでくれてよかった」

アッシュはテンペストと鼻をこすり合わせた。「おまえを見捨てるわけがないだろう、テンペスト」

「わたしがぶよぶよのじゃがいもと熟してないマンゴーを買って帰っても、そう言ってくれるかしらね」テンペストはいま片手でトランプをシャッフルできているくらい器用なのに、ベイクトポテトもまともに作れない。

「カリフォルニア産のマンゴーの季節じゃないからな。わたしのリストには入っていないよ」アッシュは方眼入りのメモ用紙に買い物リストを書き、テンペストに渡した。

「わたしがいなくても大丈夫？」テンペストは尋ねた。

「何件か電話をかけたいんだ。通話中でもモラグからかかってきたら出られるようにセットしておいた」

ヨーロッパのほうがアメリカより携帯電話の普及が早かったので、アッシュも早くから使っていた。テンペストは、マジシャン人生をぶち壊したスキャンダルの渦中《かちゅう》に古い〝友人〟たちから見捨てられたと知り、SNSのアカウントをひとつ残らず削除したので、スマートフォンをほとんど使わなくなった。八十歳の祖父のほうが新しいアプリに詳しいかもしれない。

「おばあちゃんから電話がかかってきたら、愛してるって伝えて」

「テンペスト」アッシュはテンペストと目を合わせようとした。「マーケットに行くだけだね？」

「ついでにちょっと用事を片付けてこようと――」

「テンペスト。犯人捜しはやめなさい」

「わたし、犯人を捜すなんて言った？」

「わたしがおまえのその目つきに気づかないと思うか？　ラヴィニアが人に危害をくわえるとは思わないが、刺激しないほうがいい」

テンペストの指のあいだからトランプがすべり落ちた。「おじいちゃんはラヴィニアが犯人だと思ってるの？」

アッシュはため息をついた。「思っている。もしわたしが起訴されれば、自首してくれるとも思っている。ラヴィニアは善良な人だ。コービンは違った。さっきも言ったように、彼の遺体はまだ温かかった。監察医ほど正確にはわからないが、亡くなってからさほど時間はたっていなかった。それはそうだろう。ラヴィニアは降霊会で、わたしたちみんながいる場で、コービンを殺さなければならなかったんだよ」

「なぜ？」

「だれも疑われないようにするためだ。それなのにわたしが遺体を検《あらた》めたせいで、彼女の計画は台無しになった」

テンペストはアッシュの仮説について考えようとしたが、階下の玄関ドアをノックする音が聞こえた。

「ほらほら、買い物に行ってきてくれ！」アッシュが言った。「客人にちゃんとした軽食をお出ししなくちゃ。リストに書いたものは全部わかるな？」

「客人？」

「わたしは外の世界に出ていけないから、外の世界をうちに呼ぶんだよ」

テンペストは玄関の手前でアッシュの客人とすれ違った。たしか、祖母の音楽家仲間で、テンペストも会ったことがある。テンペストは短く挨拶し、客人と祖父を残してジープへ向かった。

ところが、ジープのタイヤがパンクしていた。テンペストはそわそわとあたりを見まわした。何者かが隠れている気配は感じなかった。

ジープはドライヴウェイに駐めてあった。近づいてよく見ると、いたずらをされたのではなさそうだ。パンクの原因が見つかった。タイヤに長い釘が刺さっている。〈秘密の階段建築社〉の工房は念入りに整理整頓されているが、ときどきネジや釘がどこかへ行ってしまう。

テンペストは、すでにスペアタイヤを使ってしまったのを思い出してうめいた。交換するのを忘れていた。

「手伝おうか？」

肩越しに振り向くと、ギディオン・トレスが工房から歩いてくるところだった。テンペストはひとりでタイヤの交換ができる。知り合いの男性たちより手際がよいくらいだ。「スペアタイヤを持ってない？」

「きみのジープに合うやつはない。でも、ダリウスが工房の準備をする手伝いは終わったから、よかったら送ってあげるよ」

ツリーハウスから笑い声が聞こえてきた。

「おじいさんに客が来てるのか？」

「外の世界に出ていけないから、外の世界をうちに呼ぶんだって」

「御前会議ってやつか？」

テンペストは思わずほほえんだ。うまいことを言うものだ。アッシュがやっていることはまさに御前会議だ。

「お父さんから、おじいさんが逮捕されたと聞いた」ギディオンはつづけた。「ほんとうに気の毒なことだな」

社交辞令ではなかった。その言葉には心がこもっていた。テンペストの知るかぎり、ギディオンはだれよりも誠実かもしれない。ギディオン・トレスは、そのとき話している相手と全力で向き合う。テンペストは、ギディオンには同時に複数のこと《マルチタスク》をするという発想がないのではと思っている。それは魅力的でもあり、いらだたしくもある。彼は携帯電話すら持っていない。必要ないと言い、連絡手段として持っていてもらいたいと思っている人たちがいるとは考えないようだ。

テンペストとギディオンは、昨年、殺人事件が解決したあとに、一度だけふたりで出かけた。楽しい時間だったが、ふたりとも掛け持ちしている仕事だったり、旅行だったりで忙しく、二度目のデートに出かけるひまはなかった――ふたりのうちひとりが携帯電話を持たず、石を彫りはじめると時間を忘れてしまうタイプなので、なおさら難しい。だが、意外にも一緒に仕事をしていても少しも気まずくならないのが、テンペストにはありがたかった。ギディオンのほうが一歳下なのに、ずっと大人のようだった。

「おじいちゃんが知り合いの調査員を呼んでくれればいいんだけど」テンペストがそう言ったとき、またツリーハウスのデッキから笑い声が聞こえた。

「調査員が必要なのか？」

「たぶん。あの巨大なローロデックスのなかには、想像しうるかぎりのプロフェッショナルの名刺がそろってる」

「そりゃ調査員もいそうだな」

「おじいちゃんはあれを鍵のかかる棚に入れてしまったの。わたしが隙あらばおじいちゃんの冤罪《えんざい》を晴らそうとするのをわかってるから。わたしに犯人捜しをさせたくないの」

「でも、きみは言うことを聞かない、と」

「あたりまえでしょ」テンペストはギディオンの顔をじっと見た。「手伝ってくれない？」

14

「いまいちわからないんだが」ギディオンは水色のルノーに乗りこみながら言った。「アッシュは、マジシャンの孫娘にあけられない場所にローロデックスを隠したのに、自宅に出入りする人たちに会わせるのはかまわないんだな」

「会わせるまえに、わたしの言いなりにならないようにって警告するの」

「へえ……」

「エンジンかけてよ」テンペストはじれったくなり、座席の上で体を揺すった。

「だれかがドライヴウェイをツリーハウスのほうへ歩いてるぞ」

「御前会議に呼ばれたんでしょ」

ギディオンはかぶりを振った。テンペストには一瞥《いちべつ》もくれない。ツリーハウスのほうをじっと見据えている。ふたりがいる場所からツリーハウスは見えないが、それでも彼の視線は鋭かった。これがギディオンなのだと、テンペストにはわかっていた。いったん集中したら、ほかが見えなくなる。今世紀の人間とは思えない。

「だれかが」ギディオンが言った。「もう立ち去ろうとしてる。ただおしゃべりに来たわけじゃないんだ。アッシュはなにか企《たくら》んでる」

「ツリーハウスへ歩いていく女の人には見覚えがある」テンペストは、ウエストまで届くブロンドと特徴的な歩き方をどこかで見た覚えがあった。「あの人、知ってる。でもどこで会ったのか思い出せない」

「つまり、家族の友人じゃないんだ」

「そうだ」テンペストは少し考えて思い出した。「サーカスの曲芸師だ。サンフランシスコであの人の出しものを見た」

「アッシュはなぜ曲芸師を呼んだんだろう？」

「パフォーマンスをしてもらうためじゃない……帰ろうとしてる音楽家さんに話を聞いてみる。曲芸師さんがなにをしてるのか、あなたが見てきて。たぶんデッキで話してると思うから、こっそりと、でも妙なことが起きてないかどうか、ちゃんと確かめて」

「妙なこと？」

「わかるでしょ。不可解なこと。不吉なこと。不自然なこと」

「〝不〟がつくことか。了解」

テンペストはギディオンに片眉をあげてしかめっつらをしてみせ、モーおばあちゃんの音楽仲間とおぼしき男性のほうへ走っていった。彼はアコースティックギターのプレイヤーで、夫人は画家だったはずだ。

「ちゃんとご挨拶してませんでしたよね」テンペストは彼に追いつき、バス停まで一緒に歩いていった。「いかがお過ごしですか？」

「ご親切にどうも」彼はどっしりした声で答えた。「わたしもサラに連絡を取りたいんですがねえ」

「え？」

「おや？　だから尋ねてくださったのかと思いましたよ。妻はモラグと一緒に芸術家の合宿へ行きましてね――いまや悪名高き〝連絡の取れない合宿〟ですがね。フェリーが動きだすまでは、連絡が取れたとしても帰ってこられませんよ」

もうしばらく雑談したあと、テンペストは彼と別れ、坂道を走ってギディオンを捜しに行った。音楽家の彼の話からは——いまだに名前を思い出せない——なにも収穫がなかった。

テンペストは、オークの木の陰に隠れているギディオンを見つけた。

「声が小さくて聞こえないね」テンペストはささやいた。「遠すぎるのよ」だが、ふたりのいる場所からは、アッシュと新しい訪問者のようすがよく見えた。

「これ以上近づいたら気づかれるぞ。あれが見えるか?」ギディオンは指さした。

「おじいちゃんがお菓子の箱を渡したね」

「オレンジのお菓子の箱から札束が覗いてる」

アッシュが手先の早業《はやわざ》を使っても、テンペストは気づいたはずだった。だが、アッシュが客に食べもののみやげを持たせるのはいつものことなので、テンペストは見過ごしていた。

「あの女性は身長が百五十センチくらいだよね」テンペストはつぶやいた。「狭い入口を通り抜けて、極小の空間でも体を曲げて入っていられるだろうね」

「アッシュは旅回りのマジシャン一家の出身だったな? 家に閉じこめられて、昔がなつかしくなって曲芸をやってもらおうと思ったとか?」

「いいえ」テンペストは観察をつづけた。「おじいちゃんは、自分の代わりになにかを盗んでもらうつもりなのよ」

「待ってくれ、いまなんて言った?」

「車に戻ってて」

「きみはどうするんだ?」

「とにかく車に戻って。わたしもすぐ行くから」

テンペストは曲芸師のあとを追い、敷地のまえの通りに駐めた古いフォルクスワーゲン・ラビットに乗りこもうとしているところを捕まえた。

「フルールさんですよね?」テンペストは笑顔で片手を差し出した。「二年くらいまえにサンフランシスコでパフォーマンスを拝見しました。ファイアーイーティング、すごかったです。わたし、テンペストっていいます」

フルールは菓子箱を座席に置き、温かな笑みを浮かべて振り返った。心からの笑顔に見えたが、ひたいは不安そうにしわが寄っていた。「覚えていてくれてうれしいわ」

「祖父もあなたのショーを見ていたなんて知りませんでした」

「おじいさまとは大道芸をやってるときに知り合ったの。たいていの人は、わたしの写真を撮ってもチップは入れてくれないのよね。でも、おじいさまは写真も撮らずに五十ドル札を入れてくれたの」

テンペストの心は沈んだ。ギディオンの言うとおりだ。おそらくアッシュはまた気前のよいところを見せただけだろう。曲芸師として生計を立てるのは大変だ。

フルールは言葉を切り、思い出にちょっとほほえんでから、話をつづけた。「高額なチップをくれる人って、たいていはこれ見よがしに二十ドル札を掲げて、自分がいかに太っ腹か連れに見せつけたがるの。でもアショクはひとりだった。五ドル札に見えるように折りたたんでたけど、わたしには違いがわかる。そういうことをするのがどんな人かもわかる。アショクは、あとでわたしがチップを数えたときに、だれが五十ドル札を入れたのかわからないようにそうしたのよ。わたしがその日だれかを笑顔にしたのを知って幸せな気分になるだけでいいと思ったんでしょうね」

「いかにも祖父らしいな。チップと一緒に手作りのランチを入れなかったのが不思議なくらいです。お金の上にこぼれたらいけないから、遠慮したんでしょうけど」

「すばらしくいいにおいのするランチを自転車でどこかに配達する途中だったみたい。だから、長居できなかったのね。でも、帰りがけにまた寄ってくれた。クッキーを二枚取っておいてくれたのよ」彼女は眉をひそめた。「逮捕されたなんて、ほんとうに気の毒ね」

「祖父に会いに来てくださってよかった。たぶん、逮捕されたことはまだニュースにはなってないんですよね」テンペストは心配しすぎでなければいいのだがと思い、唇を噛《か》んだ。「ネットでなにを言われているかと思うと怖くて、見ていないんです」顔をゆがめ、嗚咽《おえつ》をこらえるふりをした。

「心配しないで」フルールは励ますように言った。「ニュースを見て来たんじゃないのよ。おじいさまから電話がかかってきたの」

「祖父のほうから?」

フルールは顔をしかめた。しゃべりすぎたと気づいたのだろう。テンペストは笑みを噛み殺した。「祖父が電話をかけるほど親しいんですね」

「親しくはなかった。ええ、いまもそれほどでもない」フルールはつっかえながら言った。「パフォーマー仲間とおしゃべりしたかったんじゃないかしら」

テンペストはとっておきのチェシャ猫のような笑みを浮かべてみせた。「お金のことは知ってます。今日も祖父が渡しましたよね。五十ドル札一枚じゃなくて」

フルールはステージ用の笑顔になった。目が笑っていない。「ほんとうに気前がいいわよね」

「祖父には裁判で不利になるようなことをさせたくないんです。祖父はインドやスコットランドの司法の仕組みはわかっていても、アメリカのことはわかっていません」厳密に言えば事実ではない。モーがアメリカの警察ドキュメンタリー番組の大ファンだし、アッシュはエマが失踪したときに、カリフォルニアの法執行機関について知りたくもないのに知る羽目になった。

「わたしは『ザ・テンペストと海』のショーを観たから、あなたが想像力豊かなのは知ってるわ。去年あんな災難にあってもその想像力は衰えなかったのね」

「祖父になにを頼まれたのか知りませんが」テンペストは言った。「祖父に害が及ぶようなことはしないでくださいね。わたしは祖父ほど寛大じゃありませんので」

15

「三振か？」

フルールの最後の言葉に心を乱されたテンペストは、車のドアを手荒に閉め、座席に身を沈めた。「あの車をつけて」

ギディオンは声をあげて笑った。

テンペストは片眉をあげてみせた。

ギディオンは笑うのをやめた。「本気なのか？」

「やるだけやってみなくちゃ」

五分もたたないうちにフルールの車がＹ字路で本線を離れて高速道路に向かい、その時点で尾行は失敗した。フルールが二車線をすばやく横断して高速道路に入るとは予測していなかったし、ギディオンが賢明にも交通事故を起こさないことを優先したからだ。フランスから輸入された一九六〇年代の水色のルノーなど、そもそも目立ちすぎて尾行には適さない。

尾行をあきらめ、ギディオンはヒドゥン・クリークの中心街へ向かった。昔のメイン・ストリートの風情《ふぜい》が残る幅の狭い通りが走っていて、小さな商店やラヴィニアの〈ヴェジー・マジック〉のようなカフェがひしめいている。通りの片側には木々の茂る丘の斜面が広がり、反対側には現代風のショッピングセンターがある。ショッピングセンターには立体駐車場と中規模のスーパーマーケットがあり、テンペストはそこで祖父に頼まれた買い物をするつもりだった。週に二度、ショッピングセンターでは産直市が開催される。今日は屋外駐車場の一角に期間限定《ポップアップ》のフードトラックが何台も並んでいる。

ヒドゥン・クリークは小さな町だが、都会的な面もある。大都市が近いわりに人口が増えないのは、丘の斜面という地理的な要因と、地下に川が流れているため、建物を密に建てることができないからだ。立体駐車場はまだ新しく、かわいらしいメイン・ストリートと便利なショッピングセンターに近隣の町から客を呼びこむために建設されたが、はからずも無料の駐車場を求めて周囲の住宅地をぐるぐるまわる車が増えたため、駐車料金は早々に徴収されなくなった。

「タコスはどう?」ギディオンは駐車場に入りながら尋ねた。「訂正。こんなときに食欲なんかないよな――」

「ううん。なにか食べよう。おなかすいた」テンペストはフードトラックを目にしたとたんに、空腹に気づいた。今日は朝からなにも食べていない。「おじいちゃんから教わったのは、なにはともあれ、忙しくても食事をとるのは大事だってこと」祖父の教えを最後まで言うなら、〝大好きな人と一緒に〟とつけくわえるところだが、ギディオンとの関係をぎくしゃくしたものにしたくなかった。

ふたりはそれぞれ食べたいものを買うために、別々のフードトラックへ向かった。テンペストは、四人並んだ列の最後尾につくと、緊張が少しやわらぐのを感じた。

テンペストはポップアップ・ショップをこよなく愛している。フードトラックにかぎらず、空き店舗や空き地に短期間だけ現れる店全般が大好きなのだ。ひとつには、そういう世代に生まれたからだと思っているが、ポップアップ・ショップがマジックと同じ効果を生み出そうと工夫しているところにも親しみを感じる。その目的とは、センス・オブ・ワンダーをもたらすような驚きを客に体験してもらうことだ。マジックもポップアップ・ショップも、つかのまのものだ。特別なものでもある。そして、上手にやれば、ほんとうにすばらしい体験をしてもらうことができる。

この〝ポップアップ〟を引退公演のテーマにできないかと、テンペストは考えていた。一度かぎりの公演なので、いろいろな意味で特別な感じがするものにしたかった。マネージャーのウィンストン・カプールには、計画の全容をまだ伝えていなかった。ウィニーは反対するだろうから。

以前、はじめて主演を務めたショー『ザ・テンペストと海』につづく第二作のストーリーを書こうと何カ月も奮闘したが、完成しなかった。まずストーリーがなければならない。これは絶対だ。マジックとはトリックがすべてではない。記憶に残るイリュージョンを創造したければ、なおさらそうだ。観客をだますのは簡単だ。だが、はっとさせ、子ども時代に引き戻されるようなストーリーに没頭させるのは難しい。

それでも、危険な演技を主導したあげく大失敗して観客の命を危険にさらしたという疑惑を晴らしたのだから、最後にもう一度だけ公演し、テレビ放送することに同意したのだ。有終の美を飾れば、ファンにきちんとお別れを伝えることができるし、報酬を自宅の建設費用や父親の会社の立てなおしに充てることができる。

ただし問題がある。ストーリーをどう締めくくればいいのか、まだわからないのだ。最後の公演は自分自身を見せるショーにするつもりだ。自分がたどってきたのは、三十年まえにエジンバラでセルキー・シスターズとして活躍していた母親とおばが歩いた道だ——ふたりとも、マジックによって命を落としてしまった。この世のものとは思えぬ存在感を放っていたエマとエルスペスのラージ姉妹は、自分たちはスコットランドに伝わる架空の生きものセルキーとインド人船乗りのあいだに生まれ、陸の言葉と海の言葉のあいだに囚《とら》われているという物語を紡《つむ》いだ。大がかりなイリュージョンは古典的なマジックを参考に、謎めいた影を生み出す幻灯機や鏡の裏に隠したワイヤー、巧妙な照明といった、素朴だが魅惑的な仕掛けを使った。

エルスペスおばと母親がいなくなってしまったあと、テンペストは自身で海の物語を創造した。ふたりを取り戻し、自分と観客に現実の世界にはないハッピーエンドを贈るために。

引退公演は、母親とおばのストーリーからはじめると決めていた。でも、今回のエンディングはまったく違うものになるはずだ。今回は——。

「お客さん?」窓口の男の声がテンペストを現実に引き戻した。「ご注文はなんでしょう?」

テンペストは過去の回想に気を取られ、列が進んでいたことに気づいていなかった。ぶるりとかぶりを振り、アンズタケのグリルをバーベキューソースで和えた具がたっぷり詰まったふわふわの包子《パオズ》を注文した。このフードトラックの店名は〈毒きのこと水蒸気《トゥドスツール・アンド・スティーム》〉で、片眼鏡をかけた蛙が大きなきのこに腰かけて包子を食べているスチームパンク風のイラストが描いてある。

まあ、フードトラックが独自性をいちばん発揮しようとがんばるのは、ときに店名とロゴなのかもしれない。それでも、包子はとてもおいしかった。

テンペストは、ファンという友人の調理師が出した新しい店の場所を調べるのを忘れないよう、スマートフォンにメモした。ファンはオーナーが引退した〈タンドーリ・パレス〉というレストランを買い取り〈オディシャ・トゥ・オアハカ〉に改名し、かっこいいロゴをガールフレンドにデザインしてもらった。〈タンドーリ・パレス〉の料理長だったころに会得したインド料理と祖母に教わったメキシコ料理をミックスした多国籍料理のレストランに作り替えたのだ。

外の空気は冬らしくひんやりとしていたので、テンペストとギディオンはそれぞれ包子と焼きたてのタコスを持って車に戻った。それに、背の高い共用テーブルは十数人の先客で混み合っていて、車のほうがプライバシーを確保できた。

「ここの食文化もついにフランスとフィリピンに追いついてくれてうれしいよ」ギディオンはタコスをひと口味わってから言った。

テンペストは片眉をあげた。「あなたは石を彫りはじめると寝るのも忘れるくらい夢中になるよね、でも石の下で暮らしてたの？　カリフォルニアではずっとまえからおいしいタコスを食べられたよ」

「だけど、みんながそのおいしさをほんとうにわかるようになったのは最近だ」

テンペストは黙っていた。ふんわりとしたおいしい包子をひと口ひと口、ゆっくり味わいたかったからだ。

ギディオンは一個目のタコスを食べ終え、もう一個をダッシュボードに置いた。しばらく窓の外を見つめてから、テンペストのほうを向いた。「あの晩、現場にいなかったのが残念だ」

「あなたはおどろおどろしいことが苦手でしょ」

ギディオンはうなずいた。「だが、観察するのは得意だ。現場にいたら、アッシュの容疑が晴れるようなものを目撃していたかもしれない」

テンペストはほほえんだ。「状況は変わらなかったかもよ。あなたが並はずれた観察眼を発揮するのはスマホを持っていないからだけど、あの晩はみんなもそうだった。サンジャイが降霊会のまえにみんなのスマホをあずかったの。わたしたちはみんな降霊会に集中してた。でも、なにも見ていない。室内が真っ暗だったから」

「待ってくれ。だったら、どうしてコービンの胸にナイフが刺さっているのが見えたんだ？それに照明はどうやってつけた？」

テンペストは動きを止めた。「照明は……数秒後についた」

「全員が丸テーブルを囲んで手をつないでいたんだろ？」

そのとおりだ。照明をどうやってつけたのだろう？　テンペストは目を閉じ、あのとき見たものを思い返した。衝撃がまだ癒えていないし、いまとなっては記憶もぼやけて怪しくなっているが、まだ鮮明に思い出せることはないだろうか？

テンペストは目を見ひらいた。「照明は天井のものじゃなかった。偽の暖炉の明かりよ」

「暖かそうな暖炉のプロジェクション？」

「音もなく光と影が浮かびあがって、なんだか不気味だったのよね。怪談をやるときに、顎の下から懐中電灯で照らすような感じ」

「テンペスト。あのプロジェクターはリモコンで操作するんだ。だれも手を放していないのに、どうして……」

テンペストは手を使わずにスニーカーを脱ぎ、つま先でギディオンを押した。この窮屈なヨーロッパ車のなかでは難しかったが、テンペストはもっと狭苦しい場所でも体をねじることができる。

「だれかが足を使ったと言うのか？」ギディオンは疑《うたぐ》り深そうな顔をしたつもりだろうが、人がよいのであまりうまくいっていなかった。

「可能性はあるでしょ。簡単だし」

「きみやアッシュのようなマジシャンなら——」ギディオンは途中でまずいことを言ったと気づいて口をつぐんだ。

だが、彼の言うとおりだった。あのリモコンは、足の指でボタンを押すだけで操作できるようなしろものではない。あの瞬間を狙って揺らめく薄明かりをつけた狡猾《こうかつ》な人物がいるのだ。コービンを殺したばかりか、テーブルを囲んでいた全員が手をつないでいたように見せかけようとしている人物が。事実をつなぎ合わせると、なんらかの理由ですべてが緻密に演出されていたのではないかという思いがますます強くなった。

「サンジャイはどうなんだ？」ギディオンがあせってつけたした。「きみは彼のことをほんとうによく知っているのか——」

「サンジャイはやってないよ」

「アッシュでもないことはわかってるんだろ。マジックのトリックみたいな殺人を企《くわだ》てるには、大変な労力がかかる。それに、降霊会をやったのはサンジャイだ」

「サンジャイじゃないってば。ほんとに。でもありがとう。おかげで頭のなかが整理された。これはただの殺人事件じゃない。だれかが疑いの目を特定の方向へそらそうとしてるのよ」テンペストは包子の包み紙を左手でくしゃくしゃに握りしめた。

「いらいらするのはわかるが――」

「そう思ってるのなら、あなたは自分で思ってるほど観察力はないね」テンペストは左手にフッと息を吹きかけ、指を一本一本ひらいていった。包子の包み紙は消えていた。

「そのだれかは、コービン・コルトを殺したのはマジシャンだと思わせたがってるんだな」ギディオンはささやいた。

「医師でもあったから、かならず遺体を検《あらた》めるマジシャン。そのだれかは、おじいちゃんに濡《ぬ》れ衣《ぎぬ》を着せようとしてるのよ」

16

「なかに入らなくてもいいだろ」翌朝、ラヴィニアの玄関の呼び鈴を鳴らしながら、ギディオンがテンペストに言った。

ふたりはアッシュお手製のカルダモンクッキーと、食欲をそそるレンズ豆のシチュー、焼きたてのチャパティを詰めたバスケットを持ってきていた。テンペストはポーチで待つあいだ、風が冷たいだけでなく、だれかが祖父をはめようとしているのが不安で震えていた。

ラインハート刑事にはあらかじめ電話をかけ、降霊会のあいだにプロジェクターが作動したのを思い出したと伝え、リモコンを調べるように提案した。ラインハートはとくに反応を示さなかったので、この情報をすでに知っていたのか、それとも捜査状況を明かさないようにしているだけなのか、テンペストにはわからなかった。どちらにせよ、この情報が手がかりになるとは思えなかった。あの部屋にいただれかが、悪意なくリモコンを操作した可能性もある。テンペストは、こんなにブラックバーン刑事が恋しくなるとは思ってもいなかった。テンペストの母親がいなくなったときに捜索を担当したのがブラックバーンだった。あの件を消失事件、と彼は呼んだ。捜索の状況を逐一教えてくれたわけではないが、ともかく血の通った人間らしい話ができたし、差し支えのない範囲で疑問に答えてくれた。

みんなが早々にあきらめ、エマ・ラージは精神的に参ってみずから命を捨てたか逃げたのだろうとささやきはじめても、ブラックバーンはあらゆる角度から調べつづけた。〈ウィスパリング・クリーク劇場〉を長いあいだ閉鎖したが、結局は警察署長が介入して劇場の営業を再開させた。ブラックバーンは、エマは姉が殺されたという事実を証明しようとして失踪したことを知らない。テンペストも当時は知らなかった。ブラックバーンは完璧ではなかったけれど、精一杯やってくれた。もしあのとき、ほんとうはなにが起きているのかわかっていたら、どんな結果になっていただろう？

「大丈夫か？」ギディオンが尋ねた。

いや、大丈夫じゃない。おじいちゃんはたぶん刑務所に入れられる。お母さんはたぶん死んでる。自分の生活は、しっちゃかめっちゃかだったのがほんの少し整理できただけだし。

「ちょっと寒いね」でも、テンペストはそう答えた。嘘ではない。すべてを語ってはいないだけ。

「アッシュからラヴィニアにお見舞いのバスケットを届けてくれと頼まれるとは思ってなかったよ」ギディオンは小声で言った。「第一容疑者のひとりなのに」

テンペストは彼と目を合わせないようにした。

ギディオンはうめいた。「アッシュがこのバスケットを用意したんじゃないんだな？　きみが容疑者と会うために作ったんだ。とんでもないぞ――」

「わたしだってひとりで来るほどばかじゃないし。あなたを連れてきたでしょ」テンペストは精一杯にこやかな笑顔を作り、もう一度呼び鈴を鳴らした。

ラヴィニア・キングズリーの自宅は、テンペストの家からさらにヒドゥン・クリークの坂道をのぼったところにあり、サンフランシスコ湾とベイ・ブリッジ、ゴールデン・ゲート・ブリッジがよく見える――霧がかかっていなければ。今日は霧がかかっていた。そして、自分の息が見えるほど寒かった。

ヒドゥン・クリークのある丘の斜面の地勢には変わった特徴があった。前世紀はじめの大地震によって、自然河川の大部分が地下にもぐってしまったのだ。夜にレストランへ出かけたときや朝の散歩中に、どっちを向いても川など見えないのに水が流れる音だけが聞こえると、慣れないうちはぎょっとするかもしれない。川はところどころで地表を流れ、とくに植生の豊かな場所の近くでまた地中にもぐっていく。

玄関のドアをあけたのはクミコだった。

「祖父から差し入れです」テンペストはバスケットを掲げた。「祖父が逮捕されたことはもうご存じでしょうけど――」

「もちろん、あなたのおじいさまはコービンを殺したりしてないわ」クミコはきっぱりと言った。「みんなわかってる。アショクは無謀にも助けるに値しない男を助けようとした。なんて心が広いのかしら」興味津々でバスケットを見やった。「なにを届けてくださったの?」

「いろいろなパンとシチュー、カルダモンクッキーです」

「アショクがわたしにカルダモンクッキーを?」クミコの顔がぱっと明るくなった。バスケットのいちばん上に入っていたクッキーの箱を取り、一枚取り出してかじった。義理の息子が娘の家に侵入したと思ったときとは違い、毒入りかどうか疑いもしない。「わたしがこのクッキーに目がないのを覚えていてくれたのね」

「ラヴィニアも好きですよね」

クミコが悲しそうな顔になった。「まだ眠ってるのよ。いいえ、眠ろうとしてる。今回のことはあまりにつらすぎたわ」

「それは休ませてあげないと」ギディオンが口を挟んだ。「おれたち、バスケットを届けてお見舞いの気持ちを伝えたかっただけなんで。行こう、テンペスト」

ふたりはギディオンの車へ戻った。クミコが背後でドアを閉めた。

「よけいなことを考えるんじゃないぞ」ギディオンは車の手前で言った。

「なんのこと?」

「いま地下室のドアを見てただろ」

「〈ラヴィニアの隠れ家〉っていうのよ。地下室じゃなくて」テンペストは犯罪現場を示すテープをつい見てしまっていた。

「そして、捜査中の犯罪現場でもある」

「わたしはなにもしてないでしょ」テンペストはまだギディオンのほうを向くことができなかった。

「ほらほら、地下室のドアに引き寄せられてるぞ」

「そんなことないけど?」テンペストはさらに二歩、ドアへ近づいた。ドアのまえに張り巡らされたテープが侵入しようとする者を阻止している。ばれずに入るのは不可能だ。どちらにしても、ドアには鍵がかかっているだろう。「それと、地下室じゃなくて隠れ家。覚えて」

「新しいタイヤを買いにいこう。そのあと、おれは仕事がある」

テンペストはため息をつき、ルビーレッドのスニーカーの踵《かかと》を軸にくるりとまわってギディオンと向き合った。彼は車の丸みを帯びたボンネットに寄りかかり、腕組みをしていた。「クミコはおじいちゃんがコービンを殺したとは思ってなかったね」

「社交辞令かもしれないぞ。それに、まだおれたちを見張ってるかもしれない」ギディオンは母屋のほうへ顎をしゃくった。

「クミコは社交辞令なんか言わないよ」テンペストは車に乗ってから言った。「クッキーも食べたし。毒入りじゃないとわかってたからよ」

「クミコが義理の息子を殺したと思ってるのか？」ギディオンは面くらい、車のキーを足元に取り落とした。

いま、家のカーテンが揺れなかったか？「あるいは、彼女はだれが犯人か知ってるのかも」

17

ギディオンはテンペストと新しいタイヤを〈フィドル弾きの阿房宮〉でおろした。このあと彼には仕事があるので、テンペストは自分でタイヤを交換できると告げた。嘘ではない。テンペストはタイヤを交換し終えて、アッシュのようすを見に行った。彼は年配の男性と楽しそうにしゃべっていて、そばにはスリムでエネルギッシュな飼い主によく似たグレイハウンドがいた。お三方《さんかた》はデッキのダイニングテーブルで朝食をとっていた。

出かけていたことはアッシュに気づかれていなかったようなので、テンペストはこっそりジープに乗りこみ、町のはずれへ向かった。〈ウィスパリング・クリーク劇場〉の支配人と会う約束があった。キャンセルしようかと考えたものの、とりあえず劇場の鍵は受け取っておきたかった。

不安に正面から向き合う。そのために、いまは使われていない劇場を借りる契約をしたのだ。今年予定されている引退公演の稽古もするつもりだった。この二カ月ほど、何度か年下の友達ジャスティンにアブラカダブラをあずけてラスヴェガスへ行き、打ち合わせをすませた。これから重要な問題に取りかからなければならない。引退公演でどんなストーリーを語るのか？

もちろん、それは決まっている。ずっとまえから決まっていた。ちゃんとやり遂げられるのであれば。

エマは〈ウィスパリング・クリーク劇場〉で公演中に姿を消した。テンペストはなによりも母親とおばにほんとうはなにがあったのか知り、ふたりのストーリーを語りたかった。正義のためか。けりをつけるためか。目的はわからない。ただ、もう一度はじめに戻る必要があることだけはわかっていた。祖父の容疑が晴れたら、それに取りかかるつもりだった。

劇場の駐車場には一台だけ車が駐まっていた。つややかなシルバーの電動ＳＵＶだ。駐車場のあちこちでアスファルトの裂け目から背の高い雑草がのびているが、ＳＵＶの所有者は、まだ雑草が進出していない奥の場所を選んでいた。テンペストはジープを降り、子どものころ〝酸っぱいお花〟と呼んでいた黄色い花の咲いている草の茂みをよけて歩いていった。

エマが失踪したあともしばらくふたつの劇団が劇場を使いつづけたが、何度か奇妙なできごとが起きたのち、なにかがこの劇場に取り憑《つ》いているという噂が広まった。噂を本気で信じる者はいなかったものの、もともと演劇関係者には迷信深い人が多い(テンペストも劇場内で〝あのスコットランドの芝居〟のほんとうのタイトルを言ってはいけないことは知っている)。けれど、おそらくこの劇場が使われなくなったのは、管理と設備がもっと充実している劇場が近隣にいくつもあったからだろう。劇団はよそへ移り、〈ウィスパリング・クリーク劇場〉は二年まえから一度も使われていなかった。

うらぶれた劇場のなかへ入るアーチ形の木のドアのまえに、支配人が立っていた。不快そうに蜘蛛《くも》の巣を見ている。彼女はサンジャイやテンペストにも負けないほどさりげなくティッシュで蜘蛛の巣を拭き取り、その四秒後にそばまで来たテンペストをにこやかに迎えた。ドアに蜘蛛がいた形跡はみじんも残っていない。

「わたしは蜘蛛くらい平気ですよ」テンペストは言った。

支配人の笑顔が申し訳なさそうになった。「こんなことになっていたとは知らなくて……」

「いいんです」荒れ果てた建物全体に目を走らせると、期待と不安が混じり合った感情がしだいに高まってきた。ラスヴェガスに未練はないが、観客が驚きに息を呑むようすは恋しかった。思わずこぼれる笑みが。子どものころの夢を思い出させるようなセンス・オブ・ワンダーが。

「よかったら、ちゃんとした清掃業者の連絡先をさしあげますよ」

「ほんとうに大丈夫です。気にしません」

支配人は気まずそうな顔でテンペストに鍵を渡し、いかにも接客マニュアルどおりの言葉をふたことみこと残すと、ひとけのない劇場からピカピカに磨きあげた車へそそくさと向かった。車がタイヤをきしらせて空の駐車場を出ていく。

重い木のドアはあけるとひどく大きな音をたて、別の音をかき消しそうになった。一台の車が駐車場に入ってきたのだ。

運転しているのは、テンペストの髪のように漆黒《しっこく》だが癖毛ではなくストレートヘアの女性だった。エンジンを切ったあと、七秒間はじっとしていた。迷っているのだろうか？　降りてきたラヴィニア・キングズリーの顔は赤くまだらになっていて、表情は沈んでいた。足首まで届く黒いワンピース姿で、夫を亡くして嘆き悲しんでいる女性の役を演じているかのようだった。

「母から、あなたが来たって聞いたの」ラヴィニアのワンピースの裾が風にはためいた。「ここにいるんじゃないかなと思って」

いい、いい、ひとりきりで。

ラヴィニアが異常なシリアル・キラーではなく、もっともな理由があってコービンを殺したのだとしても、岩だらけで傾斜が急なせいで宅地にできず、周囲になにもない無人の駐車場で、彼女とふたりきりになるのは気が進まない。そばにいる生きものは、数羽の鳥たちだけだ。あ、それからリスが一匹。ところが、そのリスは反対側へ走っていく。ふわふわの尻尾が木の幹のむこうに消えた。

「おじいさまからの差し入れを届けてくれたお礼を言いたかったの」ラヴィニアは言った。

「あのクッキーは母の大好物なのよ。〈ヴェジー・マジック〉の料理より気に入ってる」彼女は口ごもった。「おじいさまのこと、お気の毒に思ってるわ」

「祖父は犯人じゃない――」

「おじいさまがコービンに手を出すわけがない。たとえ……」ラヴィニアはふたたびためらった。「あのふたりのあいだになにがあったか知ってる？」

「接近禁止命令でしょ」

「わたしはコービンを止めたのよ。あの人はひどく執念深くなることがあって。ダリウスもアッシュも、わたしが彼を止めようとしたのは知ってるわ。結局、止められなかったけど、アッシュが〈ヴェジー・マジック〉で食事をしたらお代はいただかないことにしてるの」ラヴィニアはかぶりを振った。「アッシュはそれすらさせてくれないんだけどね。いつもお代と同じくらいのチップを置いてくれて」

「おじいちゃんらしいな」

「そんな人が人殺しをするわけがない。それはみんなわかってる」

「あの新顔の刑事と地区検事以外はね」

「だから、警察にはコービンのファンを調べてくれって言ったの。ファンのだれかがやったとしか思えない。熱狂的な読者っているでしょう。とくに彼の作品は読み手に強烈な感情を引き起こす。そして、彼のファンは彼を奇妙なやり方で殺そうとするでしょうね。だから、ファンのだれかがやったのよ」ラヴィニアは鍵の束を握りしめ、一気にしゃべった。

「刑事にはその話をしたの?」

「話をしただけじゃなくて、気味の悪いファンレターも警察に渡したわ」ラヴィニアは言葉を切った。「コービンは、若いころからあんな人だったわけじゃないのよ。出会ったころにくらべるとまるで別人になってしまった。昔は書くことが大好きで、書くことに関係するものすべてを愛してた。わたしはカフェの経営を軌道に乗せて、充実した生活を送り、読書会をやったりして趣味も楽しんでた。でもコービンは?〈ヴェジー・マジック〉が繁盛するようになってからは顔を出さなくなった——混雑してうるさいからと言ってたけどね。わたしたちには子どもがいなかったし、それぞれの生活に忙しかったから、彼が浮気をしていたことに驚くほうが間違ってたのかもしれない。そりゃ腹が立ったわ。わたしの人生から追い出したかった。でも、本気で殺したいと思ってたわけじゃない。あなたにその話をしたときは、ただムカついていただけなの。わたしは——」

「だから、ここまでついてきたの?」

「そういう言い方は——」ラヴィニアは途中で言葉を引っこめ、悪態をついた。そして、笑い声をあげた。おどおどした笑いでも偽物くさい笑いでもなく、我慢できないと言わんばかりの腹の底から出てくる高笑いだった。「メールとかテキストメッセージって誤解のもとでしょう。わたしは、直接会ったほうがあなたも安心すると思ったの。目を見て話せば、わたしはあの人を殺してないとわかってもらえると」

ラヴィニアはテンペストと距離を置いたまま、目を見据えてそう言った。かつて数えきれないほどの人々が生業《なりわい》として嘘を語ってきた劇場のまえで、いかにも誠実そうに言われても、説得力に欠ける。

「ご心配なく」テンペストは言った。「警察はあなたには目をつけてないから」

「わたしはあなたにも、犯人じゃないとわかってもらいたいの」ラヴィニアの顔が一瞬、嫌悪でゆがんだが、それはテンペストに向けられたものではなかった。ラヴィニアが握っていた手をひらくと、鍵がつけた跡が見えた。肌がへこんでいるだけではない。べとべとしたものがついている。血がにじむほど握りしめていたのだろうか？　ラヴィニアはワンピースのスカートの部分で手のひらを拭い、背を向けた。

テンペストは、言いたいことを言い終えたラヴィニアをそのまま行かせ、劇場で仕事に取りかかることもできた。だが、ラヴィニアは胸の内を伝えにきてくれたのだ。そもそも今朝テンペストが口実まで作ってラヴィニアの自宅を訪れたのは、彼女の言葉が聞きたかったからではないか。ラヴィニアは、アッシュおじいちゃんにかかった嫌疑を晴らすことのできる事実を知っているかもしれない。

「ほんとうにコービンのファンが犯人だと思ってるの？」テンペストはラヴィニアの後ろ姿に向かって尋ねた。

ラヴィニアは車のドアのまえで止まった。「だって、ほかにいる？」

「コービンのファンは、あのときわたしたちと一緒に〈オックスフォード・コンマ〉にいなかったでしょう」

「コービンの事件は、わたしたちディテクション・キーズが読む本に出てくるような不可能犯罪だと?」

「そのとおりよ」

ラヴィニアは空を仰いだ。冷たい風に吹かれ、顔のまわりの顔が乱れた。「わたしもそう思う。そうじゃなかったらいいのに」

「読書会のメンバーとはいつごろ知り合ったの?」

ラヴィニアは髪を耳にかけ、テンペストを冷たい目で見つめた。「あのなかのひとりが犯人だとは思いたくない程度には古いつきあいよ。とはいえ、コービンに裏切られて……古いつきあいだからって信頼できるわけじゃないと思い知ったわ。それでも、ディテクション・キーズのみんなは……おたがいをわかり合ってる」

「イギリスの有名なミステリ作家のクラブにちなんで、読書会をそう名付けたのね」

その言葉に、ラヴィニアはかすかな笑みを浮かべた。「そうよ。イギリスのディテクション・クラブへのオマージュ。探偵小説の黄金時代に作家の親睦団体として設立されたのよね。わたしたちは作家ではないけれど、彼ら彼女らの作品を愛してるから。わたしたち四人は、名前の頭文字がKEYSの四文字のどれかなの。エラリーのアイデアよ、パズルが大好きなのよ。わたしはラヴィニア・カズミ＝キングズリーだからK。エラリーとシルヴィーはすぐわかるでしょう」

「アイヴィはYね。ヤングブラッドだから」

「会のはじまりは〈ヴェジー・マジック〉だった。シルヴィーとエラリーは、食事が終わってもなかなか帰らずにミステリの話をしていたの。チップをたっぷり払ってくれたから、長居されてもぜんぜんかまわなかった。そんなある日、シルヴィーとエラリーが、当時入っていた読書会の愚痴をこぼしているのが聞こえたの。なんでも、ほかのメンバーたちは有名人がすすめた流行《はや》りの新刊にしか興味がなくて、本を読むより会で飲むワインを選ぶほうに時間をかけてるとか。わたしは、アイヴィがカフェにひとりで来て、クラシック・ミステリを読みふけってるのを見てた。だから、試しに四人で開店まえの〈ヴェジー・マジック〉でコーヒーを飲みながら読書会をやってみないかって誘ったの。シルヴィーは、アイヴィを仲間に入れることに最初は反対したわ。アイヴィはわたしたち三人よりかなり若いからね。クラシック・ミステリをハイウェストのジーンズとかウェストポーチみたいな一時の流行だと思ってるんじゃないかって」

「アイヴィはだれよりもクラシック・ミステリに詳しいと思うけど」

「たしかにそうだった。アイヴィは若いけれど、理想の会員だってすぐにわかったわ」

「それに、アイヴィのおかげでKEYSの四文字がそろった」

ラヴィニアはまた空を仰いだ。「あなたのおじいさまに首を突っこませるんじゃなかった」ディテクション・キーズの話をしているときは声にはっきりと感じられた温かみがなかった。すっかり冷たい声になっている。不気味ですらあった。まるでまったくの別人になってしまったかのようだ。「あの晩、なにかが起きる予感はあったの」テンペストにさっと視線を向ける。

「わかってたの。コービンにタイプライターを壊されたときから——」

「あれはコービンじゃない」

「えっ？」ラヴィニアの目が怒りできらめいた。

「あのころ、コービンはニューヨークで出版社の人と会ってた。帰ってきたのは降霊会の前日だった」

「そんな。ありえないわ。あの人に決まってるわ。ひねくれたファンに頼んだのかもしれない。なんにしても、コービンのしわざよ。あのデビュー作のキャラクター、レイヴンみたいなやつだったんだから」

テンペストは肌が粟立《あわだ》つのを感じた。ラヴィニアはコービンが大鴉《おおがらす》に変身できたと信じているのだろうか？「本気でそんなことを考えているの——」

ラヴィニアは声をあげて笑った。アイルランド民話の妖精バンシーが本のなかから現れ出たような、甲高く耳に残る笑い声だった。ラヴィニアがこんなふうに笑うのを、テンペストはそれまで聞いたことがなかった。悲嘆の声だろうか、それとも別の感情がこもっていたのだろうか？

「彼がフォレストヴィルからヒドゥン・クリークまで飛んできたとは思わないわ」ラヴィニアは言った。「質問の意図はそういうことかしら。だけど、あの人は作家としてなんとか返り咲こうともがいているうちに、わたしが三十年近くまえに結婚した人とは別人になってしまった。追い求めていることに呑みこまれてしまったの。彼はやっぱりレイヴンなのよ」

18

一時間後、テンペストは、劇場がいまでも公演の会場として使用に耐えることを確認し終えた。助走をつけた前方宙返りや後方倒立回転跳びのあとに勢いよく着地しても、ステージの床板はまったくきしまなかった。テンペストは心のどこかで、不安のもとになっている記憶を追い払えたらと願っていた。だが、不安は強さも与えてくれる。

劇場を出て駐車場に向かおうとすると、空高くのぼった太陽に一瞬目がくらんだ。だから、それがほんとうに見えたかどうかは定かではない——けれど、音はたしかに聞こえた。駐車場から猛スピードで出ていった車のエンジン音が。勘違いかもしれない。この劇場は袋小路にあるわけではない。ただ、道路の先は急峻な坂になっていて、周囲はほとんど未開発なので、車はめったに通らない。それでも、テンペストは急いで車に乗りこみ、ドアをロックした。

しばらくして〈フィドル弾きの阿房宮〉に帰り着くと、通りの脇に立っているオークの古木の一本に、長い金髪を二本の三つ編みにした小柄な女性がもたれて立っていた。まるで幹の瘤《こぶ》から抜け出てきた小妖精のようだ。

テンペストはドライヴウェイに入らずに路肩に車を駐めた。

「あなたの電話番号を知らなかったから」フルールが木の幹から体を起こし、髪から樹皮のかけらを払い落とした。ますます小妖精らしい。「あなたの予定がわからないから、そろそろ帰ろうかと思ってたところ」

「おじいちゃんになにを頼まれたのか、話す気になったの?」

フルールは三つ編みの片方をねじって指にからめ、それから指を抜いて三つ編みがまっすぐに戻るのを見ていた。「アッシュに頼まれたことは、わたしにはできなかった。代わりにあなたならできるかもしれないから、話そうと思って」

テンペストは急《せ》かさないように黙っていた。頭上の木の梢で二羽の鳥が羽ばたき、飛び立った。

「もしアッシュに殺されたのなら」八秒間の沈黙のあと、フルールはつづけた。「その人は殺されて当然だったんでしょうね」

「おじいちゃんじゃない――」

「アッシュを助けたいのなら、なにを頼まれたのか教えてあげる」

テンペストは、祖父が殺人犯であるわけなど絶対にないのだとフルールにわからせたかった。けれど、むきになって言い聞かせるのは逆効果だろう。「お願い」テンペストは言った。「おじいちゃんになにを頼まれたのか教えて」

フルールはまた髪を指にからませた。「ある本を取り戻してくれと頼まれたの」

「本?」

「『そして誰もいなくなった』って本」

「アガサ・クリスティの？　古いミステリ小説なんかほしがる理由は？」

「知らないわ。詳しいことはね。アッシュの代わりにその本を取り戻したら、なにがあっても中身は見ないって約束させられたの」

テンペストは身震いした。祖父がフルールに見せたくないものとはなんだろう？　どんどん奇妙な話になっていく。ひとまずわかっていること──ともかく、強く疑っていることが事実かどうか確認しなければならない。「おじいちゃんがあなたに頼んだのは、体がやわらかくて小さな空間にももぐりこめるからじゃない？」

フルールは一度だけうなずいた。「めずらしい初版本とかなのかって訊いてみたの。そうしたら、本そのものに価値はないって。アッシュ以外の人にとってはね」

「その本はどこから取り戻すはずだったの？」

「ある個人宅から」

「無理やり押し入って？」

フルールはきっぱりとかぶりを振った。「いいえ。鍵のかかっていない窓を探せと指示されたの。人間の体が通り抜けられそうにない窓は、みんな鍵をかけ忘れてるものだから」フルールは片方の踵《かかと》をつかんで頭の上へ持ちあげるようにして、脚をまっすぐにのばした。「押し入りはしない。ちょっと変わった方法で入るだけ」

「おじいちゃんの代わりに？　いくらもらったの？」

フルールは曲芸のポーズをやめた。「相当な金額を提示されたけど、全額もらったわけじゃないわ。でも、もらったのは事実。アッシュはいい人よね。絶対に犯人じゃない。役に立ちたかったけど、お金を返さなくちゃ」

「侵入できなかったのね」

「セキュリティ・システムには勝てないもの。とくに、あの家のハイテクなセキュリティ・システムにはね」

「いったいだれの家なの？」

「あのネットの有名人、《ヘイゼルのハッピー・アワー》をやってる女の家」

テンペストは目を丸くしてフルールを見つめた。「それって、コービン・コルトの新しいガールフレンドよ」コービンの不可解な死を取り巻く不可能な要素のうち、ひとつに関係している女性だ。

「知ってる。アッシュはごまかさなかった。だれの家に侵入するのか、はっきりと教えてくれたわ」

テンペストは悪態をついた。なぜ祖父はコービンの古い本などほしがるのだろう？「おじいちゃんは、本の中身は見ないでくれと言ったのよね。そしてあなたは、本の中身がなんなのか、詳しいことは知らない。中身はなんだと思う？」

「アッシュは、その本は今回の事件にとって重要なものだって言ってたわ」

テンペストの頭のなかに、さまざまな仮説が次々と浮かんだ。たった一冊の本でおじいちゃんの容疑が晴れるのだろうか？「どうしてその本が役に立つのかは教えてくれなかったの？」

「わたしはなんとなく、本になにか書いてあるんじゃないかと思った。だから、中身を見るなと言ったんじゃない？」

「おじいちゃんは弁護士を同席させて警察の取り調べを受けてるの。そんな本があるなら――」

「わたしもそう言ったのよ。その本で無実を証明できるなら、警察に証拠として本を押収してもらえばいいじゃないって」フルールは、指先が白くなるほどきつく髪を巻きつけた。「でもアッシュは、警察にはあの本の中身が理解できないと答えた。警察には行かないと約束させられたわ。中身も見てはいけない。アッシュは、少なくとも三回はそう繰り返したの」

いやな感じだ。

「わたしは同意した」フルールはつづけた。「だけど、ふたつ目の約束は守る気がなかった。警察が信用できないのはわかるけど、これほど大きなリスクを冒すのなら、せめて本の中身がなんなのか知りたかったの。それが報酬よ。あなたのおじいさまを助けて――事実を知ることがね」

テンペストは、意外な一面のある彼女を見つめた。「あなたはお金はどうでもいいのね」

「どうでもいいに決まってるでしょ」フルールは吐き捨てるように言った。「お金がほしかったら、もっと楽な仕事を選ぶわ。それから、あなたのおじいさまが犯人だったとしてもかまわない。アッシュはいい人だもの。ほんとうにあの作家を殺したのだとすれば、殺されてもしかたのない人間だったのよ」

「おじいちゃんは殺してない。おじいちゃんが言ったとおり、その本に書かれてることがなんであれ無実を証明してくれるはずよ」

「だけど、なにが書かれてるのかはわからないわ。ヘイゼルの家は厳重なセキュリティ・システムで守られてる。言わせてもらえば、大物ぶってるのよ。セキュリティ対策をしないとファンに侵入されると思ってるんでしょ」

テンペストは、事件の起きた時間帯にヘイゼルとファンがやりとりしていたとアイヴィに話したときのことを思い返した。あれはトリックだったのだろうか？　やはりあらかじめ録画してあったのだろうか？

「大丈夫、テンペスト？」フルールが尋ねた。

「なにがどうなってるんだかもうわからない」

「役に立てればよかったんだけど。気をつけてね、テンペスト」フルールはテンペストに背を向けたが、車のほうへ歩いていかずにツリーハウスへ向かった。

「お金は返さないでいいよ」テンペストは言った。

フルールは振り向いた。

「おじいちゃんは返してほしいとは思ってないもの」テンペストはつけくわえた。「わたしにはわかる」

フルールはゆっくりとうなずいた。「かもね。でも、あなたはそんなことより、アッシュがわたしの失敗を知ってまた新たな泥棒計画を立てるのを防ぎたいんでしょ。どうやらラージ家で頑固なのはアッシュだけじゃないようね。覚えておいて、あなたのおじいさまの代わりに本を取り戻すには、一流のセキュリティ・システムに勝つ必要があるわ。アッシュはゲームのつもりみたいだけど。ゲームじゃないのよ」

なにが起きているにせよ、犯人にとってはゲームに違いない。ヘイゼルはライブ配信に見せかけるためにどんなトリックを使ったのか？　彼女はコービンの死に関与しているのか？　犯人のゲームにヘイゼルが参加していることは、もはや確実だ。

19

「ちょっと整理させてくれるかな」サンジャイが言った。「きみはハイテクなセキュリティ・システムを突破してインフルエンサーの自宅に侵入して、死んだ男の持ち物だった本を盗もうとしてるわけだ。きみのおじいさんがその本をなんとしてもほしがってて、だけど警察には内緒で手に入れたいから」

「そういうこと」テンペストは自室のビーンバッグチェアにのんびりと体をあずけ、スマートフォンでサンジャイと話しながら、天井の万能鍵《スケルトン・キー》の形の星座図を見あげた。

「ひとりで行っちゃだめだ。せめて、ぼくがショーを終えて帰るまで待ってくれ」

「あなたが帰ってくるのは何日も先でしょ。だれかがアッシュをはめようとしてるのなら、そんなに待てない」

サンジャイはパンジャビ語で悪態をついた。

「反響板になってくれてありがと」テンペストは目を閉じ、最後にもう一度、サンジャイがそばにいるところを想像した。「そろそろリハーサルに戻るんでしょ」

「リハーサルなんかあとまわしだ」

「がんばって」テンペストは電話を切り、秘密の階段をおりて空き地を突っ切り、ツリーハウスへ行った。

アッシュの弁護人を担当するヴァネッサとその妻ダリア、娘のナタリーが、ランチに招かれていた。元はといえば、アッシュが〈フィドル弾きの阿房宮〉から出られないので、ヴァネッサを呼んで打ち合わせをするだけのはずが、人付き合いの好きなアッシュがぜひにと家族全員を招待したのだ。もちろんランチのあいだは法律の話はしない。ヴァネッサはランチのあとにひとりで残って打ち合わせができるよう、妻と娘とは別の車で来ていた。

「ミズ・ラージ!」ツリーハウスの玄関ドアがひらいていて、そこから六歳のナタリーがうれしそうに声をあげた。「ヴァネッサママが、アブラカダブラと遊びたいからお城から連れてきてくださいってお願いしてらっしゃいって言ったの」

「すぐ連れてきてあげる」テンペストはほほえんで答えた。アブラカダブラの立派な兎小屋には、たしかにおとぎ話のお城のような塔がついている。アブラカダブラはお城のモチーフなどどうでもよさそうだが、一日二十四時間、外をうろついているわけにはいかないから、小屋で過ごす時間を楽しんでいる。「そのまえに、ご両親にちょっとご挨拶してくるね」

大人たちはキッチンにいた。アッシュは、鋳鉄《ちゅうてつ》のスキレットに入っているいいにおいのするなにかを木のスプーンでかき混ぜ、ダリウスはアイスティーをカラフェに移している。ダリアは、娘のあとからついてきたテンペストに気づき、すぐさまハグをした。テンペストもハグを返した。

「わたしにできることがあったら、なんでも言ってね」ダリアは最後にもう一度テンペストを抱きしめてから解放した。

ダリアがアイヴィの姉だから、テンペストと家族はヴァネッサと知り合ったのだが、いままで彼女に法律の相談をしなければならない事態に陥ったことはなかった。ダリアはアイヴィと同じく天然の赤毛で、ふたりが姉妹であることはひと目でわかるが、見間違えることは絶対にない。アイヴィは小柄でピンクが大好きだが、ダリアはふくよかな体を引き立てるあざやかな色が好みで、黄色い猫目形の眼鏡をかけ、外見どおりの自信に満ちた大きな声で話す。

テンペストはダリアに満面の笑みを返した。「あなたのおかげで最高の弁護士が見つかったよ」

ヴァネッサはテンペストを一瞬ハグしただけだが、笑顔はやはり温かかった。「こんにちは、テンペスト」

ダリアはテンペストの肘に腕をからめた。「ナタリーがテンペストの熊サイズのうさちゃんと遊びたがってるの。わたしたち、いまからアブラカダブラを連れてくるわ。ふたりいればあないから」

ダリアは唇に人差し指を当てた。「お先にどうぞ。わたしはどっちへ行けばいいのかわから

「わたしひとりでもあの子を連れてこられるけど」テンペストはドアを閉めて言った。

ナタリーはくすくす笑い、行ってらっしゃいと手を振った。

の子を運べるでしょ。そうよね、テンペスト？」

敷地内の木がこんもりと茂っているこの場所にいると、半径数キロ圏内にある住宅がツリーハウスだけだと勘違いしそうになる。斜面の下の住宅街を通る道路に車が走っていなかったり、風がある方向から吹きつけてきたりすると、町の名前の由来になった地下河川の音が聞こえてくる。さながら豪雨のあとの激流のような音だ。テンペストは、アブラカダブラの兎小屋がある〈秘密の砦《とりで》〉へダリアを案内した。

「十分たってもわたしたちが戻らなかったら、ヴァネッサが捜しにくるわ」ツリーハウスが見えなくなったころ、ダリアが言った。「あなたを説得するのに十分じゃ足りないかもだけど」

「説得？」

「ヴァネッサは有能な弁護士だし、あなたのおじいさまは無実よ。もし裁判になったとしても、ヴァネッサなら無罪を勝ち取れる。あなたが調査する必要はないの」

「犯罪実話《トゥルークライム》ライターがそんなこと言うんだ」

ダリアが出っ張った木の根を踏み越えた拍子に、眼鏡が鼻からずり落ちた。「過去の迷宮入り事件はまったくの別物よ。わたしがまずい場所に鼻を突っこもうが、関係者はみんなもう亡

くなってるから、だれもわたしを狙わない」

「わたしが調査してるってだれが言ったの？」アイヴィが告げ口するはずはない。

「うわあ」ダリアは未完成の石の塔のまえで立ち止まった。「こんな立派な兎小屋、はじめて見たわ」

「どうぞ入って」テンペストはドアのない入口から屋根のない石の塔のなかに入った。アブラカダブラのお城の形の兎小屋は、塔のほんの一部を占めているだけだが、アブラカダブラがあちこち探索できるくらい広い。大きな灰色のロップイヤーラビットが、兎小屋の正面玄関で訪問者を出迎えた。

　ダリアは兎小屋のまえでひざまずいた。「この子に気に入られるように、なにか食べものを持ってくればよかったな」

「もうたっぷり食べたから大丈夫」テンペストはアブラカダブラを抱きあげた。テンペストが実家に帰ってきてからというもの、彼はみんなにちやほやされて数百グラム太った。「耳のあいだを掻《か》いてもらうのが好きなの」

「かわいいペットで話をそらそうとしても無駄だからね」

「このまえは、熱心に調査を手伝ってくれたのに――」

「あれはほんとうに、ほんとうに間違ってた。ねえ、抱っこさせてくれない？　ほらおいで、うさちゃん。わあ、すごく重い！　ナタリーはこんなに大きくなるまで抱っこしなかったわ。ううん、わたしが抱いていく。過去のわたしの言動は忘れて。わたしは去年より年を重ねて賢くなったのよ。いまじゃ白髪があるんだから。見て」ダリアはテンペストのほうへ首をかしげたが、白髪など一本もない。「ほら。し・ら・が」

「白髪なんてないよ」

「ほんとに？」ダリアは悪態をついた。「二、三日まえに見つけたと思ったのに。ヴァネッサは、取材相手に信用してもらえるように、もっと大人っぽく振る舞えって言うの。次の取材相手は同じ年頃の男性でよかったわ。でも、白髪があろうがなかろうが、わたしはあなたの調査を手伝おうとしたときから年を取って賢くなったんだからね」

「ほんの何カ月かまえのことでしょ」

「カレンダーは新しくなったわ」ダリアは背筋をのばし、アブラカダブラを抱きなおした。「新年の誓いのひとつはこれ、友達に下手なアドバイスをしない」

「やけに具体的な誓いだね」

「あなたは長らく町を離れてたから、わたしのアドバイスは聞いてはいけないってことを知らないのよ。わたしね、女友達に髪を白く染めるべきだってアドバイスしたことがあるの。白い髪がお洒落な人ってたくさんいるでしょう。でもその彼女には？　似合わなかった。子どものおばあちゃんだと、みんなに勘違いされてた」

「あいたたた」

「別の友達には、レストランでわさびチャレンジをしてみたらってけしかけた。わさびがたっぷり入ったおにぎりを一個、完食したら、そのレストランの壁に名前が貼りだされるの」

「無理」日本産のからいホースラディッシュをそんなに大量に食べるなど、想像しただけで喉と胃袋が痛くなった。

ダリアは唇を嚙《か》んだ。「残念ながらね。その友達はいまも口をきいてくれないわ」

「でも、あなたはいま、わたしひとりで調査するなって言ってるんだよね。あなたの理屈だと、調査すべきだってことになるよ」

「わたしの直感は、あなたは調査すべきだと言ってるの。つまり、声に出して言ってることは、ほんとうのアドバイスの正反対なのよ」

「わけがわからないね」

「そろそろ転びそうな予感がする」

テンペストはダリアからアブラカダブラを引き取った。「ヴァネッサにわたしを説得しろと頼まれたの？」

「あら、違うわ。ヴァネッサはプロフェッショナルなプロフェッショナルのなかでも飛び抜けたプロフェッショナルだもの。彼女がどれほどプロフェッショナルかって話はしてなかったっけ？　わたしは、事件についてはなにも知らないの。テレビ番組では、だれもが法的に保護されている秘密情報をぺらぺらしゃべってるけどね。テレビに出てくる法律家がだれひとり法曹資格を剝奪《はくだつ》されないのはどういうこと？　アイヴィも、あなたが調査しているとは言ってない。わたしは子どものころからあなたを知ってるからわかっただけ」

「わたしはずいぶん長いあいだ町を離れてた。そのあいだにいろんなことがあった」

「それはみんなそうよ。何年か会っていなかったからといって、あなたのことがぜんぜんわからなくなったわけじゃない」ダリアは未完成の塔のざらざらした石の壁をなでた。「なにをするにしても、無茶はしないで」

「わかった」

テンペストはダリアと一緒にツリーハウスへ歩きつづけたが、飼い主が嘘をついているのを感じ取ったのか、アブラカダブラがもぞもぞしはじめた。

「ときどきあなたの賢さがいやになるよ」テンペストは兎に耳打ちした。

ナタリーは、キッチンとつながっているデッキでアブラカダブラと遊んだ。アッシュが子どものころ育った家には、南インドの伝統的なキッチンがあった。屋内から屋外へつながっていて、あいだに明確な仕切りはないキッチンだ。アッシュはここのキッチンも南インド風に使っている。デッキに出る引き戸は、雨が降っていてもあけてある。日よけの布とオークの木の枝葉が雨をさえぎってくれるのだ。

「いつピザを作るの?」ナタリーが尋ねた。

アッシュが楽しそうに笑った。「手伝ってくれるのかい?」

ナタリーはあぐらをかいてアブラカダブラを膝に載せていたが、立ちあがってキッチンに入ってきた。

「ジャックフルーツでピザのトッピングをこしらえるんだ」アッシュは言った。「だれかにターメリック入りのピザ生地をのばしてもらわなくちゃ」

アッシュはカウンターで発酵《はっこう》させておいたオレンジ色の生地の塊《かたまり》を取り、ナタリーに手を洗わせ、朝食コーナーのテーブルに座らせて、二枚のピザ生地にのばす方法を教えた。それからナタリーと一緒に、トマトとジャックフルーツのソースとモッツァレラチーズをトッピングした。

「マジックみたい」ナタリーはオーブンのガラス窓からなかを覗きこみ、ピザが焼けるにつれて生地がふくらみ、トッピングがふつふつと泡立つのを眺めた。「あたし、パン屋さんになりたいな」

「ダリアママみたいな作家じゃないの？」ヴァネッサが尋ねた。

「どっちもなるよ」ナタリーはにんまりと笑った。

みんなでデッキのダイニングテーブルを囲んでピザを食べ、料理や映画について語り合い、ダウンタウンにオープンした洋服屋に素敵な靴があったというダリアの話を聞いた——事件に関することでなければなんでも話題になった。ナタリーは、ジャックフルーツはひとつ六、七キロはあるほど大きな果実だ——アブラカダブラより重い——というアッシュの話に目をみはっていた。

「うちのレモンの木の隣にジャックフルーツの木を植えてもいい？」ナタリーは、二切れ目のピザを平らげてから尋ねた。

「このあたりの気候じゃ育たないんじゃないかな、ナタリー」ヴァネッサが答えた。

「そうだな」アッシュはうなずいた。「でも、秘密があるんだ」キッチンへ消え、しばらくしてグリーン・ジャックフルーツと書かれたラベル付きの空き缶を持って戻ってきた。「シーッ。内緒だぞ」

「帰るまえに、アブラカダブラのおうちを見ていく?」テンペストはナタリーに尋ねた。

「アブラのお城だ!」ナタリーはうれしそうに声をあげた。「行こう、アブラ。おうちに連れて帰ってあげる」呼ばれたアブラカダブラは、ナタリーと一緒に階段をぴょんぴょんとおりていった。

〈秘密の砦〉へ向かう途中、〈フィドル弾きの阿房宮〉の四軒目の建物である工房からブーンという音が聞こえた。ダリウスはアッシュとナタリーの両親とツリーハウスにいるので、ほかのだれかが工房で作業をしているようだ。

「どうして止まるの?」ナタリーが尋ねた。「アブラを抱っこして疲れちゃった?」

「あなたのアイヴィおばさんか、わたしの友達のギディオンが工房にいるみたい。ふたりに話があるの。ちょっと寄ってもいいかな」

携帯電話を持たないギディオンはなかなか捕まらないから、彼だったらちょうどいいと思いながら、テンペストはアブラカダブラを左腕に抱え、右手で工房の引き戸をあけた。

ギディオンではなかった。

はるかに大柄な人物だ。その人物は、マスクで顔を隠していた。

20

テンペストは工房のなかには入らなかった。アイヴィの蔵書に出てくる被害者のようなまねをして、また親友に戻れるかもしれない元親友にばかすぎて死ぬ《トゥー・ステューピッド・トゥー・リヴ》と言われたくない。

マスクをした男は、たこのできた大きな手に電動丸鋸《まるのこ》を持っていた。彼はテンペストたちに気づいて、すぐにスイッチを切った。顔を隠しているフェイスシールドをあげた。ヴィクターのひげ面が現れた。

テンペストは、いつのまにか止めていた息を吐き出した。マスクは変装用ではなかった。木材を切断すると飛んでくる屑《くず》を遮断するためのものだった。彼の姿を見た瞬間に、あんなに緊張した自分が間抜けに思えた。

いや、ほんとうにそうだろうか？

ヴィクターは満面に笑みを浮かべた。「やあ、テンペスト。そちらはだれ？」

テンペストはヴィクターを信用して自宅の建設に協力してもらい、父親の会社を手伝ってもらっている。けれど、信用してはいけない人を信用したこともあった。彼のことをよくわかっていると言えるだろうか？　降霊会の参加者でもあり、テンペストの知るかぎり、いま彼が担当している〈秘密の階段建築社〉で働きはじめたのは、たかだか三カ月まえだ。ヴィクターが案件はないはずだ。だから、彼の姿を見たとたんにぎくりとしたのだ。

テンペストはアブラカダブラを抱いたまま、ナタリーの脇にしゃがんだ。「アブラのおうちを見に行くの、もうちょっと待ってくれるかな。この工房はあれみたいに危ない機械がどっさりあるの。ツリーハウスでみんなと待ってて、わたしもすぐに行くから。ひとりで坂道を引き返せる?」

ナタリーはうなずいた。手を振って、駆けだした。

ヴィクターはフェイスシールドを脱ぎ、首をのばした。「おれを信用していないんだ」気を悪くしたようには見えなかった。むしろ、おもしろがっているようだ。

「信用しないほうがいい理由でもあるの?」アブラカダブラがテンペストがずっと緊張しているのを感じ取り、じたばたしはじめた。

「信用したほうがいい理由ならあるぞ。おれがここに来たのは、きみのおじいさんの潔白を証明するのに協力したいからだ」

テンペストは、ヴィクターが作業していた台に載っている木のパネルに目をやった。「犯人がどうやってコービン・コルトの遺体をあのテーブルに載せたのか、仮説を立てたってわけね」

ヴィクターはにんまりと笑った。「うちでアイデアを設計図にしたんだ。でも、おれの仮説は検証が必要だ。だからここへ来たんだよ」

「それはジャングルジム?」テンペストは作業台のむこうへまわった。子どもの遊び場にあるような真っ青な棒のセットがある。この工房には新奇なものがよく置いてあるが、ジャングルジムははじめてだ。

「姉の裏庭から借りてきた。いや、〝借りてきた〟ってのは違うな。姉の子どもたちはもう大学生だから、庭にスペースを作ってやったって言ったほうがいい」

「ジャングルジムの棒は、あなたが考えた仕掛けの材料なんだ」

「当たり」ヴィクターは興奮を抑えられないようすで両手をこすり合わせた。「最初に思いついたのはとんでもなく複雑な仕掛けだったんだが、すぐに気づいたんだ。できるだけ単純なものじゃないと、実際に使うことはできないよなって」

きっと子ども時代のヴィクターは、簡単なことをあえて手のこんだ楽しいからくりで実行するマシンをあれこれ考えたのだろうと、テンペストは想像した。

「衝撃が収まってから、すぐに考えたんだ」ヴィクターはつづけた。「あの男があんな……」声が途切れ、笑顔がなくなった。「人間の死体なんか見たことがなかった。葬式を別にして。あの光景は……〝ひどい〟って言葉じゃ生ぬるいくらいだ」

「ぞっとした」テンペストはささやいた。「ほんとうに、ぞっとした」アブラカダブラは、先ほどテンペストの緊張を感じ取ったときのように悲しみも感じ取ったらしく、手に鼻をこすりつけた。

「だから、あのときすぐに思いつけなかったんだ。すぐさまチェックしていれば――」

「わたしがしたよ。サンジャイも」

「なにか見つけたのか――」

「なにも」

「うまく隠してあったのかもしれない。装置やなにかが天井と一体化して見えるように塗装してあったとか」

テンペストはかぶりを振った。「降霊会の準備をするときに、サンジャイが天井にいろいろな仕掛けを取りつけただけ。それに、警察の到着は早かったから、犯人が装置を取りはずすひまもなかったはずよ」

「抜け目のない犯人なら、到着した警察がすぐには見つけられないように、うまく隠したんじゃないか」ヴィクターはなおも言いつのったが、確信のある口調ではなくなっていた。苦し紛れな意見でしかないと承知のうえだったのだろう。〈ラヴィニアの隠れ家〉のあの小さなパブの壁は、天井とのあいだに隙間がある。なにかを使って、あの隙間から遺体をパブのなかへ移動させたのかもしれない。

「わたしたちがなにか見落としてる?」一見なんの変哲もない光景のなかに紛れたもの……なにを見落としているのだろう?

「もうちょっと信用してくれよ」ヴィクターはそわそわとひげを引っ張った。「おれの考えは当たってるはずだ」

「どうして?」

「もしおれが間違ってたら、降霊会の参加者のだれかがほんとうにあの男を殺したことになる。

おれが正しかったら、それ以外の人物の可能性もあるってことだ」

「わたしも後者であってほしいと思うけど、あなたはひとつ大事なことを忘れてる。たとえば、あなたの装置の検証がうまくいって、犯人も似たような装置を使ったとする。警察がその装置を見逃していて、犯人はあとでこっそり忍びこんで始末したとする。そういう仮定が全部当たっていたとしても、死亡時刻の問題が残る。コービンは、わたしたち全員があの部屋に集まってから殺されたのよ。だから、どこか巧妙に隠された場所に、縛られたか意識を失ったコービンを閉じこめていたことがわかったとしても、犯人がどうやってこっそり抜け出したのかという疑問は残る」あるいは、どうやって九十キロの距離を十数分で飛んできたのか。あるいは、なぜコービンの遺体をあんな形でさらしたのか。

　ヴィクターはいらだたしげに木の仕掛けの端をつかんだ。「自動でナイフを投げる機能をつけたす方法があれば……」テンペストと目を合わせた。「あまりにも非現実的だよな。おれたちが造ったあの部屋をいじった形跡は見つからなかったんだから」

「でも、いい線いってたよ」

　ヴィクターが作業台を蹴った勢いで、太いネジが三本、コンクリートの床に落ちた。「いい線いってたくらいじゃ、きみのおじいさんの無実を証明することはできないし、それに――」

彼は不意に口をつぐんだ。

「それに?」テンペストは、作業台を蹴った音に驚いたアブラカダブラをなんとか抱きかかえた。

「そのつづきは、受け入れたくないんだ」

「わかる」テンペストはアブラカダブラを抱きしめた。「つまり、あの部屋にいただれかがコービン・コルトを殺したという事実を受け入れるしかないってことだよね」

21

思いがけない寄り道をしてしまったが、テンペストは約束を守り、ナタリーを〈秘密の砦《とりで》〉へ連れていってアブラカダブラの小屋を見せ、そのあと母屋へ帰って祖父の容疑を晴らす計画を立てはじめた。いささか荒っぽい計画を実行に移すのに役立つ者を選ぶなら、サンジャイが適役だが、彼はいま公演ツアーの真っ最中だ。

アイヴィは勤務中で、ギディオンは自宅の固定電話にかけても応答しないが、テンペストの知るかぎり、彼は作品を彫っているときはたいてい留守番電話にしている――いまだに留守番電話を使っているのだ！　テンペストは、アイヴィにはテキストメッセージを送り、ギディオンの留守番電話にはメッセージを吹きこんだ。アイヴィからは協力すると即座に返信が来たが、三十分たってもギディオンからはなんの連絡もない。

テンペストは車でオークランドのギディオンの自宅へ行き、脇の門から入った。彼の工房のドアはあいていて、両手にひとつずつ道具を持って石灰岩と向き合っている彼が見えた。案の定だ。彼はいま石の動物を彫っている。テンペストはその動物がなにか気づき、凍りついた。

大鴉《おおがらす》。

いや、ただの思いこみだ。大きな目と長い嘴《くちばし》の鳥には間違いない。ただし、大鴉とはかぎらない。それに、体はただの鳥ではない。鳥の頭がつながっている体は、爬虫類のものだ。

「大鴉と蜥蜴《とかげ》?」テンペストは尋ねた。

ギディオンは顔から防塵《ぼうじん》マスクをはずした。「鴉と山椒魚《さんしょううお》だ。この組み合わせで注文されたんだ。こういうものを彫るのははじめてだ。やりがいがある」

はじめての試みなのに、この生きものもやはり彼が加工した石特有の不思議な魅力を放っていた。彼が彫る生きものは、ほんとうに命を宿し、呼吸しているかのような表情をしている。豊かな想像力がなくても、動物たちが台座からおりて首をのばし、ギディオンの裏庭の外の広い世界へ歩きだしていく、あるいは羽ばたいていく姿が目に浮かぶ。

「さっき、留守電にメッセージを吹きこんだんだけど」

「嘴は難しいパーツだから、ずっとCAS《キャス》とここにいたんだ」

「キャス?」

「鴉と山椒魚《クロウ・アンド・サラマンダー》」ギディオンは両手の石粉を拭い取り、靴の箱並みに大きな固定電話をテンペストに見せた。テンペストは以前、がらくた置き場の屋内セクションでこれと似たものを見たことがある。複合式のスライド本棚を希望する客の家に飾る小物を探しに行ったのだ――その客は、とくに蔵書が多かったわけではなく、レトロな雰囲気を求めていた。

ギディオンは、彼の親指ほどの大きさの黒いプラスチックのボタンを押し、メッセージを再生してから消去した。「おれも協力する」

「詳しい話は留守電に吹きこまなかったけど」

彼は肩をすくめた。「証拠を残したくないほどヤバい話だからだろ」

「それなのに、なぜ協力してくれるの？」

「きみが助けを求めるくらいヤバい話だからだ。おれはなにをすればいい？」

ギディオンとアイヴィが協力してくれる。元ステージマジシャンと図書館司書見習いと石の彫刻家がそろった。問題が起きる可能性なんてある？

「暗号じゃないかな」一時間後、アイヴィが言った。〈密室図書館〉の仕事を終えてギディオンの自宅に到着した彼女に、テンペストは用意してあったメモを渡した。三人はいま、口を大きくあけたドラゴンの形をした石の暖炉のまえに思い思いに座り、紙のメモと電子機器を床に広げている。「あんたのおじいちゃんは暗号のメッセージを解かなくちゃいけなくて、その暗号を解く鍵が『そして誰もいなくなった』の本なのかもしれない」

「コービンがそんなものを用意する理由は？」ギディオンが尋ねた。

テンペストはかぶりを振った。「わたしはもっとわかりやすいことを考えてた。アガサ・クリスティは、なにかを隠してる人物を何人も登場させるのが好きだったよね。『そして誰もいなくなった』なんていい例でしょ。おじいちゃんは、コービンがこの本のなかに大事な情報を書きこんでいて、それがわかれば容疑が晴れると考えて——」

「登場人物か！」アイヴィが興奮気味に声をあげた。

「きみたちがなんの話をしてるのかさっぱりわからない」ギディオンはアイヴィとテンペストを交互に見やった。

「相似関係《パラレル》」テンペストは立ちあがり、くるりとまわれる広さがあるのを確かめた。ピルエットをまわる。もう一度。閃《ひらめ》いた。テンペストは印象的な暖炉のまえでぴたりと止まった。「コービン・コルトのデビュー作は、よく練られた不気味なストーリーで人気を博したけど、小説のなかのちょっとした社会批評が現実の社会を反映していることも注目された。コービンはそういうことをするのが好きだったのね。ほかの著者の本のなかに、現実との相似をメモしていた可能性はじゅうぶんある」

「つまり、現実の人間をあの本の登場人物に当てはめていたということか？」ギディオンが尋ねた。

「隠しごとのある人間をね」テンペストは答えた。

「それも、降霊会の参加者で」アイヴィがぼそりとつけくわえた。

「犯人の名前が」テンペストは言った。「本のなかに書きこまれているかもしれない」

十一秒間、三人とも黙りこくっていた。

「どうかなあ」ギディオンが次作の彫刻を指でなぞった。「論理が飛躍してるんじゃないか」

テンペストは肩をすくめた。「わかってる。わたしの考えが間違ってる可能性もある。本のなかになにが書かれているのか、現時点ではまったくわからない。だからこそ、本を手に入れなくちゃいけないの」テンペストは、侵入の計画を立てるために使っていたメモの山や電子機器を指さした。

「そのとおり」アイヴィが言った。「作業に戻ろう。ヘイゼルと彼女の自宅について、インターネットでこんなに情報が集まるなんて、怖いくらいだよ。ヘイゼルが本名じゃないなんて知らなかった」

「緑色のまだらの入った薄茶色の瞳《ヘイゼル》にちなんで、そう自称してるらしいな」ギディオンが言った。

「へえ、そうなの?」アイヴィは興味がなさそうに返した。「彼女とお母さんの写真を見たら、瞳の色が同じだった」

「カリブのどこかの島で撮ったやつ?」テンペストは尋ねた。「キャプションにはおばさんって書いてあったけど。ネットでプライベートをどこまでシェアすべきか決めかねてるみたいね。家族は代々カリブのどこかの島で暮らしていて、彼女もそこで生まれて、小学校のときからアメリカのどこかに住んでる」

ヘイゼルの自宅の写真は、不動産会社の過去の物件情報からだれでも手に入れることができるし、ヘイゼル本人が私生活のかなりの部分をネットで公開しているので、暮らしぶりはだいたいわかる。彼女がひとりで暮らしていたところに、コービンが引っ越してきた。ペットや子どもはいない。フルールの話のとおりに、家は厳重なセキュリティ・システムで守られている。

少なくとも、前庭の二カ所には、強盗未遂犯たちにそう警告するプレートが掲示してある。ヘイゼルはばかではない。ひとり暮らしのそこそこ知られたインターネット・セレブなのだ。当然、セキュリティ・システムを導入したほうがいい。

「これ、買ってきたの」アイヴィがドナルド・E・ウェストレイクの小説を数冊、コーヒーテーブルに置いた。「泥棒小説」

「この泥棒ものっていつもうまくいかないんじゃなかったっけ？」テンペストは尋ねた。

「ふむ」アイヴィは本をまとめて鞄にしまった。「じゃ、また今度」

「失敗するに決まってる」三十分後、ギディオンが言った。「セキュリティ・システムを突破できない。この警告プレートが、ほんとうにヘイゼルの使ってる警備会社のものかすらわからない」

三人が本物の窃盗団だったら、警報器を解除できたかもしれない。しかし窃盗団ならぬ身ではまず無理だ。

「それに、ヘイゼルがコービン殺しに関わってるかもしれないということは覚えておかなくちゃ」テンペストはつけたした。「殺される十数分まえに、遠く離れた場所にコービンがいたのをファンに目撃させたトリックには、ヘイゼルが関わってるはずだもの。何十人ものファンと、ライブでやりとりしたふりをさせて、嘘の証言を得ようとするのは、あまりにもリスクが大きい。彼女は恐ろしく抜け目がないのかもしれない。だから、わたしたちはセキュリティ・システムを突破する方法を考える一方で、ヘイゼルの対策もしないとね」

ギディオンはうめいた。

「ギディオンの言うとおりだよ」アイヴィが言った。「成功するとは思えない」

「ただし、泥棒しようとするのをやめればうまくいくかも」テンペストは言った。

アイヴィはテンペストを怪訝《けげん》そうに見つめた。「あきらめるの？」

「まさか。わたしたちには自分たちならではの技術があるでしょって言ってるの。わたしたちがやるのは泥棒じゃない。トリックを仕掛けるのよ」

22

いちばん成功率が高そうな方法は、ヘイゼルが在宅中に、気づかれずに本を盗むことだ。テンペストは、うまくいきそうな〝マジックのトリック式〟プランを提案した。

アイヴィがコービンとつきあっていた女性の役を演じ、ヘイゼルの注意を引きつけているあいだに、テンペストが家のなかを探る。アイヴィはヘイゼルの反応次第で、コービンはほかにもつきあっていた女性がいたと爆弾を落とすか、愛した男性を失った者同士として哀悼の意を伝える。

ギディオンは、自治体の擁壁工事などの現場で石工として働いたことがあり、市の建築作業員のように見えるベストとヘルメットを持っているので、それを身につけてヘイゼルの自宅の外で作業をしているふりをする。近くに丘の斜面にいますぐ補強工事が必要だと見せかけるのだ。オレンジ色のベストを着てヘルメットで顔を隠した男は記憶されにくい。

「あなたたちはできるだけうるさくして、わたしが家のなかを探ってるのを隠して」テンペストは言った。「さらに、あなたたちはフォーシングをやるんだからね」

「フォーシング?」

「マジック用語よ。観客に自由に動いているように思わせて、じつは演者の思いどおりに動かすテクニック」

「たとえば、特定のカードを選ばせるようなマジックか」ギディオンは言った。

「そのとおり。あなたは、リビングルームとコービンの書斎があるとおぼしき側で騒音を立てて、ヘイゼルとアイヴィがキッチンで話すしかない状況を作るの」

「やっぱり怖いことじゃないかと思うんだ」アイヴィが割りこんだ。「ヘイゼルと家の状況がネットでここまでわかるなんて。別に、ハッキングとかしたわけじゃないのに」

テンペストはうなずいた。「警報器のほかに監視カメラもあるだろうから、ヘイゼルにあとで映像をチェックされないためにも、絶対に怪しまれないようにしなくちゃ」

「万一、チェックされた場合に備えて、変装するわけだよね」

ラスヴェガスにはテンペストの知り合いのメイキャップ・アーティストがいるが、ここに呼ぶわけにはいかない。アイヴィの赤毛は目立つが、せいぜい茶色のウィッグを買うしかないだろう。それでも、じゅうぶん役に立つはずだ。

「タイミングも大事だからね」テンペストは言った。「ほぼ毎日、午前中、ヘイゼルはお洒落に演出したコーヒーか紅茶かスムージーの写真を投稿するの」

「見たよ」アイヴィは言った。「動画じゃないのね。ヘイゼルによれば、一日のうち最初のハッピー・アワーなんだってさ」

「オンライン版のヘイゼルによれば、ね」テンペストはつけくわえた。「つまり、午前中は家にいて、キッチンで飲みものを作って飲む可能性が高い」

次にテンペストは、アイヴィにグラスの指紋を消す方法を教えた。ヘイゼルの家を出るまえにやっておくべきだと考えたのだ。おそらくヘイゼルはアイヴィに飲みものを出すだろうけれど、どんな飲みものかわからず、カップとグラスのどちらを使うのかもわからないので、マグカップとタンブラー、それからヘイゼルがベリーのスムージーを入れたものに似ているワイングラスで練習した。

「これが映画だったら、偽の指紋がついてる偽の指先を装着するところだよね」と、アイヴィは言った。

「これが映画だったら、セキュリティ・システムを解除できる仲間がいるよね」とテンペストは返した。

アイヴィはにんまりと笑った。「これがコメディだったら、あたしたちは広告を出して、仕事にあぶれてる不運な泥棒に協力されることになる。そうだ！　それで、その泥棒たちはヘイゼルの家の一度入ったら抜け出せない隠し部屋に閉じこめられて、そこから忽然《こつぜん》と姿を消して、あたしたちはどうして彼らが消えてしまったのか、謎を解く――」

「はいはい」テンペストは言った。「ちょっと休憩しようか」

「どうやらきみたちは」ギディオンが口をひらいた。「泣きださないようにわざとふざけてるんだな。冷蔵庫にお袋が作ったルンピア（フィリピンの春巻き）の残りがあるんだが、食べるか？」

「もちろん」アイヴィが答えた。

ギディオンの調理師の母親お手製の皮にジャックフルーツの具を包んだおいしいベジタリアン春巻きを食べたあと、三人はもう一度、計画を確認した。

「最後にもうひとつ」テンペストは言った。「わたしたちの車って、どれも人目を引くよね」

テンペストの車は赤いジープだから、極端に目立つ。ギディオンの水色のルノーは、フランスならさほどめずらしくないかもしれない。アイヴィのピンクのスクーターは、九十キロの距離を移動できるとしても、三人全員を乗せることはできない。

「車は借りようよ」アイヴィが提案した。

ギディオンがうめいた。「〝盗もう〟と遠回しに言ってるのか？　おれはなんて厄介なことに巻きこまれたんだ？」

テンペストはにっこり笑った。「ダリアの冴えないステーションワゴンのこと？」

「そう。あれならだれも目もくれない」

アイヴィは明日、姉に車を借りることにして、ピンク色のスクーターで帰っていった。

「待ってくれ」ギディオンは、ジープへ歩いていこうとしたテンペストを呼び止めた。「帰るまえに、きみがよろこびそうなものを見せたいんだ」

ギディオンはまたテンペストを工房へ連れていった。ギディオンが白い布をさっと取り去ったとたん、テンペストは彼が徹夜で彫っていたものはこれだと気づいた。

「大理石？」テンペストは、高さ一メートルほどもある浅浮き彫りの作品のなめらかな表面をなでた――石の厚板に、天使が浮き彫りになっている。

ギディオンはうなずいた。「大理石を扱うのははじめてなんだ。ちょっとさわったことがあるくらいで……」

「美しいね」天使の顔は完成していて、石粉もきれいに払ってあった。翼は彫りはじめたばかりらしいが、天使が石から出てくる直前をとらえたかのような躍動感があった。

「まだ完成にはほど遠いけどな」ギディオンは大理石に白い布をかけた。「ほんとうに見せたかったものはこれじゃないんだ。裏庭へ来てくれ」

外はもう真っ暗に近かった。スイッチをつけると、いくつもの豆電球が裏庭のあちこちで光った。パティオテーブルの上にはもう少し大きな電球がつるしてあった。効果的に配置されたガーデンライトが動物の石像のいきいきとした表情を照らし、ウッドフェンスに影を投げている。フェンスの片隅で、ガーゴイルとグリフィンの影が踊っていた。

「魔法みたい」テンペストは、声が出るようになって真っ先にそうつぶやいた。

「よかった。画廊で展示会をやる計画があって、こんなふうに照明を当てようと考えてるんだ」

「作品を売るの?」

「もちろん」

この不思議な石像たちに会えなくなると思うと、刺すような痛みを感じた。「よくこの子たちとお別れできるね」

ギディオンは家のなかへ戻り、すぐに黒と銀色のカメラを携えて戻ってきた。一九四〇年代くらいのものに見えたが、もっと古いかもしれない。

「全部、撮影しておいた」彼は重たそうなカメラを掲げた。「それに、彫っているときのことは覚えているし。こいつらが息をしはじめる瞬間に立ち会った。それがなによりもすばらしいんだ。ほら、きみも一緒に撮ってあげよう」

「どこに立てばいい?」

「きみはそのままで完璧だ」ギディオンはテンペストとちょっと目を合わせたあと、カメラのファインダーに視線を落とした。立ち位置が完璧だと言っているようでいて、彼のまなざしからは、まったく別の意味がこめられていたことが伝わってきた。

これが別のときと場所であれば、こんなに身のまわりがごたついていなければ、テンペストも迷いなく同じ気持ちを返したかもしれない。いまでもギディオンには強く引きつけられている。さっさと写真を撮ってくれなければ、自分がなにをするかわからない。

シャッター音が鳴り、テンペストはほっと息を吐いた。「一枚もらえるかな」

「フィルムを現像したら、焼き増ししてあげるよ」ギディオンはフィルムを巻きあげてから、目をあげた。「おれはこういうのが好きなんだ。どんな結果が待っているか、現時点では謎だ。しばらく待たされたほうが、結果が出たときの満足度がずっと高い。そう思わないか？」

テンペストがいろいろなことに決着をつけるのを待つつもりなら、ギディオンはかなり待たされることになるだろう。

23

その夜、テンペストが寝支度をしていると、寝室の窓に小石がコツンと当たった。テンペストは窓辺へ行き、カーテンを引きあけた。外を覗くと、〈秘密の砦《とりで》〉の方向へ歩いていくサンジャイの後ろ姿が見えた。いかにも彼らしい。自分の狙いは正確だから、テンペストは小石の音に気づいて追いかけてくると思っているのだ。腹立たしいことに、もちろんサンジャイは正しい。テンペストは靴を履いてそっと家を出た。

じつにサンジャイらしい。電話で話したときに、明日、彼なしで泥棒計画を実行するとテンペストが表明したので、予定より早く帰ってきたに違いない。サンジャイらしくないのは、この遠まわしな抗議のやり方だ。

テンペストがささやかな自宅に改築しようとしている未完成の塔は、電池式のキャンプ用ランタンに照らされていた。いまのところ、ここにはアブラカダブラの広い兎小屋と、設計図を広げるための木のテーブルがあるだけだ。

ランタンの横のテーブルに、山高帽が置いてあった――が、その隣にいたのはサンジャイではなかった。

テンペストの目のまえでアブラカダブラを抱いて立っている男は、以前とは外見がすっかり変わっていたが、テンペストには彼だとわかった。

テンペストがこの男のことをよく知っているつもりだったころ、彼はわざと外見を変えていた。テンペストは、彼が意外な正体を現したときの言葉をはっきりと覚えている。〝記憶に残っても印象は薄い男だ。瞳の色は？　猫背の彼は、ほんとうはどれくらい上背があるのか？〟男の言うとおりだった。テンペストは彼のことをなにひとつ知らなかったのだから。

ただし、善人ではないことは知っている。

「モリアーティ」テンペストはつぶやいた。ヒドゥン・クリークで逮捕されたのに逃亡した男と実家の敷地内で再会するとは思ってもいなかった。

男の口元がほころび、おもしろがっているような笑みになった。「モリアーティ？　どうしてまたそんな名で呼ぶのかな？」

テンペストは落ち着きを取り戻し、肩をすくめた。「わたしの知ってるあなたの名前は偽物だもの。わたしもアイヴィも、あなたには〝モリアーティ〟がぴったりだと思ったの」

「傷ついたぞ、テンペスト。わたしはきみに危害をくわえるつもりなどまったくないのに。そのことはわかっておくべきだな。それでも、わたしの知性を認めてくれているのはうれしいね。

だが、ゲイブリエルと呼んでくれないか。わたしはきみの守護天使だからね」

テンペストは鼻で笑った。「お断りよ。アブラカダブラをケージに戻して」

「この子はわたしが好きらしいぞ」モリアーティはアブラカダブラの垂れ耳のうしろを搔《か》いた。兎は気持ちよさそうにしている。

「裏切り者」テンペストはアブラカダブラに向かってぼそりと言い、モリアーティの楽しげな目と目を合わせた。「なにをしに来たの？」

彼の口元から笑みが消えた。「わたしのことをよく知らないころに、きみが抱いていた疑念を打ち明けてくれなかったのはもっともだ……ほんとうに申し訳ない、テンペスト」ほんとうに悲しんでいるような目をしていた。

「謎かけみたいなおしゃべりはやめて。あなたが自分で思ってるほど利口なら、わたしが家族の危機で忙しいのはわかってるはずよね」

「だから、ここに来たのだよ」

テンペストは喉を締められたような気がしたが、パフォーマーの直感が働き、平気な顔を崩さないようにした。声が詰まらないように気をつけ、口をひらいた。「警察はあなたの居場所を知りたがってるでしょうね」

「携帯電話を取り出そうとしているね。わたしがきみなら、そんなことはしないな」

テンペストは言葉を失ったが、すぐに立ちなおった。「あなたは自称わたしの守護天使でしょう。わたしに危害をくわえたりしない。わたしを脅すネタもない」

「脅すなんてとんでもない。助けにきたと言っただろう。ちなみに、きみのおばあさまはきみたちに話しているのとは違うことをしているよ」

テンペストの腕にさっと鳥肌が立った。「どういうつもりでそんなでたらめを言いだすのか知らないけど——」

「申し訳ないが、わたしはきみの一族に伝わる呪いの真実を知らなかった。疑ってしかるべきだったのに」彼はまた悲しげな目をしていた。

彼は誘導しようとしている。そうに違いない。「ここに来たほんとうの目的はなに？」

「まだ気づいていないのかな、親愛なるテンペスト」

「やめな」テンペストは険しい声で言った。「そんな呼び方は」

「いずれわかるだろう……まだ気づいていないのかもしれないが、わたしは平均的な人間よりはるかに観察力がある。だからこそ、きみが特別だということもわかるのだよ」

「自分はおまえよりすごいんだぞと言い張るのは、相手を感心させるには逆効果よ」

彼はほほえんだ。「わたしはつねにきみを対等な人間だと思っているよ。めったにないことだ。自分でもとまどったくらいだよ。だから、はじめて会ったときはほんとうのわたしを隠した。対等な人間と出会ったことなどなかったが、きみは稀有《けう》な女性だよ、テンペスト。いまからわたしの秘密を打ち明けよう」

「あなたがストーカーだということ？」

「なんと言われようがかまわないがね……それにしても辛辣《しんらつ》だな」彼はほほえみながらそう言

った。「きみの自立心が強いのは知っているから、いまのは聞き流しておくよ。許した証拠に、おばあさまについてわかったことを教えてあげよう。おばあさまは女友達とスコットランドへ芸術家の合宿に行ったのではない」

「いいえ、もちろん祖母はスコットランドに行った——」

「いつもの注意力はどうしたんだ。わたしは、おばあさまがスコットランドに行かなかったとは言っていないだろう。芸術家の合宿に行ったのではないと言ったんだ。おばあさまは、長女が亡くなったほんとうの理由を探りに行ったんだ。ラージ家の呪いを鎮めるためにね」

テンペストは、世界がスローモーションになったなどという紋切り型の表現は嫌いだった。けれど、そうとしか言いようのない瞬間もある。モリアーティの言うことなど嘘に決まっているけれど……もし嘘じゃなかったら？

「どうしてあなたが——」

「その答えは、きみの気に入るものじゃないだろうな」彼が手に取った山高帽は、近くで見るとサンジャイのものとは似ても似つかなかった。

テンペストは彼をにらみつけた。祖父の容疑が晴れるまでは、過去に気を取られるわけにはいかない。でも、そのあとは？　モリアーティが真実の解明に協力してくれるのなら……悪魔と取引をする価値はあるのだろうか？

24

「泥棒というよりもパントマイムをする人みたいだな」ギディオンが言った。

一夜明けた朝。テンペストは黒ずくめの服を着て、長い黒髪はまとめて冬用の帽子にしまいこんでいた。黒い手袋は見つからなかったので、両手は白い手袋に包まれている。

「あたしはゴスのモデルみたいって言おうとしてた」アイヴィが割りこんだ。「でも、パントマイムをする人でもいいね」

三人は、フォレストヴィルを流れる川のそばにある駐車場に駐めたダリアの古いステーションワゴンのなかにいた。キャンプシーズンではないし、泳ぐにも適していない季節なので、期待したとおり、ほかに車は駐まっていなかった。ここからヘイゼルの自宅まではギディオンとテンペストが歩いていける距離だが、計画実行後にアイヴィが車で戻ってきてもヘイゼルに気づかれない程度に離れていることは、あらかじめ確認しておいた。

ここまでの道中、テンペストはほとんどずっと黙っていた。モリアーティが現れたのが気になり、集中できなかった。あろうことか、彼に協力してもらおうかと一瞬でも考えたのが信じられない……でも、もし彼の話が事実だとしたら？　いまはそんなことを考えている場合ではないのに。だからアイヴィとギディオンには黙っているのだと、自分に言い聞かせた。でも、ほんとうは？

ギディオンはヘルメットをかぶり、車の後部ドアをあけ、工具袋とオレンジ色のコーンを取り出した。

テンペストは、車の後部ドアを閉めたギディオンのそばに立った。「あなた用の携帯電話を買っておくんだった。使い捨てを買えばよかったのに」

「さっきも言ったが、必要ない。おれは目くらまし役だ。監視役じゃない」ギディオンの目は意図したとおりにヘルメットにほぼ隠れていたが、テンペストは彼にじっと見られているのを感じた。ギディオンはテンペストの両手を握った。彼の両手は必要以上に長くそのままとどまっていた。「じゃあ、また一時間後にここで」

テンペストは車に戻った。

「あんたが隠しごとをしてるのはわかってるんだからね」アイヴィはバックミラーを覗いてウィッグを直しながら言った。

「これからすることは全部話したよ。不測の事態を思いつくかぎりすべて――」

「そういう意味じゃないよ」

「こんなことしてる場合じゃないでしょ。わたしはあと数分でヘイゼルの家に向かって出発しなくちゃいけないんだから」

「十五分だよ」アイヴィはぴしゃりと言った。「ギディオンが位置に着くのを待って、あんたは家に侵入して、あたしはドアをノックするって手はずでしょ。時間に正確なことで知られてるあんたが、どうしちゃったの？」

「わたしのスマホのタイマーはもう動いてる。出発する時間が来ればわかるよ。あなたこそ、緊張でいらついてるんでしょ。手を引くなら止めない――」

「違うよ！　ねえテンペスト。あたしはあんたを見捨てない。一緒にやるよ。ただ、ほんとうのことを話してほしいんだ」

「もう話した――」

「話してない。あんたは自分のやりたいことだけを話した。ほんとうはあたしを信用してないよね。だれも信用してない。いつものパターンの繰り返しだね、自分ひとりで抱えこんでさ」

「わたしはおじいちゃんの容疑を晴らしたいの。おじいちゃんを失うわけにはいかないんだよ、アイヴィ。それがなにより大事なことなの」

アイヴィの表情がやわらいだ。彼女はうなずいた。「あとで話そう。あたしたち、いまはやるべきことがある」


ヘイゼルはアイヴィのためにドアをあけた。テンペストたちの予想どおり、マニキュアをほどこした手に美しいマグカップを持っていた。

テンペストは離れた場所にいたので、ふたりの静かなやりとりは聞こえなかったが、ようすを見ることはできた。アイヴィは家のなかへ招き入れられたと同時に、テンペストが教えた手先の早業《はやわざ》でドアに鍵がかかるのを防いだ。もしそれがうまくいかなかったり、玄関脇のリビングルームに案内されたりした場合は、トイレを借りたいと頼み、テンペストのために窓をあけることになっていた。どうやらこのプランBは必要ないようだ。とりあえず、いまのところは。

作業員の格好をしたギディオンが、ヘイゼルの家の敷地に近い擁壁のまえで騒々しい電動工具を作動させていた。擁壁はリビングルームに面している。ギディオンの役目は、ヘイゼルにアイヴィを玄関脇のリビングルームではなくキッチンへ案内させるための〝フォーシング〟だ。彼は擁壁そのものをいじるのを拒んで——石工の矜持《きょうじ》だろうか？——少し離れた場所に浅い穴を掘っている。

テンペストは、髪がひと筋の乱れもなく帽子に収まっているのを確認し、さりげない足取りで玄関へ歩いていった。計画では、アイヴィの嘘泣きの声に耳を澄ますはずだったのが、ギディオンの削岩機の音がうるさくてさっぱり聞こえない。

別の騒音が近づいてきた。車だ。いや、ただの車ではなく、宅配トラックだ。こんなに幅が狭くて曲がりくねった道路に宅配トラックがよくも入れたものだ。と、トラックが止まった。運転手がエンジンを切った。

テンペストはあわてて家の右側へ移動した。トラックのドライバーに姿を見られない場所へ逃げてきたからには、テンペストにもドライバーのようすが見えない。でもとにかく、ギディオンの絶え間ない削岩機の音のおかげで、足が地面をすべって急停止した音はかき消されたはずだ。

元ステージマジシャンと図書館司書見習いと石の彫刻家がそろった。問題が起きる可能性なんてある？

じつのところ、大ありだった。

「お届けものでーす」声の主が呼び鈴を鳴らした。ややあって、ふたたびトラックのエンジンがかかった。

もしヘイゼルが玄関に出てきたら、アイヴィがドアにプラスチック片を挟んで鍵がかからないようにしたことにすぐさま気づいてしまう。テンペストは近くの窓から姿を見られないように、家の外壁に体をぴったりと押しつけた。ヘイゼルが出てくるまでに玄関ドアへ引き返し、プラスチック片を取りはずすことができるだろうか？

「あたし、都会育ちだからつい気になっちゃうの」アイヴィの高い声がドア越しに聞こえた。「しょっちゅう宅配の荷物がポーチから盗まれるから、さっさとなかに入れないと安心できないのよ。あら、いいのよ。もう立ちあがっちゃったから。ついでに取ってくるわ。キッチンでお茶を淹《い》れてくださるなんて、ほんとうにご親切にしていただいたもの」

ありがと、アイヴィ。知りたいことをなにもかも教えてくれて。

当初の計画では、アイヴィは刺激物を目元に塗ってだらだら涙をこぼしながら、ヘイゼルにコービンの思い出を語るはずだった。アイヴィの泣き声のボリュームがあがったら、テンペストはそれを合図に玄関ドアから忍びこむ。だが、おそらくアイヴィは、キッチンからはテンペストに声が聞こえないと判断したに違いない。

すぐそばにある樅《もみ》の巨木の枝で、大きな黒い鳥が翼をばたつかせた。背の高い木の上のほうにいたので間近に見えるわけではないが、テンペストは落ち着きのない鳥から目をそらすことができなかった。大鴉《おおがらす》、ではないよね？　また想像力を暴走させてしまったようだ。

三十秒待ったあと、テンペストは玄関ドアからなかに入ったものの、いつのまにか一段低くなったリビングルームに立ち尽くしていた。集中してすばやく動かなければならないのに、リビングルームで目にしたもののせいで、足が動かなかった。暖炉の上に飾ってある高さ一メートル半ほどもある絵のなかから、黒い大鴉が室内を睥睨《へいげい》していた。いまにも飛び立とうとしているように、青みがかった黒い翼を広げている。翼は微光を放っている。最初、テンペストは本物の羽毛だと思った。鴉のほかにも、なにか書きこまれている。カリグラフィーで書かれた銀色のふたつの単語。Nam Fitheach.

ゲール語だろうか？　いまスマートフォンで調べる余裕はない。

さっさとこの部屋を出ていかなければならない。大鴉の黒曜石の目が、テンペストの魂を見透かすかのようにじっと見ている。背景の雷雲が、かすかに動いたような気がした。いや、動いたのは大鴉の翼か。きっと光のいたずらだ。あるいは、詮索するような大鴉の目を真剣に見つめすぎたせいかもしれない。

テンペストは不穏な絵から無理やり視線をそらした。とたんに見えたもののせいで、ますます不安をかき立てられた。絵の真下、マントルピースの中央に、藍色《あいいろ》の石の瞳がはまった銀色のお守りが置いてある。あれは魔除けではないか？

なんとかお守りから顔をそむけ、向かうべき場所を捜した。廊下。そうだ。廊下の先に、寝室や書斎があるはず。リビングルームから廊下へ出るドアはないので、玄関ホールにそろそろと首を突き出した。

ここに到着してからはじめての幸運は、ヘイゼルが古い住宅の壁を取り壊して広々とした間取りに変えていなかったことだ。見つかることをさほど恐れずに部屋を見てまわれる。

最初に入った部屋はカメラやオーディオ機器でいっぱいだったが、本やノートのたぐいはなかった。コービンの書斎ではなさそうだ。ヘイゼルが番組を撮影する部屋だろう。そのむかいには、寝室とバスルームがあった。廊下のいちばん奥には、もうひとつ小さな書斎があり、ここに本があった。ある本棚はオカルト関連の書籍で埋めつくされ、ジャンルごとに鴉をかたどったブックエンドで仕切られていた。別の本棚にはハードカバーのスリラーが並んでいた。最後の三本目の本棚には、コービン・コルトの書く作品が数冊ずつ収められているほか、一段にはデビュー作『大鴉』で受賞したふたつの文学賞のトロフィーが飾られている。

キッチンのほうから穏やかならぬ話し声が聞こえてきて、テンペストはスリラーの棚へと急いだ。

この本棚にはアガサ・クリスティの小説は一冊もなかった。ほかの二本の棚にもない。

「出ていって」

テンペストはさっと振り向きざま、本棚に肩をぶつけた。石の大鴉のブックエンドが危なっかしく揺れた。

「あなたを苦しめてしまったのね、ごめんなさい！」アイヴィが叫んだ。「あたしもあの人を愛していたの」

テンペストはブックエンドが棚から落下するまえに押さえた。肩をさすりながら、室内をきょろきょろと見まわす。この部屋にクローゼットはない。壁際に大きなモニターの置いてある机があり、その下に古ぼけた黒いトランクが押しこまれている。

テンペストはトランクを引きずり出した。硬材の床がこすれる音がした。だが、その音は少し離れた場所でギディオンが削岩機を使っている音にかき消された。

トランクのなかには何十冊ものノートが入っていた。そして、一冊の本も。

その本は、『そして誰もいなくなった』ではなかった。厳密に言えば。その大判のハードカバーはアガサ・クリスティの小説三作の合本で、『そして誰もいなくなった』も入っている本なのだ。しかし捜している本はこれに違いない。

話し声が大きくなった。ヘイゼルがアイヴィを玄関から送り出そうとしている。もはや、テンペストは玄関から逃げることはできない。

テンペストは本を脇に挟み、部屋にひとつしかない窓へ向かった。ありがたいことに、防犯フィルムは貼られていない。窓の錠をはずし、引きあげようとした。

びくともしない。

テンペストは本を置き、両手で力いっぱい引きあげようとした。

それでもあかない。

捕まってしまうまえに、本の中身を知る必要がある。表紙をめくると、コービンの名前の蔵書票が貼りつけてあった。通常の本ならタイトルページからはじまるはずだが、この本の最初のページは分厚い紙だった。本の真の目的を隠す厚紙だ。

これは、読むための本ではない。中央部分がくり抜かれている。

なかには、手書きの原稿が収められていた。

偽の本のなかに、五十枚ほどの手稿が隠されていた。いまここで読む余裕はないが、一枚目に書かれたタイトルを見たテンペストは凍りついた。『エラ・パテル消失事件』。

テンペストの母親の失踪は〝エマ・ラージ消失事件〟と呼ばれた。エラとエマはとてもよく似た名前だし、パテルはラージと同じく短いインドの姓だ。コービンは原稿の意図を隠そうともしていない。

この手稿になにが書かれているのか、なんとしても知る必要がある。テンペストは渾身《こんしん》の力で窓枠を押しあげた。五センチほど隙間ができた。もう一度、押しあげた。大成功。窓はテンペストが通り抜けられる程度にあいた。

まず窓の外の地面に本を落としてから、外に出た。窓枠を引っ張りおろし、本を拾い——ダッシュで逃げた。

コービン・コルトはラージ家の物語を盗んだ。エマの失踪について本を書いていた。

アッシュはこの原稿を捜していたのだ。大鴉が家族から盗んだ物語を。

25

テンペストは一・五キロの距離を走りつづけ、キャンプ場の駐車場にたどり着いてようやく足を止めた。

情けないほど息があがっていた。それが他人の家に侵入して盗みを働くのが向いていない証拠にすぎず、毎日のきついトレーニングやほぼ毎晩の公演をやめてしまったせいで、すっかり体力が落ちたせいではないと思いたかった。

ダリアのステーションワゴンがアイドリングしていた。ほかに車はなかった。

テンペストは帽子と手袋を脱ぎ、助手席に乗りこんだ。「うまくいった？」

「あたし、彼女にひどく嫌われちゃったよ」アイヴィが行った。「というか、嫌われたのはコービンの浮気相手だった偽のブルネットのあたしだね。でも、ほかにも侵入者がいたことには気づかれなかったと思う」

テンペストはさほど後ろめたい気持ちにはならなかった。結局、ヘイゼルもラヴィニアという妻がいるコービンと不倫関係にあったのだから。

「出ていけって言われたのは、彼女を怒らせちゃったから」アイヴィはつづけた。「やりすぎたかもしれないし、もっと時間を稼げればよかったけど——」テンペストが差し出した大判の本を見て、アイヴィは黙った。

「やったよ」テンペストは本をひらき、隠された中身を見せた。「未発表の手稿」

「信じられない」アイヴィはささやいた。「最近のコービンの作品は駄作ばかりだと思ってた。アッシュにとって、コービンの未発表の原稿にどんな価値があるの？　アッシュは無価値だと言ってたけど、それは嘘だったの？」

　テンペストは原稿を取り出し、先ほどあわてていたせいで数枚破ってしまったことに気づいた。「タイトルを見て」テンペスト自身は、もう見たくなかった。

「『エラ・パテル消失事件』」アイヴィは読みあげた。「エラ・パテル……。あんたのお母さんの名前、エマ・ラージに似てるよね？」

　テンペストはこみあげるものを呑みこんだ。「そうとしか思えない。お母さんの失踪はみんなに〝エマ・ラージ消失事件〟と呼ばれてた。コービン・コルトは、あからさまにお母さんの失踪を小説化しようとしたのよ」

　パテルはインド北西部のグジャラート州に多い名前だが、ラージ家の先祖は南インドのタミル人だ。インドの姓はとにかくややこしい。アッシュはドラヴィダ系タミル人で、タミル人の多くは最近まで姓を使わなかった。代わりに、父親の名前の最初の文字と自分の名前の最初の文字を会わせて使っていた。だが、いまは詳しく説明している場合ではない。

「これだったの」テンペストは言った。「おじいちゃんがコービン・コルトに食ってかかった理由は。思ってた以上にひどいことよ。コービンはお母さんのことを悪趣味なエッセイに取り

あげただけじゃない。小説化しようとしてたんだよ
「なおさら強い動機になるね。だから、アッシュは取り戻したかったんだね？」

車のエンジンがブルンと音をたてた。テンペストは、まだエンジンがかかっているのを忘れていた。「ダリアの車は待たされるのが好きじゃないみたいね」

「エンジンがかかるまで時間がかかったの。いまエンジンを切るのは得策じゃない。むしろ――」アイヴィは息を呑んだ。バックミラーをつかみ、そこに映っている恐ろしいものに目をみはった。

テンペストはバケットシートに座ったままくるりと振り向いた。「ギディオンよ」かすれた笑い声をあげた。「ただのギディオンでしょ」

「だって顔が見えないし」アイヴィはささやいた。

「そもそも顔を見せないためにヘルメットをかぶってるんだから」

アイヴィはテンペストの腕をつかんだ。「ギディオンっていつもあんなにのろのろ歩いてた？」

テンペストはかすかに足を引きずるようにして歩いてくる男を見つめた。あんな歩き方だった？

「大丈夫よ、アイヴィ。重たいバッグを持ってるからだよ。ギディオンに間違いない」テンペストは九割方、確信していた。いや、八割方か。

男が車のそばまで来てヘルメットを脱ぐと、アイヴィは安堵《あんど》の息を吐いた。

ギディオンはトランクに鞄をしまい、後部座席に乗りこんでから尋ねた。「うまくいったか?」

テンペストはページをくり抜いた本をひらいて掲げてみせた。

「『エラ・パテル消失事件』」アイヴィが言った。「テンペストのお母さんの失踪を題材にした小説」

「ひどいな」とギディオン。「運転しながら話してくれないか? ここはなんだか気味が悪い。気のせいじゃなくて、大鴉がずっとついてきた」

アイヴィは駐車場から車を出した。「どうしてそんなことを言うの? やめてよ」

「この不気味な小さい町から出たら、すぐに元気になるさ」

「シートベルトを締めて」アイヴィが言ったとたん、急カーブでタイヤがきしんだ。スピードの出し過ぎだ。

テンペストは、シートベルトがおなかに食いこむのもほとんど気づかずに手稿をめくっていた。コービン・コルトの手書きの文字はととのっているが、解読が難しかった。筆記体はテンペストも学校で習ったが、コービンの文字はつぶれていたり、ところどころ重なったり傾いたりしていて、ヴィクトリア朝時代の作家が紙を節約するために文字を細かくするばかりか、端まで書き終えたら紙を九十度まわして続きを書きはじめた草稿を連想させた。

松の木立が車窓の横を流れるようにすぎていった。小さな道から高速道路に入ると、テンペストは絡み合った文字に目を凝らしてなんとか読み進めた。

コービンの手稿は、妻の読書会に酷似した読書会の場面からはじまった。『不思議の国のアリス』にちなんで名付けられ、本が好きになったアリスというメンバーがいた。そしてほら。次のページで、テンペストの母親にそっくりな新しい登場人物が近所に引っ越してきた。間違いない。エラ・パテルという名前以上に、その登場人物そのものがエマに似ている――スコットランド出身の女性で、デイヴィッド・カッパーフィールドのように自由の女神を消すイリュージョニストだ。やがてエラ自身も姿を消す。消失したのだ。その後、読書会のメンバーたちが調査に乗り出す。

「大丈夫か？」ギディオンが尋ねた。「テンペスト？」

「疑いの余地はないね。やっぱりお母さんの話だ」テンペストはアイヴィに目をやった。「あなたたちの読書会で、お母さんの失踪について調べたことはないよね？」

アイヴィは一瞬だけ道路から目を離し、怪訝《けげん》そうにテンペストを見た。「あたしたちがなんでそんなことするわけ？」

「ほかのメンバーの夫やパートナーと不倫関係にあった人はいる？」

アイヴィは顔を真っ赤にした。「コービンがハンサムだと思ったからといって、あたしが不倫なんか――」

「あなたのことじゃないよ」なぜアイヴィが動揺するのだろう？「わたしはエラリーのことを考えてたの。コービンの原稿にある人物の名前が出てくるんだけど――」

「それってフィクションでしょ、テンペスト」アイヴィの声はとがっていた。むきになりすぎていないか？

「よくわからないな」ギディオンが口を挟んだ。「その原稿は本のなかに隠してあったんだろ。アッシュは警察がそれを見つけるのを恐れてたのか？　どうして警察がそんなものをほしがるんだ？」

「わからない……」テンペストは折り目のついたページをめくった。「最後まで読むのにもう少し時間がかかりそう。コービンの文字は、走ってる車のなかで読むには向いてないから」

「コピーはないのかな？」アイヴィが尋ねた。

テンペストはかぶりを振った。「見たところ、これは手書きの草稿みたい。以前、コービンが過去の偉大な作家たちのひそみにならって手書きをよしとして、パソコンはどうしても必要なときしか使わないなんて語ってる記事を読んだことがある」

「その手稿がまだ本になっていないのなら……」アイヴィの声は途切れた。

「これはコービン・コルトがわたしのお母さんの失踪をもとに書いた小説の、現存する唯一の原稿ということね」

26

アイヴィとギディオンはテンペストを〈フィドル弾きの阿房宮〉でおろした。テンペストはひとりきりでコービン・コルトの手稿を読みこみたかった。

ジープのパンクは修理したので、遠くに出かけることもできたが、行きたい場所は決まっていた。母屋の裏にある秘密の庭だ。

その庭は母屋の裏手のキッチンの外にあり、蔦《つた》に覆われた高い木のフェンスに囲まれていた。フェンスに門はない。母屋から庭に入るドアもない。そう、ひと目でドアとわかるものはないのだ。

キッチンのシンクとその上の魔法の庭を臨むはめ殺し窓の横に、大きな柱時計がある。時計そのものは正確に時を告げているが、振り子で動いているように見えるのは錯覚だ。時計の文字盤は、振り子ケースに見えるように作られた箱の上に載っているにすぎず、この箱に秘密が隠れている。飾りでしかない銅製の振り子の奥に、秘密の庭への扉があるのだ。高さ一メートル半の箱のロックを解除するには、時計の側面をよじのぼっているグリフィンの彫刻を押しあげなければならない。

テンペストはグリフィンを二・五センチ押しあげ、偽の振り子ケースのガラス扉をあけた。振り子を脇へ押しやり、体を屈めて箱のなかをくぐり抜け、秘密の庭に出た。

この庭園を管理していたのは母親だった。ここ何年かはモーおばあちゃんが植物の世話をし、イーゼルを置いて庭の絵を描いていた。キンギョソウとイングリッシュ・プリムローズが、このこぢんまりとした空間を明るい色彩で満たしている。テンペストのお気に入りは赤いハミングバード・セージで、その名のとおりハチドリ《ハミングバード》がこの花に誘われてやってくる。

テンペストは手稿の冒頭に戻った。弧を描く筆記体で〝エラ・パテル消失事件〟と書かれたタイトルページの次は、読書会のシーンだ。ブンッ。ガラスの花瓶が頭めがけて飛んできて、アリスはさっとよける。花瓶はおびただしい数の細かい破片となって砕け散り、ステンドグラスの窓から差しこむ光のなかでダイヤモンドのようにきらめく。輝く破片の一部は、アリスの明るく染めた髪に降り注ぐ。つづいてメロドラマ風の台詞《せりふ》、そしてアリスがほかのメンバーの夫と不倫しているという告発がある。

ページをめくると、舞台は名もなき小さな町からニューヨークに替わり、スコットランドからの移民でイリュージョニストのエラ・パテルが邪悪なエンジェル・ディアブロと知り合う。エンジェルはうわべの魅力でエラをだまし、ひそかに彼女の金を盗む。ふたりはまもなく牧師によって結婚させられるが、牧師の正体は悪魔だった。エマ・ラージのフィクション版が失踪すると、読書会のメンバーたちは揉めごとをいったん棚あげして、調査を開始する。

悪魔がどうこうというエピソードを別にしても、この原稿のストーリーはテンペストの両親の関係とは似ても似つかないものだ。実際には、ダリウスとエマは、自分たちの関係はふたつの文章で要約できると冗談を言ったものだった。大工とステージマジシャンが恋に落ちたらどうなる？　ふたりはみんなの家に魔法を吹きこむビジネスをはじめるの。テンペストの両親は恋に落ち、〈秘密の階段建築社〉を設立した。エマがエジンバラからカリフォルニアに到着した直後に出会い、その日から二十年以上、一日たりとも離れることなく幸せに過ごしたのに、エマは姿を消してしまった。

降り注ぐ木漏れ日がちらちらと揺れた。テンペストのチャームブレスレットが日光を受けてきらめいた。テンペストは手稿を読むのを中断し、つねに心を落ち着かせ、母親とのよき思い出をいくつも呼び起こしてくれるなめらかなチャームを指先でなでた。山高帽、ヤヌスの顔を持つピエロ、手錠、稲妻、セルキー、『テンペスト』というタイトルの本、フィドル、そしてそのなかでもっとも小さなチャームが鍵だ。去年の夏、テンペストはアイヴィに協力してもらい、このチャームブレスレットにこめられた秘密を突き止めた。謎は解明したけれど、これは母親からの最後の贈り物であり、母と娘が共有するマジックへの愛を象徴するものだ。

テンペストは手稿を本のなかに戻した。コービンの文章に、母親との思い出を穢《けが》されたような気がした。

なんだか叫びだしたくなったが、ツリーハウスにいる祖父に聞かれて心配されるに決まっている。だから、三度連続でピルエットし、紫色のキンギョソウのまえで止まった。庭はさほど広くないけれど、かまうものか。背中をそらしてブリッジし、地面を蹴って回転した。

両足はナスタチウムの茂みに着地した。花を台無しにしてしまい、ますます気が滅入った。自分は手稿から逃げている。もう一度、本の表紙をめくったが、力が入りすぎて背が割れ、数枚のページが地面に落ちた。ひったくるように紙を拾いあげた拍子に、土塊《つちくれ》をつかんでしまった。奇しくもそのとき目に飛びこんできた言葉を体現するかのように。〝墓泥棒〟。

テンペストの息が止まった。手稿に書かれているのは、フィクションのプロットではなく、現実のできごとだったのか。テンペストの家族に起きたできごと。家族を除けばだれも知らないはずのできごとだ。

コービン・コルトはあの遺体盗掘事件を知っていたのだ。

十年まえ、テンペストの愛するおば、エルスペス・ラージの遺体は、亡くなってまもなく起きた連続遺体盗掘事件で墓から掘り出されるという侮辱を受けた。いたずらというにはあまりにも奇怪なできごとだった。二百年以上まえの陰惨な事件と並ぶほどだ。

エジンバラでもっとも知られた死体盗掘者、バークとヘアは、スコットランド人でも死体泥棒でもなかった。ふたりはアイルランド人の殺人犯だった。けれど、そんなささやかな事実とは関係なく、ふたりをめぐる神話が生まれつづけ、現在でも悪名高きふたり組の名を冠したパブや脱出ゲームが存在する。

啓蒙《けいもう》運動が盛んだった時代において、エジンバラ大学は教育の中心地だった。医学が画期的に進歩する兆《きざし》しが見えていたものの、ある問題があった。学生が解剖を学ぶための死体が不足していたのだ。十九世紀初頭にエジンバラへやってきたふたりの熟練労働者たちは、死体泥棒が解剖用の死体を必要としている医学部に悪くなっていない死体を売って稼いでいるのを知り、そこに好機を見出した。だが、バークとヘアは墓地で新しい死体を待つようなことはしなかった。孤独な人々を酒に酔わせ、やすやすと窒息死させたのだ。ふたりは捕まるまでに十六人を殺害した。

ホラー映画や背筋の凍るような怪談のファンがこの事件にぞっとしながらも引きつけられることは、テンペストにも理解できる。およそ二百年後に、事件の影響力に自分の家族が巻きこまれていなければ、テンペスト自身もそうだったかもしれない。

十年まえの運命の日、エルスペスがエジンバラのステージ上で亡くなった直後、酔っ払った大学生たちがふざけてたがいを挑発し合ったあげく、死体泥棒のように墓を掘り返した。大学のクラブに入会するための儀式だったのかもしれない。彼らは遺体を損壊したわけではないが、六基の墓を冒瀆《ぼうとく》し、掘り出された遺体には動物が群がり、数体の遺体から手や足を持ち去った。そのなかに、エルスペスの片手も入っていた。

エルスペスの右手は、いまに至るまで見つかっていない。

テンペストの祖父母はただでさえ悲しみのただなかにあったのに、最愛の娘に対する侮辱に耐えなければならなかった。メディアや市民は憤《いきどお》り、おぞましい過去の事件がこのようなとんでもない冒瀆行為につながったと決めつけた。当局が関係者の名前を伏せたため、エルスペス・ラージの墓が被害にあった墓のひとつであることはおおやけにならなかった。

ところがいま、コービン・コルトの『エラ・パテル消失事件』の草稿には、エラの姉が事故死し、彼女の墓が現実の事件とまったく同じ経緯で掘り返され、右手がなくなったと記されている。

草稿では、右手は超自然的な存在のために死体の一部を集めている人物が持ち去ったことになっている。その超自然的な存在は、その人物を特別たらしめていた体の一部——たとえば画家の目、作曲家の耳、マジシャンの手——から力を得るという。現実には、そのようなことは起きていないが、それでもなお、この類似は偶然ではありえない。

コービンはどうして知っていたのか？

エマの失踪について、彼はほかにもなにか知っていたのだろうか？

テンペストは草稿を読みつづけたが、電話の音に驚き、またページを取り落とした。風が吹き、秘密の庭にページが散らばった。テンペストはページを追いかけながら、スマートフォンの画面にちらりと目をやった。発信者の番号に見覚えがなかったので、着信を拒否し、ばらばらになってしまったページを拾い集めた。それからすぐ――いや、時間の感覚がなくなっていたので、どのくらいたったのかわからないが、母屋の玄関ドアを激しくノックする音がした。

テンペストは無視し、ページをめくりつづけた。

プロットはテンペストの予想よりさらにひどかった。上部に〝最終章〟と太字で書かれたページにたどり着いたときには、両手が震えていた。散らばったページを集めたあと、何枚かなくなっていることに気づいていたが、結末から目をそらすことができなかった。エンジェル・ディアブロこそが、義理の姉の墓荒らしを仕組み、妻のエラ・パテルを殺害し、だれにも見つからない場所に遺体を隠した殺人犯だったのだ。

コービン・コルトは、テンペストの父親であるダリウスが妻のエマ・ラージを殺したと暗示していた。

27

ダリウスは電話に出なかった。テンペストからのテキストメッセージにも、すぐには返信がなかった。テンペストは、父親と共有している仕事の予定表を見て、今日の現場を確認した。ほんの一キロ半ほど離れているだけだ。すぐに行ける。テンペストは本を持ち、急いで振り子時計のなかを通り抜け、車のキーを取った。

ドライヴウェイに出た瞬間、声をかけられた。「本を渡してもらおう」ラインハート刑事だった。ジープのそばで、ギディオンと並んで待っていた。なぜギディオンが警察とそこにいるのだろう？　彼は困ったような顔をして、ポケットに両手を突っこんで立っている。

「本？」テンペストの耳のなかでは鼓動の音が鳴っていた。

「フォレストヴィルの警察が窃盗の通報を受けた」ラインハートはテンペストを見据えた。非難がましい目で。知っているのだ。「鍵をかけたはずの窓があいていて、最近亡くなったボーイフレンドの大切な形見の品が入ったトランクが動かされていたそうだ。ボーイフレンドの名前はコービン・コルト。通報者は、コルトの謎めいた死に関してわれわれが詳しく話を聞いた相手だ」

テンペストは黙っていた。息をするのもやっとだった。注意していたつもりが、ふたつのささいなミスのせいで気づかれてしまった。ステージでは、こんなぶざまなことはしなかったはずだ。とはいえ、三カ月ではなくたった一日の稽古で本番に臨んだりしない。

「ミス・ベロウは、コービンのガールフレンドといって尋ねてきた女性の名前をインターネットで検索してもなんの情報も出てこないから怪しんでいた」ラインハートはつづけた。「トランクからなくなっているものがないか捜したら、案の定、あるものがなくなっていたそうだ」

「トランク?」テンペストはラインハートに背を向け、手に持っていた本をバッグのなかに落とした。まだ負けてはいない。

「逃げるな」ラインハートが言った。

「別に逃げてません」テンペストは振り返った。「トランクが行方不明なんでしょ。うちには山ほどスチーマー・トランクがあるの。あなたに見せてあげようと思っただけ」

「なくなったのは本だ。わたしは本を捜している。トランクから盗まれたんだ。わたしがほしいのは本だ」

「なんのことか――」

「無駄なあがきはよせ。いま本を持っていたじゃないか。その大きな鞄にアガサ・クリスティの本が入っているはずだ。トレスも事情を承知しているようだな。わたしがここに着いたとき、きみの家のドアをノックしていた」

ギディオンは警告に来てくれたのだ。それなのに、テンペストはコービン・コルトによる誹《ひ》謗《ぼう》中傷を読むのをやめられず、みずから窮地にはまってしまった。

テンペストはバッグに入れようとした手を止めた。ラインハートはアガサ・クリスティの本をよこせと言った。手稿ではなく。彼はハードカバーの本が秘密の箱だと知らないのではないか？

「必要なら令状を持ってくるぞ」ラインハートはつけくわえたが、強い口調ではなかった。むしろ不本意そうだ。ラインハートは今日もきちんとした服装で、コービン・コルトが殺されたあの晩と同じように、いかにも堅苦しそうな、プレスされたスーツを着こんでいるが、大鴉《おおがらす》を思わせる彼の目にテンペストが見て取った自信はもうなかった。今回の事件に彼も追い詰められているようだ。

「令状なんかいらない。このバッグに入ってるから」テンペストはしばらくバッグのなかをごそごそと探るふりをした。「ごめんなさい……荷物が多くて……」ガムをひとつ口に放りこみ――バッグに入っているたくさんのもののひとつだ――手稿の入っている本をラインハートに渡した。

ラインハートは本をビニールの証拠品袋に入れた。「古本一冊のためになぜこんなことをしたんだ？」

パパのことで、でたらめばかり書いてあるからよ。「彼が亡くなって、その本の価値があがるから。表紙の内側に蔵書印があるの」

ラインハートはかぶりを振った。「きみの評判を聞いたかぎりでは、手っ取り早く稼ぐために貴重な品を盗むような人間だとは思わなかったが」

「おれが言いだしたんです」ギディオンが割りこんだ。「なにもかも。石の彫刻家としてやっていくのは大変なんだ。こんな古本がなくなっても気づかれないだろうし、金が入れば助かるし」

上手な嘘だ。最近のギディオンは骨と皮だけになっている。強迫観念と睡眠不足のせいであり、食費に困っているわけではないが、飢えた芸術家そのものに見えた。

ラインハートはテンペストからギディオンに視線を転じた。「その自白を根拠に逮捕することもできるが」

テンペストは口をひらいたが、ギディオンのほうがすばやかった。「逮捕されれば創作活動に注目してもらえるかもしれない。宣伝になるならなんでもいい」両方の手首を差し出した。

ラインハートはため息をついたが、手錠を取り出しはしなかった。「ミス・ベロウは告発を望んでいない。コービン・コルトが大切にしていた本を返してくれればそれでいいと言っている。コルト本人に、大事な本だと言われていたそうだ」

「なぜ証拠品袋に入れたの?」テンペストは尋ねた。「ヘイゼルに返すんじゃないの?」

「殺人事件が解決するまでは証拠品として扱う」

「もう祖父を逮捕したのに」テンペストはぴしゃりと返した。

ラインハートのいらだたしげな表情が変わった。悲しみ? 後悔? 「しかたがなかった。地区検事は、じゅうぶんな証拠がそろっていると考えているし……」

「つまりあなたは、犯人はほかの人物だと思ってるの?」

「わたしは、真実はまだわかっていないと思っている。辻褄《つじつま》の合わないことが多すぎる」

「やっぱりあなたは――」

「本を返してくれてよかった。これ以上、面倒なことにしないでくれ。また連絡する」

刑事が立ち去ったあと、テンペストはギディオンの顔をじっと見た。「なぜ自分が言いだしたなんて言ったの？」

ギディオンは肩をすくめた。「きみの人生がめちゃくちゃになりそうだったから。きみはすでに報道やネットで話題になってる。ここでの生活を本格的にはじめるまえに、引退公演も控えてる。おれは携帯電話は持ってない。前科があるから彫刻を買うのを取りやめるって客もいない」と、肩をすくめる。「要するに、おれの人生はたいして変わらない。でも、きみの人生は激変する」

「逮捕されてたかもしれないのに」

「誤解しないでくれ――逮捕されなくてよかったとは思ってる。あんなに心臓がどきどきしたのははじめてだ。でも、逮捕されたら人生が行き詰まるのはきみのほうだ」ギディオンはまじまじとテンペストを見つめた。「ちょっと待て……さっきガムを噛《か》んでいたよな」

「それって犯罪？」

「だから、バッグのなかを探るときにあわててるように見せたのか。きみはあ、あ、あわててはい、い、いなかった。あれはミスディレクションだったんだな」

「プランB」テンペストはきつく目を閉じた。「手稿を本のなかに戻したのは間違いだった。見つかるとは思ってなかったの。本を渡すまえに手稿をバッグのなかに落とそうとしたんだけど、きつくはまっていて、すばやく取り出せなかった。せめて、あの本のなかに手稿が隠してあることに気づかれないようにしたかった。ラインハート刑事は手稿の存在を知らないようだったから。いまのところはね」

「本がひらかないようにガムでとめたんだ」

「うまくいくかわからないけど、やってみるしかなかった」

「なぜだ？　警察はすでに、おじいさんがコービンに腹を立てる理由があったのを知ってるじゃないか。手稿が見つかったところでなにかまずいことでもあるのか？」

「コービン・コルトは、わたしの父が母を殺したと思いこんでいて、その思いこみをそのまま書いていたの」

「ということは、警察があの本をひらいて手稿を読んだら――」

「祖父が釈放されても、手稿にあんなことが書いてあったら、今度は父が疑われる。警察があの本の秘密に気づくまえに、コービン・コルトを殺した真犯人を見つけなくちゃ」

28

テンペストはもう一度、父親に電話をかけた。やはり応答はなかった。テンペストは車のキーをつかんだ。

十分後、父親の予定表で確認した午後の現場のまえで車を急停止させた。

「なにかご用?」庭の白と黄色の花が咲いている花壇でひざまずいている女性が尋ねた。

「わたし、ダリウスの娘です。父は――」

「あなたがテンペスト?」女性は土にまみれた手袋をはずして立ちあがった。「お会いできてよかった。素敵なお父さまがうちに忘れ物でもしたの?」

「父はいないんですか?」

「あら。一時間まえにお帰りになったわ」

「お騒がせしてすみません。行き違いがあったみたいです」テンペストはよろよろと車に戻った。パパはいまどこにいるの?

八分後、テンペストは〈フィドル弾きの阿房宮〉に戻ってきた。父親のトラックがドライヴウェイにないので、急いでツリーハウスの祖父のもとへ行った。

「食事はすませたのか?」チェックのキャスケット帽をかぶったアッシュが、おいしそうなにおいのする鍋をかき混ぜながら、笑みを浮かべた。

「あとで食べるって約束する。いまは時間がないみたい」もうすでに時間を無駄にしている。

「なぜフルールにコービンの新しいガールフレンドの家から本を盗むように頼んだの？」

祖父の口元から笑みが消え、木のスプーンが彼の手からキッチンの床にすべり落ち、大きな音を立てた。

「よけいなことに首を突っこむんじゃない」

「おじいちゃんこそ、人に盗みを頼むなんて――」

「あの男は死んだんだ、テンペスト。彼がなにを書いていようが問題ではないよ」

「大問題でしょう。問題なければ、あの本に隠してあった手稿が発見される可能性はそもそも低かったんだから、わざわざ盗みを頼むわけがないよね」

アッシュは震える手でコンロの火を消し、朝食コーナーの椅子にへたりこんだ。テンペストは駆け寄ったが、アッシュは手をあげてかぶりを振った。「大丈夫だ。ただ、おまえは間違っている。手稿が発見される可能性は、低くはなかった。ラインハートがコービンの過去を調べて殺人の動機を探れば、手稿を見つけていたはずだ」

「どうしてラインハートがコービンの過去にこだわるの？」

「犯人はわたしではないと考えているようだ。逮捕を強く主張したのは検察だからね。注目度の高い事件だし、わたしには動機があり、不利な物的証拠もある。ラインハートより先にコービンの手稿を手に入れたかった。なぜなら――」

「なぜなら、あの手稿にパパのことが書いてあると知っていたからね」

アッシュは悲しげにうなずいた。「フルールから聞いたのか？　どうしてフルールが――」

「フルールは手稿を手に入れることができなかったの。ヘイゼルの家は厳重なセキュリティ・システムで守られているから」

「だったら、どうしてわかったんだ？」

「いまその話はいいでしょ。とにかく、手稿は見つかったの」

「読んだのか？」

「ほとんど全部。写真を撮らなくちゃと気づくまえに、ラインハートが来てしまった」

「持っていかれたのか？　なんてことだ《アダ・カダヴユレー》。警察にあれを渡したとは――」

「進んで渡したわけじゃないよ。あの人は法執行官で、あれは盗品だし」テンペストは口調をやわらげ、急いでつけくわえた。「わたしもだれも逮捕されてないから。ギディオンがわたしは関係ないと言って罪をかぶろうとしてくれたんだけど」

アッシュはうなった。「ギディオンはいい若者だ。でも、刑事に手稿を奪われるような事態を招いたのはまずかった」

テンペストは片眉をあげた。「おじいちゃんがなにをどんな理由でやってるのか教えてくれてたら、わたしたちだってあんなことはしなかったのに」

「わたしはおまえを守っていたんだ」

「その結果がこれだよね」

アッシュは舌打ちした。「手稿にはお父さんが悪く書かれていたのか?」

「それはもう」テンペストはもう一度スマートフォンを見た。父親からのメッセージはなかった。「コービンの書いたものがでたらめなのはわかってるけど──コービン・コルトがなにをしようとしていたのか、パパが知っていたら、彼を殺す動機になる」

「知っていたよ。お父さんもわたしも知っていた」

「だから、おじいちゃんは本気でコービンを脅して、接近禁止命令を出される羽目になった。コービンはお母さんの失踪一周年を機にエッセイを書いただけじゃなかったから」

アッシュはうなずいた。「最初はわたしたちもそれだけだと思っていた。でも、街でコービンとばったり会って、家族の悲劇を悪用されて不愉快だと伝えたら、あの男は笑い飛ばして、いちいち目くじらを立てるなと言ったんだ。あんなものを書いていると語らずにいられなかったんだろうな、温めているアイデアを少し話したが──しゃべりすぎたと言ったよ」

「コービンがあんなものを書いてるのに、とがめなかったラヴィニアが信じられない」

「ラヴィニアは知らなかった。とにかく本人はそう言ってる。わたしは信じたよ。ラヴィニアはコービンとはずいぶんまえからうまくいっていなかったようだし、彼の作品を読んでいなかった。わたしはコービンの弱点を知りたくて、インターネットで調べてみた。コービンはスリラーを書くうちにオカルトにはまっていったようだ。コービンのインタビュー記事を読むと、彼は執筆のために取材をしていたんだが、どうやら取材相手の話を完全に信じこんでいるというか、もっと言えば本気で怯えているようなことを語っていた。そこでわたしは、うちの一族には呪いがかかっているという言い伝えを利用できるんじゃないかと考えた。そして、コービンを説得しに家へ行った。説得がうまくいかなければ、あんな小説を出版しようものならラージ家の呪いに取り憑《つ》かれるぞと脅すつもりだった」

「パパはおじいちゃんの考えてることを知ってたの？」

「一緒に行くと言ってくれたが、ダリウスは気が短いからな。わたしのほうが我慢強い。だからひとりで行った。そのほうが……説得しやすいと思ったんだ。だが、ダリウスがコービンにメールを送るのを止めることはできなかった。だからコービンはダリウスにも接近禁止命令を申し立てたが、ダリウスのメールは怒りを伝えるものにすぎず、危害をくわえると脅迫したわけではないからな。コービンに〝実際に危害をくわえた〟のはわたしだけだ。わたしが威嚇するようににらみつけたら、コービンはよろめいて足首をくじいた。と、いうことになっている。わたしに足首を見せてくれなかったから、くじいたふりをしたのかもしれない」

「そんなことで暴行されたと訴えて、おじいちゃんを逮捕させようとしたんだ」

アッシュは舌打ちした。「あまりにもばかげているから、警察も取り合わなかった。それでも、わたしの話がコービンを怯えさせたのはたしかだ」

「結局、あの小説を出版しなかったんだものね」

「目のまえで手書き原稿の束を見せつけられて、コービンがかなり書き進めていることはわかった。そのあと、コービンが原稿をしまうのを見た。アガサ・クリスティの大判の本のなかに。登場人物がみんな隠しごとをしている作品だよ――洒落のつもりだったんだろう。コービンは、わたしに見られていることに気づいていなかった。転んだあと、わたしがラヴィニアを呼びにいくのを待ったつもりだったようだ。ところがわたしは、こっそり玄関口からコービンを見ていた。くじいた足首ですたすた歩くのを見てやろうと思ったんだ。嘘を暴くことはできなかったが、原稿の隠し場所はわかった。いまでもあの本に隠してあるかどうかはわからなかったが、物書きなら自分の作品を捨てたりしないだろうとは思っていた」

「もっと早く盗むチャンスはあったはずだよね。コービンがまだラヴィニアと暮らしていたころなら、もっと簡単だったのに。どうしてそうしなかったの？」

「わからないかね？　わたしたちが恐れたのはあの原稿そのものではなかった。コービンだったんだよ。彼があの本のアイデアをどうするのか、それが脅威だった。しょせんあれは未完成の草稿だ。わたしたちの家族をあからさまに中傷する嘘で満ちた物語の下書きにすぎない。結局はその下書きしか残っていないのだから、どうしても手に入れる必要があったんだ」

テンペストはうめいた。「だから、なんとかして降霊会の招待状をもらったんだ！」

「ダリウスから、ラヴィニアがコービンの魂を追い出すために、残された草稿のノートやなにかを焼き捨てると聞いた。わたしはそのノート類のなかに原稿があるかもしれないと思った。あれば、きれいさっぱり始末できる。だから、ルームツアーをしてくれと頼んだわけだが、箱のなかには原稿がなかった」

「おじいちゃんがあちこち探ってたのはそのためだったのね」

「ラヴィニアがコービンを殺そうとしていたとは知らなかった」

テンペストは祖父のしわだらけの顔を見つめた。逸話に満ちた長い人生のあいだに、たくさんの愛と悲しみが刻みこまれたしわだ。祖父はほんとうにラヴィニアがコービンを殺したと信じているようだが、ラヴィニアを非難してはいないし、自分がいま窮地に置かれているのを彼女のせいにしてもいない。

「やっぱりラヴィニアがやったと思ってるんだ?」

アッシュは長々と息を吐いてから答えた。「ラヴィニアを責める気はないよ。もしラヴィニアがやったとしても、わたしが裁判にかけられたら自首してくれるはずだ。でも、ラヴィニアがやったと確信しているわけではない」

「あっ! ひとつたしかなことがある。はじめてのいいニュースよ。パパが疑われるもとになりそうな手稿を見つけてしまったけど、パパは関係ない。だって降霊会の会場にはいなかったんだから」

アッシュは帽子を脱ぎ、頭ににじんだ汗をハンカチで拭った。「厳密に言えば、まあそうだが……」

「厳密に言えば?」テンペストは鸚鵡《おうむ》返しに言った。

「ダリウスは降霊会の部屋にはいなかったが、そばにいたんだ。すぐ外に。わたしはラヴィニアが燃やすつもりだった紙類のなかを捜して、うちの家族のことを書いた原稿があれば窓から捨て、ダリウスが拾うことになっていた――」

「ラヴィニアが燃やすまえに目を通すって言ってたから」テンペストはつぶやいた。

「だが、原稿はなかった。だから、降霊会がはじまる直前に、計画中止とダリウスにメッセージを送った」

テンペストはうめいた。これはまずい。「ラインハート刑事はおじいちゃんのスマホを調べたよね？」

アッシュはキャスケット帽のつばを引っ張り、まっすぐに直したものの、いらいらした手つきでまた脱いだ。「あれもまた、わたしに不利な証拠になるんだろうな」

そのとき、テンペストはカウンターに食べものがどっさり並んでいることにはじめて気づいた。カルダモン風味のスコーン、少なくとも三種類のクッキー、ブラックベリーのジャムの入ったガラス瓶が数個、あざやかな黄色のペーストが入った瓶が二個、そしてさまざまな種類のパン。アッシュがいつも作るような、栄養のバランスが考えられたものではない。

アッシュはストレス解消に料理をしていたのだ。

テンペストの視線をたどったアッシュの瞳が、今日はじめて輝いた。「味見をしてくれないか」朝食コーナーから出てくると、謎めいた黄色いペーストの入ったガラス瓶をふたつともあけた。「ふたとおりのレシピでレモンカードをこしらえたんだが、スコーンに塗って、どっちが好きか聞かせてくれ」

「いま大事な話を――」

「年寄りの頼みを聞いてくれないかね」

テンペストは祖父をにらんだが、皿を受け取った。まずレモンカード一号のスコーンをひと口かじり、目を閉じて甘味と酸味の絶妙なバランスを味わい、つかのま悩みを忘れた。

「スヴァル・イルタルタン・シッテレゲレム・パダモム・ポダ・ムディウム」

テンペストは目をあけてほほえんだ。タミル語はまったくわからないも同然で、ろくに会話もできないが、祖父が教えてくれたたくさんの格言は覚えていた。いまの言葉も聞き覚えがある。「〝壁がなければ色を塗れないし、絵を飾ることもできない〟」

アッシュは顔をほころばせた。「正解。つまり、健康で元気でなければならないということだ。壁がしっかりしていないと、絵を飾っても崩れ落ちてしまうだろう」

テンペストはもうひと口かじった。「すごくおいしい。このスコーン、わたしが覚えてるよりもっとふわふわしてる。レモンカードがとっても甘いのは、材料にナタリーが大事に育ててる木になったレモンをわけてくれたのを使ってるから?」

「なにを言ってるんだ、テンペスト。砂糖に決まってるだろう」

テンペストは笑いが止まらなくなった。祖父に両腕をまわして抱きしめた。

「よかった。さあ、スコーンを食べてしまいなさい。夕食をこしらえよう」

「だれかいるか?」階段の下から声がした。ダリウスが帰ってきたのだ。

テンペストは階段を駆けおり、途中でダリウスとぶつかりそうになった。「電話にも出ないし、予定表に書いてあった現場にもいなかったし、大丈夫なの?」「人と会っていたんだ」

ダリウスは階段をのぼりながら、片手で顔をこすった。

「新しい仕事を受けるのは待ったほうが——」

「ヴァネッサが腕のいい調査員を見つけてくれてね。お義父《とう》さんのローロデックスには入っていない探偵だ。コービンのファンを調べてくれてる」

アッシュは舌打ちし、義理の息子に向かって眉をひそめた。「わたしに相談もなく?」

「おれが了解したんです」ダリウスはグラスに水をくみ、シンクのまえで飲み干してから、アッシュとテンペストに向きなおった。「お義父さんが必要なことをやらないのはわかっていたから――」

「やめて!」テンペストは叫んだ。「ふたりともやめて。おじいちゃんもパパもおたがいを守ってるつもりで、わたしのことも守りたいんだろうけど、おたがいに隠しごとをしていたら状況は悪くなる一方だよ――わたし自身も含めてね。なにもかも打ち明けるところからはじめないと。ふたりの無実を証明するには、そうするしかないよ」

「食事はすませたのか?」アッシュは義理の息子に尋ねた。「テンペストには話したいことがたくさんあるようだ。長い夜になるぞ」

29

テンペストはアッシュに話したコービンの手稿の内容をもう一度、ただしもっと詳しくダリウスに伝えた。

「やつがそんなでたらめを書いたと知っていたら、おれがこの手で殺していただろうな」ダリウスは言った。

アッシュは舌を鳴らした。「そんなことを言うもんじゃない」

「ただのたとえ話ですよ」だが、ダリウスの目つきは真剣だった。

「ひどい内容だった」死んだ男の手によって書かれた文章を思い出し、テンペストは身震いをこらえきれなかった。「どうして墓荒らしのことを知ってたんだろう?」

「偶然ではないな」ダリウスはキッチンをうろうろと歩きまわった。「コービンがエマの姉の墓が荒らされたことを知っていたとはな」

「本気で調べればわかることだ」アッシュはコンロにかけた鍋をかき混ぜながら言った。「報道機関がしつこく取材をしていれば、だれの墓が荒らされたのかわかっていたはずだ。報道されたのは、大学生が羽目をはずしすぎて学生クラブの入会儀式が過激になったという話だけだった」

「コービンは、墓荒らしの真の狙いはエルスペスのお墓だったと書いてたけど、それは作り話よね」テンペストは言った。「そうでしょ?」

「もちろんだ」アッシュは即座に言った。「人々の好奇心を煽《あお》る作り話だとも。超自然的な存在が死体の一部を集めているというのもでたらめだ」アッシュは傍目《はため》にもわかるほど震えていた。

「ひどすぎる内容で、かえってよかったのかもしれん」ダリウスが言った。

アッシュがうなった。

「いや、ほんとうにそう思いますよ、お義父《とう》さん。エンジェル・ディアブロだって？　アニメの悪役みたいな名前じゃないか。そんなものを読んで真に受けるやつなんかひとりもいませんよ。警察だって、おれがその登場人物と同じことをしたとは考えないでしょう」ダリウスの声は、言葉とは裏腹に不安そうだった。

「せめて、全部読めていたらよかったのに」テンペストは言った。「ページの順番がぐちゃぐちゃになってしまったから、途中を飛ばしてラストを読んだの」

「いまさら悔やんでもしかたがない」アッシュは言った。「前途は多難だな」

テンペストは張り詰めた雰囲気をやわらげるため、アブラカダブラを兎小屋から連れてきた。気難しいロップイヤーラビットが足元を跳ねまわっていたら完全に希望を捨て去ることはできないと、科学的にも証明されている。

三人は居心地のよいキッチンで、挽き割りにしたひよこ豆とキュウリと赤玉葱をヨーグルトであえてスパイスをきかせたライタに、焼いてあったサワードウのパンを浸して食べた。サワードウの酸味が、スパイシーな豆の味を驚くほど引き立てた。

まだモーと連絡が取れていないせいで、ぴりついた空気に重苦しさがくわわっていた。テーブルには、スマートフォンのスクリーンを上にして置いてあった――いつもなら、アッシュもダリウスも食事のときにスマートフォンをテーブルに置くのをいやがるのだけれど。テンペストのマネージャー、ウィンストン・カプールが、おそらく引退公演の準備について電話をかけてきたが、テンペストは応答しなかった。このところテキストにもメールにも返信していなかったので、業《ごう》を煮やして電話をかけてきたのだろう。どのみち、彼にはあとで連絡しなければならない。

みんながじゅうぶん食べられるようにそれぞれの皿におかわりを盛ると、アッシュは本題に入った。「ダリウス、きみが雇った調査員はなにか報告してきたのかね？　わたしの知らないうちに雇ったのだから、せめてわかったことを教えてくれないか」

「コービンのファンには目立った犯罪歴のある者はいませんでした。いまのところは見つかっていないというだけですが。とにかく、インターネット上でコービンについて発言している者のなかにはいません」

「ラヴィニアはコービンに届いたファンレターを警察に提出したと言ってた」テンペストは口を挟んだ。

ダリウスはうなずいた。「警察も調べているそうだが、おれたちが独自に調査しても迷惑はかからないだろう。ちなみにヴァネッサも、ファンに注目するべきだと言っている」

「犯人はファンじゃないよ」テンペストは断言した。だが、すぐに気づいた。「合理的な疑いの余地があると陪審団に主張するため？　でも、裁判になると決まったわけじゃない。そもそも裁判にならないようにこの話し合いをしてるわけでしょ。調査員は降霊会の参加者についても調べてるの？」

ダリウスはかぶりを振った。「さっきも言ったように、調査員はコービンのファンを調べてる。なにか知りたいことがあるのか？」

「山ほどあるよ。でも、調査員に尋ねたいことはふたつだけ。ひとつ目、エラリーはコービンとこっそりつきあっていたのか？」

「紫の髪の女性かね？」アッシュが尋ねた。

「コービンの手稿には、アリスという名前の登場人物が出てくるの。『不思議の国のアリス』にちなんで名付けられて、髪を染めてる。実際、エラリーはエラリー・クイーンにちなんだ名前だし、あの髪はどう見ても染めてるよね。アリスは読書会のメンバーの夫と不倫関係にあるの。あの手稿にはわたしたち家族と思われる人物たちが出てくるから、ほかの登場人物も現実をなぞってるはず」

「だが、嘘ばかり書いてあるんだぞ」ダリウスは顎をこわばらせ、腕に力をこめた。本人はそのことに気づいていないようなので、テンペストはもしダリウスが法廷で証言しなければならなくなった場合、あらかじめきちんと教えておかなければと思った。ダリウスほどの屈強な大男なら、音ひとつ立てず汗ひとつかかず、人々に囲まれたテーブルに死体を放り投げることができるだろうと、陪審員たちに思われかねない。コービン・コルトの話をするたびに怒りで顔をゆがめていては、なおさらまずい。

「でもやっぱり、調査員にエラリーを調べてもらって」テンペストは言った。「コービンと不倫関係にあったかどうか、確認しなくちゃ」

ダリウスは一度だけ不本意そうにうなずいた。

手稿の話はもうやめたほうがよさそうだ。「訊きたいことのふたつ目。ラヴィニアとヴィクターは――？」

「その質問ならいますぐ答えられるぞ」とダリウス。「ふたりは交際している。だが、関係がはじまったのは、ラヴィニアが離婚を申請したあとだ。出会ったのは、うちがラヴィニアの家のリフォーム計画に取りかかったころだから」

「降霊会にヴィクターがいたのが不思議だったんだが」アッシュが言った。「ヴィクターなら、ラヴィニアが殺人を犯すのを手伝えたかもしれない」

ダリウスは悪態をついた。「ぐるになった？」

「ふたりが手を組んだのか」テンペストは考えをめぐらせはじめた。ふたりが協力していたのなら、不可能な要素のいくつかは説明がつくのでは？「ふたりが秘密でつきあっていたのなら――」

「秘密ではないな。みんな知ってるさ。思うに、ふたりはまだ自分たちの関係がどうなるかわからないから、控えめにしているだけだろう」

「わたしたちはそれぞれがいろんな人に話を聞いているようだな」アッシュがマグカップに淹《い》れたコーヒーとショートブレッドを持った皿をテーブルに運んできた。「もう一度、わかっていることを確認しよう」

「まずはおじいちゃんからね」テンペストはショートブレッドでアッシュを指した。「おじいちゃんはツリーハウスに閉じこもってるあいだに、十人以上と会ってたよね」

アッシュは笑った。「ひとりを除けば、みんなただのお見舞いに来てくれただけだよ。わたしはいずれラヴィニアが自白すると本気で信じているんだ」

「もしラヴィニアが犯人ならね」テンペストの手のなかでショートブレッドがぽきりと折れた。「ラヴィニアとヴィクターが共謀していたとして、どうやったのかはわからない。あいかわらず不可能な要素は不可能にしか見えない。サンジャイとアイヴィと考えてみたけど、まだなにかを見落としてるみたい」

テンペストはショートブレッドを置き、四つの不可能な要素について友人たちと考えたことを解説した。レイヴンがフォレストヴィルからヒドゥン・クリークまでありえない速さで飛んできたトリックは、いまだに解明できていない。本物のナイフで刺した傷口に偽物のナイフが刺さっていたことは目くらましだろうが、その目的はまだわかっていない。そして、〈ラヴィニアの隠れ家〉には、縛られたコービンを隠しておけるほど広い空間がない。降霊会のあいだ、参加者がずっと手をつないで囲んでいたテーブルに死体を移動させる仕掛けも見つからなかった。

アッシュは舌を鳴らした。「その目くらましの話に、どうしてわたしを呼んでくれなかったんだ」

「あのとき、おじいちゃんは万全なコンディションじゃなかったから」テンペストは、あまり食べていないことに気づかれていないのでほっとしていた。皿の上で目くらましの技を駆使してショートブレッドを動かし、まだ食べていないのをごまかした。

「ショートブレッドが冷めてしまったな。デザートになにか作ろう――」

「大丈夫ですよ、お義父さん」ダリウスは義父の肩に手をかけた。

アッシュは眉をひそめたが、すぐにいたずらっぽく笑い、ひらいた手のひらをふたりに見せた。一瞬ののち、親指と人差し指のあいだに二十五セント硬貨が現れた。「なぜコインがわたしの手のなかにあるんだ？」

「おじいちゃんがコインのマジックをしてるから」

「はずれ」アッシュはコインをトスした。だが、それを手で受け止めようとはしなかった。テンペストはコインが描いたはずの軌跡を目で追った。アブラカダブラのふわふわの灰色の背中に、特大サイズの紙のコインが現れた。兎が体を揺すると、紙のコインはキッチンの床にはらりと落ちた。

「いつのまにそこにいたの？」テンペストはアブラカダブラを抱きあげながら尋ねた。「テーブルの下で昼寝してると思ってた」

「アブラカダブラが目を覚ましたのに気づかなかったのは、ちゃんと見ていなかったからだ。おまえはもっと利口なはずだぞ。わかっていることに目を向けなさい。目くらましにだまされるがままになっていてはいけない」アッシュは両手で孫娘の頬を包みこみ、身を乗り出してひたいにキスをした。「この頭は優秀だが、いつもしかるべき方向へ導いてくれるとはかぎらない。おまえはステージマジシャンだから目くらましのやり方を知りつくしているし、いちばん古い友達は不可能犯罪小説の専門家だ。おまえがやるべきことはそれだよ」

「安楽椅子探偵?」テンペストは顔をほころばせずにいられなかった。

「そのとおり」アッシュはにんまりと笑った。「安楽椅子というのが肝心だ」

「おじいちゃんはわたしの手を借りたくないんだと思ってた」

「おまえはわたしの孫だぞ。わたしがなにを言おうがやるに決まっているんだから、せめてわたしの目の届くところにいてくれ」

そのとき、アッシュの携帯電話が鳴り、三人ともびくりとした。もう夜の十時を過ぎている。いったいだれが――。

「モラグだ!」アッシュが叫んだ。

アッシュとモーがふたりだけで話せるように、テンペストとダリウスはキッチンで皿を洗った。

皿洗いが終わるころ、アッシュがキッチンに入ってきて、モーは無事でフェリーの運航も再開すると言った。モーはいちばん早い便に乗り、ニコデマスに迎えに来てもらい、飛行機で帰ってくるとのことだった。

モーが芸術家の合宿に参加していたのではなく、エジンバラでエルスペスの死の真相を調べていたというのはほんとうなのだろうか? エルスペスの死は、五年後にカリフォルニアで起きたエマの失踪とどう関係しているのか?

テンペストは、コービン・コルトの手稿のとおりに父親がおばの墓を荒らし、母親を殺したのではないかとは、ちらりとも思わなかった――けれど、コービンはまったく無関係の者なら知るはずのない事実を知っていた。どうして墓荒らし事件をあれほど詳しく知っていたのだろうか？　コービン・コルトはエマの失踪に関わっていたのだろうか？

30

テンペストの寝室に朝日が差しこんでいた。ゆうべはスマートフォンでコービン・コルトについて調べているうちに眠ってしまい、カーテンを閉め忘れていた。スマートフォンを腕の下に敷いていたせいで、腕に四角い跡がついてしまった。

腕をさすりながらスマートフォンをタップした。反応がない。眠りこむまえに確認したときは、バッテリーの残量はたったの五パーセントだった。コービン・コルトに関する記事は無数にあったので、とりあえずバッテリーが切れるまでリサーチするつもりだったのだが、ほとんどそれを達成していた。

とはいえ、成果はなかった。コービンの情報は――事実も作り話も含めて――ネット上にたくさんあがっていたが、彼とラージ家をむすびつけるものは、どちらもヒドゥン・クリークに住んでいることと、エマ・ラージの失踪から一年で発表された一本のエッセイだけだった。そのエッセイのなかで、コービンはエマとかなり親しかったと明言し（嘘だ）、エマが姿を消したほんとうの理由に心当たりがあるとほのめかしていた。だが、そのエッセイのつづきは発表されなかったようだ。アッシュに脅されたからだろうか？　なんにせよ、手稿を読んだかぎりでは、コービンはテンペストが思っていた以上にラージ家の事情に詳しかったらしい。

テンペストはスマートフォンに充電ケーブルを挿し、寝るまえに結わえなかったせいで鼠の巣になってしまった髪をととのえるためにバスルームへ向かった。長さや色の異なる板でスケルトン・キーをかたどった床を踏んで戻ってくると、ドレッサー代わりにしている古いスチーマー・トランクの上で、スマートフォンが点滅していた。夜のあいだに電話がかかってきていたらしく、ボイスメールが入っていた。

「遅くに悪いわね」祖母の声が録音されていた。「でもしばらく話せなかったし、まだ起きてるかもしれないと思ったの。いま空港で飛行機を待ってるとこ。あなたの声が聞きたかったし、教授を迎えによこしてくれたお礼も言いたくて。とっても素敵な若者じゃないの。どうしていままで教えてくれなかったの？　ありがとね。じゃあまた」

教授？

まさか。まさかまさか。モリアーティだ。シャーロック・ホームズの宿敵、ジェームズ・モリアーティは元大学教授だ。

モーを迎えにいくのはニコデマスだったはずなのに。モリアーティはニコデマスになにをしたの？

テンペストは祖母に電話をかけた。すぐにボイスメールにつながった。だが、聞こえてきたのは祖母の声ではなかった。モリアーティの声だった。

メッセージは短かった。「電話をくれ」という言葉につづいて、テンペストが住む地域の市外局番からはじまる電話番号が告げられた。

祖母のボイスメールからモリアーティの声が聞こえてきただけでも怖いのに、彼の緊迫した口調から緊急事態であることが伝わってきて、ますますテンペストは怯えた。自称守護天使の悪魔がなにを考えているのか理解できたためしがない。テンペストは指定された電話番号にかけた。

「ふざけないで」テンペストはいきなり言った。「わたしの家族はあなたの駒じゃないんだから――」

「心配は無用だ」モリアーティが言った。「きみのおばあさまは無事だ。わたしはきみの大切な人に危害をくわえたりしない。おばあさまを利用したわけではないよ。わたしは――」

「なぜスコットランドにいるの?」

「わたしは世界のあちこちに出没するんだよ、テンペスト。旅が好きでね。それに、大切な人を助けることも好きなんだ」

「おばあちゃんを空港へ送るためにわざわざスコットランドへ行ったんじゃないでしょ」どうして祖母に迎えが必要なことを知ったのか、尋ねる気もなかった。答えは知りたくない。

「きみたちふたりを助けるために、おばあさまと話をする必要があった。おばあさまがきみのお母さまとおばさまの事件について調べているのを知っているのは、わたしだけなのでね」

「あなたの助けなんかいらない」

「わたしは重要なことを聞き出すのが得意だよ」

「おばあちゃんをびっくりさせたんじゃないでしょうね？」

「かよわい老女扱いするとは、おばあさまに対する侮辱ではないかな」

テンペストは憤慨《ふんがい》した。「おばあちゃんがかよわい老女なわけないでしょ。むしろおばあちゃんがあなたの正体を知ったら、叩きのめすだろうね。徹底的に。おばあちゃんが暴行容疑で逮捕されてしまうことのほうが心配よ」

モリアーティは笑った。少しも楽しそうではなかった。冷たい笑い。機械のような。笑い方を教わったロボットのようだ。あるいは異常にひねくれているのか。

テンペストはごくりと喉を鳴らした。「ニコデマスになにをしたの？　もしニコデマスを傷つけたのなら――」

「きみの大切な人を傷つけたりしないと、何度言えばわかってくれるんだ。きみが黒魔術師ニコデマスを師匠のように思っているのは知っているよ。彼のステージはちょっと時代錯誤だな。悪魔が耳元でささやきかけてくる、だって？　古典的なステージマジックの伝統に則《のっと》っているのはわかるが、きみのように古いものに敬意を払いつつ、オリジナルなものを作りだすスタイルのほうがはるかにいい。まあ、わたしはほかのだれよりもきみのマジックが好きなんだよ」

電話が沈黙した。話し声だけでなく、かすかなハム音も聞こえなくなり、テンペストははじめて雑音が混じっていたことに気づいた。だが、スクリーンを見ると、まだ通話中だった。二秒後、モリアーティがふたたび口をひらいた。

「もう切らなければならない。そのまえに、言っておくことが――」

「待って。おばあちゃんは予定どおりの飛行機に乗れたの?」

「いまごろ大西洋の上だ。ファーストクラスにアップグレードしてあげたよ。わたしはそれとなく、きみの家族の呪いとお母さまたち姉妹の事件について聞き出したが、おばあさまは気づかなかったようだよ」彼の口調が変わった。「ほんとうにすまない、テンペスト。信じてくれ。おばあさまは無事だ。おじいさまのつらい状況もすぐに改善すると思っていたが、どうやらそれは間違いだったらしい」

「おばあちゃんが帰ってくれれば、おじいちゃんも大丈夫よ」

「それはどうかな」

「あなたって、安心してもいいときに、さも禍《わざわい》が待っているかのように言うのね」

「世界は禍に満ちているんだよ、テンペスト。きみもよく知っているはずだ。だから、電話をかけてくれてうれしかったよ。おばあさまと師匠の無事を伝えられてよかった。それに、きみの声を聞くのはいつだってうれしいものだ。ただ、だから電話をかけてほしかったわけじゃない。話しておきたいことがある」

「だったら、さっさと話せば」テンペストは冷たく言った。

「事件の捜査を担当している刑事は信用できない」

「そりゃあなたが警察を信用するわけないよね」

「そういうことじゃない。ラインハート刑事には裏の顔がある」

「言いたいことがあるなら、はっきり言って」

「きみには辛抱強さというものが足りないね。まあいい。ほかに美点がたくさんあるのだから、許してあげよう」

いま取り組んでいるわけのわからない謎の数々よりも、この会話のほうがよほどわけがわからなくなってきた。

「オースティン・ラインハート刑事は」モリアーティは言った。「十年まえまで存在していなかった」

「刑事になって十年という意味？　大ベテランとは言えないかもしれないけど、じゅうぶん――」

「文字どおりの意味だよ。曖昧な言葉遣いは嫌いだ。もっとはっきり言おう。現在、カリフォルニア州ヒドゥン・クリークで刑事をしているオースティン・ラインハートは、十年まえ突然この世に現れた。それ以前は、この男はどこにも存在しなかった」

「どこにも存在しなかったってどういう意味――」

「もう切らなければならない。くれぐれも気をつけてくれ、テンペスト」

電話から信号音が鳴った。モリアーティが電話を切ったのだ。

テンペストはもう一度、電話をかけたが、今度はボイスメールにつながった。テンペストはスマートフォンを握りしめた。

あの男をぶん殴ってやりたい。祖母に取り入り、祖父を拘束した刑事が偽物だという爆弾を落としていくなんて。

きっと、モリアーティは嘘をついているのだ。それとも勘違いをしているのか。趣味の悪いおふざけかもしれない。

違う。そのどれでもない。きみを傷つけたりしないという彼の言葉は嘘ではないはずだ。彼を信用しているわけではないが、ひねくれてはいても嘘つきではないように思えた。

テンペストは、インターネットでラインハート刑事を調べた。ヒドゥン・クリーク警察のウェブサイトには署員のリストがなかったが、彼が警官として紹介されているほかのサイトをいくつか確認できた。彼はたしかにヒドゥン・クリーク警察の刑事だ。

けれど……モリアーティの話の核心はそこではない。ラインハート刑事が十年まえまでは存在しなかったという部分だ。

テンペストはスマートフォンのブラウザを閉じ、電話をかけた。

「テンペスト?」電話に出たアイヴィの声は眠そうだった。「なに。どうしたの?」

「ごめん。いま何時か忘れてた」

「なにかあった?」

「電話するんじゃなかった」

「早起きの人だってまだ起きてないよ」アイヴィはあくびをした。「目が覚めちゃった。なんでもいいから話して」

「司書見習いの超能力で、あることを調べてくれない？」

「えっと、いますぐ？」

「もしも事実なら、なるべく早く知りたいことなんだ」

本かなにかが床に落ちる音と、アイヴィのうめき声が電話越しに聞こえた。

「ペンと紙を持ってきた」ほどなくアイヴィが言った。「なにをすればいいの？」

「コービン・コルトの事件を捜査してるラインハート刑事なんだけど。ある人から、彼は十年まえまで存在していなかったと聞いたの」

「はぁ？　コービンの信者が、尊師さまの死を調べている刑事は超自然的な存在で、大鴉《おおがらす》の年では十歳だとかなんとか言ったの？」

「まあそんなとこ……刑事をやってる普通の人間だってことを確認したいんだけど、手伝ってくれる？　ネットを検索しただけじゃ埒《らち》が明かないの」

「レイヴンが迫ってきてるね」

「なにもかも迫ってきてるよ」

「あたしの情報科学の知識が役に立つときが来たね。なにかわかったら連絡する」

テンペストはアイヴィの電話を待ちながら、ニコデマスに連絡を取った。いつも海を越えて顔を合わせるようにしているので、ビデオ通話を使った。

「テンペスト！」ニコデマスは元気そうだった。ひとまず安心だ。彼は自宅にいて、背後にマジックに関する記念品が並んでいる。マジックの道具もあるので、住まいの下のアトリエにいるのだろう。背景に数体のオートマタもちらりと見える。ガラスの箱のなかでタロットカードを操る占い師や、短いメッセージを書くことのできるオートマタ。テンペストのお気に入りは、玩具のピアノのまえに座っている小さなオートマタで、針金でできた彼女はぜんまいを巻くと旋律の美しい曲を弾く。オートマタのうしろには、インディアン・ロープの額入りポスターが飾ってある。

「おばあちゃんを空港へ送ってくれるはずだったのに、どうしたんですか、ニッキー?」

「声を聞けてうれしいよ。おばあさまから飛行機が遅れたと聞いていないのかね?」ニコデマスは悪態をついた。「またフライトを変更されたんじゃないだろうな。最近の航空会社ときたら——」

「そうなんです。空港にはほかの人が送ってくれました。心配しないでください」ニコデマスとふたりで心配してもしかたがない。

「モーと会えなくて残念だよ。ただ、モーから着信がないんだが……」

「大丈夫です。無事ですから。おばあちゃんは——」

そのとき、秘密の階段の下のドアを激しくノックする音がして、テンペストは電話を取り落としそうになった。

「テンペスト?」ドアのむこうでダリウスが読んだ。「みんなが来てるんだ」

みんな?

「父が呼んでるので」テンペストはニコデマスに言った。「また連絡します」

「なにかあったのか？」

「わかりません」

テンペストはパジャマで裸足《はだし》のまま階段を駆けおりた。〈秘密の階段建築社〉のみんなには、真っ黒に汚れた腕やおが屑《くず》まみれの髪や汗だくの姿をいつも見られている。チェックのパジャマに裸足くらいで驚かれたりはしない。

ところが、階段の下のドアをあけると、父親と一緒に待っていたのは〈建築社〉の面々ではなかった。深刻な顔をした制服警官だった。

「シルヴィーが」ダリウスは顔をこすった。「ラヴィニアの読書会のメンバーで、あの晩の降霊会に参加していた」

「覚えてるよ。彼女がどうしたの？」

「亡くなった」

31

テンペストはラヴィニアの家のまえで車を止めた。

〈ラヴィニアの隠れ家〉の窓ガラスに、血の手形がついているのが発見されたという――そして、そのそばに大鴉《おおがらす》の羽根が二本。手形の指紋はシルヴィーのものと一致したらしい。

ここへ車を飛ばしてくる直前に、テンペストは〈フィドル弾きの阿房宮〉で制服警官の聴取を受けた。警官は工房でダリウスを見つけ、テンペストとアッシュに会いたいと告げた。ふたりとも降霊会に参加していたし、コービンとシルヴィーの事件につながりがあるかもしれないので、話を聞きたいとのことだった。それも、別々に。

警官は質問するばかりで、テンペストの質問にはほとんど答えてくれなかったが、わかったことがある。血の手形だけでなく、〝ほかの証拠〟が残されていたため、シルヴィーは殺されたのではないかと考えられていた。ダリウスがテンペストを呼んで最初に伝えたひとことからは、ある情報が抜け落ちていた。遺体がないのだ。警察は、殺人事件ではなく行方不明事件として捜査している。いまのところは。誘拐事件かもしれないが、第二の殺人事件の疑いもあるということだ。

一瞬、テンペストは希望が見えたような気がした。アッシュはずっと足首にモニターを装着し、ツリーハウスに閉じこもっていた。シルヴィーを襲うことはできなかったはずだ。けれど、絶対に不可能ではない。アッシュは何人もの人々と接触していた。人を雇うこともできただろう。現実にはありえないが、どのみち警察はアッシュを調べるに違いない。

テンペストは〈ラヴィニアの隠れ家〉に張り巡らされた立入禁止のテープの外側を歩いた。窓についた血の手形が見えた。だれかが必死にガラスを割ろうとして無理やり引き離されたかのように、赤い筋になっていた。

上空から音がして、テンペストは窓ガラスの血痕から目をあげた。黒い鳥の群れが旋回していた。テンペストはこれからなにをすべきか考えた。そのなかに、アイヴィと一緒に『鳥』の深夜鑑賞会をやることはもちろん含まれない。

人影が見えた。ラヴィニアの母、クミコがやわらかそうな黒いショールに身を包んで車椅子に乗っているのを見て、テンペストは大きな黒い鳥の羽みたいだと思ってしまった。だれもが彼女を見くびっている。テンペストは同じ過ちを犯すつもりはなかった。

「娘に不利な状況ね」クミコが言った。

「そうですね」テンペストは控えめに答えた。いや、違う。これじゃだめだ。この自分が控えめでいていいわけがない。

クミコはいらだちもあらわに車椅子のハンドリムを握りしめた。「ラヴィニアは無実よ。あの子を捜して――そして、疑いを晴らしてちょうだい」

「ラヴィニアを捜せ？　わたしたちのように警察の聴取を受けてるんじゃないんですか？」

クミコはあいかわらず旋回している鳥の群れを見あげた。「新聞配達の人が血の手形を見つけて通報したとき、娘は家にいなかったの」

「〈ヴェジー・マジック〉に出勤したとか？」

クミコはかぶりを振った。「あなたはもっと賢いと思ってたわ。あの子の居場所を知ってたら、捜してなんてお願いするわけがないでしょう。わたしは以前のようには動けない。だから、あなたに捜してもらいたいの。行方がわからないのよ。死のうとしてるかもしれないのに、警察はまじめに考えてくれないの」

「携帯に電話をかけてみました？」

クミコは両手をさっとあげた。「思いつくかぎりのことはしたわ。ラヴィニアは、降霊会のテーブルを囲んでいた人たちのだれかがコービンを殺したのを知ってるのよ。ファンじゃないのはわかりきってる。あのテーブルを囲んでいただれかなの。わたしたちと一緒にあの部屋にいただれか。コービンのばかげたオカルト話を信じるなら、そうは思えないだろうけど。わたしは信じてない。あなたのおじいさまかもしれないわよね」

「まさか本気でそんなことを――」

クミコは片手を振ってさえぎった。「思ってないわ。わたしだって確信はないもの」言葉を切る。ふたたび口をひらいたとき、その声は弱々しかった。すっかり参っているクミコなど、テンペストはそれまで見たことがなかった。「ラヴィニアはわたしのたったひとりの娘なの。夫は亡くなった。そしていま、だれかがあのいやみな女を誘拐して、ラヴィニアがやったように見せかけようとしている」

「シルヴィーがここで襲われたからそう考えているんですね」

クミコはうなり声とため息の混じったような声を漏らした。「ちゃんと聞いて。あなたはもっと切れ者だと思ってたわ。警察は娘が誘拐されたとは考えていない。具体的な証拠がないから。娘は逃げたと思われているの」

「シルヴィーに危害をくわえた人物が、ラヴィニアに罪をかぶせるために連れ去ったのかもしれませんね」

「なにが起きているのかはわからない。確実にわかっているのは、あなたもわたしも大切な人の無実を証明したいと思っていることと、あなたが去年の夏に殺人事件を解決したことよ。わたしたち、協力できるわ」

「祖父の無実を証明できるようなことを知っているんですか？」

「地下室の鍵を持ってる。〈ラヴィニアの隠れ家〉の。警察がいなくなったら、なかに入れてあげるから、なにか手がかりがないか捜してみて」

テンペストは考えた。クミコに信用されていないことはわかっているし、自分も彼女を信用していない。祖父になれなれしいだけでなく、降霊会の夜、あの部屋にいたからだ。転んで怪我をして車椅子に乗っているからといって、かよわい女性と見くびってはいけない。けれど、自分が祖父を救いたいと思っているのと同じく、クミコも娘を救いたいのだということはよくわかった。

「協力するなら」テンペストは口をひらいた。「あらゆる可能性を探らないと。どんな結果になってもいいんですね？」

「わたしと娘を疑うのはあなたの勝手だけど」クミコは言った。「わたしたちは無実よ。真実が明らかになるのを恐れてはいないわ」

「知っていることを教えてください」

クミコによれば、新聞配達員が血の手形を発見して通報するよりまえに、シルヴィーの隣人が彼女の行方がわからないと警察に届け出ていた。ところが、警察はすぐには捜索に取りかからなかった。大人でも時計のアラームを切り忘れることはあるし、吠える犬を自宅に置き去りにするのは無責任ではあるが、〝行方不明〟と認定するほどのことではない、というわけだ。

しかし、新聞配達員があわてふためいて窓に血痕がついていると通報してきたため、警察は寝ていたクミコを起こして地下室を捜査し、コービン事件の関係者全員の自宅へ署員を送ったのだった。

「シルヴィーの隣人は、午前五時ごろ彼女の家のドアが閉まる音を聞いてるの」クミコは言った。「二軒は壁を共有してるから、生活音はしょっちゅう聞こえる。隣人はまた眠ったのだけど、五時半にシルヴィーの目覚まし時計が鳴りだして止まらず、犬まで吠えはじめた。隣人は管理人に目覚まし時計の音がうるさいと苦情を入れた。午前六時、隣人はもう一度、苦情を入れた。アパートメントの管理人はようやくシルヴィーの家のドアをあけてくれた。すると、家のなかにいたのは興奮した犬だけで、外の茂みにすっ飛んでいった。隣人は警察に通報したけれど、警察はいまできることはなにもないと言った。そして六時三十分、新聞配達員がヘッドランプの光がたまたま照らした窓に血の手形を発見した」

見くびられることにも利点はあるようだ。テンペストは、聴取にきた警官からこれほど多くの情報を引き出せなかった。シルヴィーとラヴィニアの行方がわからない――もっと悪いことが起きているかもしれない。ただ、これだけの情報があっても、わかっていないことのほうがはるかに多い。

「〈ラヴィニアの隠れ家〉で見つかったのはシルヴィーの血液だけなの？」テンペストは尋ねた。

「なくなったもののほうがもっと重要かもよ」クミコは言葉を切り、上空を旋回する鳥たちを見あげて眉をひそめた。「入口の敷物がなくなったの。窓の横にあったハンマーも。お父さまの会社の方たちから、非常口を確保するためにと言われて置いてあったものよ。そのうち一本がなくなった」

テンペストは顔をしかめた。金属製のハンマーはガラスを割るのにじゅうぶんな威力がある。人間の頭蓋骨《ずがいこつ》をあれで殴ったらどうなるか考えたくない。「血痕の量は、シルヴィーが死んだと思われるほど多かったの？」

「血痕の量は関係ないわ」クミコは立入禁止のテープのむこうの地面を指さした。「車道までなにかを引きずった跡があるの」

テンペストはまた顔をしかめた。それはまずい。とてもまずい。「細長くて重いものを敷物で巻いて引きずっていったような感じね」生きている人間をそんなふうに運ぶだろうか？

テンペストのスマートフォンが鳴った。ふたりともぎくりとした。

「アイヴィ、さっきは電話に出られなくてごめん。いろんなことがあって――」

「テンペスト。なにが起きてるのかわからない。でも、あんたがだれかから聞いたラインハート刑事の話は正しかった。十年三カ月以前の彼の情報がまったくないの。まるで彼自身が存在しなかったみたいに」

32

たとえば超常現象が起きているかのように、ステージマジックが不可能なことをやっているように見える理由のひとつは、マジシャンは長い時間をかけて稽古し、細部までおろそかにせず準備してあるからだ。目くらましの技術はあらゆるイリュージョンに不可欠だ。テンペストのマジックのトリックでも——そして、不可能犯罪に見える殺人でも使われる。だが、目くらましは完璧に準備されていなければ正しく機能しない。ミスがひとつでもあれば、すべてが崩れ去ってしまう。テンペストが見つけなければいけないのは、たったひとつのほころびだ。それさえ見つかれば、トリックを崩し、その裏に隠れているものをあらわにすることができる。

ただ困ったことに、テンペストは自身のイリュージョンについては、すべてをセンチメートル単位、秒単位まで把握しているが、いま身近に起きている犯罪のトリックを見抜くには情報がまったく足りない。見えていない部分がありすぎる。

テンペストは、五年まえからつねに身につけている銀のチャームブレスレットに目をやった。山高帽、ヤヌスの顔の道化師、稲妻、フィドル、セルキー、本、手錠、鍵。ひとつひとつが、母親と共有するマジックへの愛を象徴するものだ。

シルクハットは、マジックの歴史と基礎を学ばなければ成長はないと戒《いまし》めてくれる。すごいことをやってやろうとあせると、目標を達成するのに必要なステップを飛ばしてしまう。すると、ステージ上で袖に隠しているものをさらすことになりかねない。犯罪のトリックを解明するときも必要なステップを踏まなければ、当て推量ばかり重ねて真実を見失うことになる。

ラインハート刑事の正体を突き止めるよりも、〈ラヴィニアの隠れ家〉でシルヴィー失踪の手がかりを捜すよりも、まずは今朝なにがあったのか、もっと詳しく知る必要がある。

シルヴィーのアパートメントは、一九六〇年代風の殺風景なコンクリートの建物で、さびしいハイウェイ沿いのモーテルのようだった。コの字形の二階建ての建物は、すべての住戸の玄関に道路から直にアクセスできるようになっていた。二階の外通路には、各戸の玄関に雨が降りこまないように平らな屋根があった。とくに雨の多い冬ではないのに、雨樋《あまどい》は汚れて曲がったままだった。

二階のいちばん奥がシルヴィーのアパートメントで、真下はランドリールームのため、目覚まし時計の音を聞いて管理人に連絡したのは隣の部屋の住人に違いない。テンペストは隣の部屋の住人をノックし、シルヴィーの読書会仲間だが心配でやってきたと告げた。

「あなたのお名前は?」元気な女性がドアの隙間から尋ねた。片方の手にアイスティーの入ったグラスと火のついてない煙草、反対の手をドア枠に当てていた。白髪まじりの髪に明るいピンク色のスカーフを巻き、ピンク色のスウェットシャツを銀色のレギンスの上に着ている。

「テンペストです」

「テンペスト・なに?」

「は?」

「あなたの名字よ」

「ラージです。テンペスト・ラージ」

女性は口をとがらせ、細い首をのばしてテンペストの顔を見あげた。「ミドルネームのイニシャルは?」

ミドルネームのイニシャル? 個人情報を盗もうとしているのだろうか? 「あの……」

女性は笑い、ひざまずいて足のあいだから顔を出したコーギーの頭をなでた。「あなたの社会保障番号を盗もうってわけじゃないわ。ただ、読書会仲間っていうのは嘘でしょ。シルヴィーが言ってたのよ、メンバーのイニシャルを組み合わせると〝KEYS〟になって、それが完璧なんだって。こう言ってはなんだけど、頭文字しばりなんて変な会員資格ね! でもそういうこと。あなたはメンバーじゃない」彼女がコーギーの耳をくしゃくしゃになでていると、もっと大きな犬が現れた。陽気なコーギーと違い、コリーはじっと立って自分より小さな犬を見おろした。

「そのとおりです」テンペストは正直に答えた。「わたしはメンバーじゃない」

「それなのに、シルヴィーがいなくなったことを心配しているのはなぜ?」

「わたしには大好きな祖父がいるの。あんなに優しくて思いやりのある人はなかなかいません」

「それは素敵ね。で、シルヴィーとどんな関係が――」

「先週、祖父がシルヴィーと一緒に参加したあるイベントで男性が殺されて、祖父が犯人ではないかと疑われてるんです」逮捕されたことはあえて伏せておいた。

「恐ろしいことばかりね」女性はかぶりを振った。「シルヴィーは帰ってきたとき、とても怖がってたわ」

「警察は祖父を疑ってるけど、祖父じゃないことはわかってます。シルヴィーに危害をくわえてもいない」

シルヴィーの隣人はもう一度コーギーをくしゃくしゃになでてから立ちあがった。「中庭で話しましょう。この二頭は留守番させても大丈夫。おまえたち、すぐ戻るからね」アイスティーは置いたが、火のついていない煙草は耳のうしろに差し、携帯電話を取ると、小さな人差し指に大きな鍵束を引っかけてくるくるまわしながら外に出てドアを閉めた。

「あのコリーはシルヴィーの犬ですか?」

「ピーター卿ね、すごくシルヴィーのことを心配してるわ。とても忠実なのよ。ちなみに、わたしはローラ。こっちよ」彼女は中庭の木のベンチへテンペストを連れていった。隣に、水が出ていない石造りの噴水があった。

テンペストは、ベンチの日向と日陰のどちらに座るか、ローラに選ばせた。ローラは日向に座った。煙草を手に取ったが、もてあそぶだけで火をつけようとはしなかった。よく見ると、煙草は何度も繰り返しいじられたかのようにしわくちゃで、二本の指で絶えず揉みしだかれたとおぼしき部分が折れそうになっていた。テンペストがシャーロック・ホームズ風の推理でローラをなごませようと思っていたら、煙草をやめたことをさりげなくほめたかもしれない。とはいえ、他人が進んで話そうとしない習慣について意見を言えば、たいてい失敗するものだ。

「シルヴィーになにがあったのか、警察よりうまく調べられるつもり？」

「やってみるしかないので」

「シルヴィーは犬をとてもかわいがってるわ。だから、おかしいと思ったの。もしかしたら、目覚まし時計のアラームを解除するのを忘れたまま、朝早く出かけたのかもしれない。でも、ピーター卿をほったらかしていくなんて、絶対にない。緊急事態でもありえない。ええ、だからなにかあったんじゃないかと思ったのよ」

「シルヴィーとは長いつきあいなんですか？」

「仲は悪くないけど、友達ってほどでもないわ。犬友って感じね。シルヴィーがレコード好きなことは知ってる。レコードが郵送されてくるの。それから読書家よね——本は図書館で借りてくるみたいだけど——それと、飼ってる犬をとてもかわいがってる。犬の名前はなにかの本の登場人物から取ったそうよ。はじめて会ったとき、貴族みたいに堂々としてるからピーター卿って名付けたのかと思ったの。でもほんとうは、シルヴィーの好きな本に出てくるイギリス人の名前だったのね。わたしは十年ほどまえに引っ越してきたんだけど、シルヴィーはそのころからピーター卿と一緒にここに住んでるわ」

「意外に長いですね」

「ここに住むような人に見えないものね。昔は裕福だったみたいよ。広告代理店の重役だったんですって。職場がニューヨークに移転した。シルヴィーは残った。一度、どうして行かなかったのか訊いたの。だって彼女、ニューヨークっぽいでしょ？　ニューヨークやロンドンのタクシーから降りてくるところが目に浮かぶわ――わたしはロンドンに行ったことはないけどね。映画で観ただけ」

「シルヴィーはなんて言ってました？」

「男のために残ったって」ローラはくしゃくしゃの煙草を耳のうしろに挟み、かぶりを振った。「男のために夢をあきらめても、なにもいいことはないわ。わたしにも経験がある。シルヴィーの男はピーター・なんとか卿ほどじゃないけど、現実に存在する男のなかではなんとか卿に近いんだってさ」

「それで、どうなったの？」

「亡くなったの。長く患《わずら》ってたそうよ。シルヴィーはつらかったでしょうね。キャリアを犠牲にしたんだもの。いつのまにか中年になって、だれも振り向いてくれなくなる。気づかないうちにそうなるのよ。人生を無駄にしちゃだめよ、テンペスト」

テンペストは顔をほころばせている自分に気づいた。人生はしっちゃかめっちゃかだが、充実しているのはたしかだ。そして、できるかぎり家族を守っている。

「無駄にしないようにがんばってるところなんです」テンペストは言った。「まずは、祖父がやってもいない罪を着せられないようにしなくちゃ。今朝、ほかにおかしな物音は聞きませんでしたか？　ドアが閉まる音、目覚まし時計の音、ピーター卿の吠える声のほかに」

「お仕事はなにをしてるの、テンペスト？」

そんなことを尋ねるのは、打ち解けてくれたからなのか、それとも話をはぐらかすためなのか、よくわからない。「父のリフォーム会社で働いています」

「あなたは素敵なお嬢さんのようね。おじいさんが心配なのはわかるけど、シルヴィーがこそこそなにをやってるのか調べるのは警察にまかせたほうがいいわ」

シルヴィーがこそこそなにをやってるのか？「なぜそんなふうに言うんですか？」

「そんなふうとは？」ローラはテンペストに目をみはった。

「シルヴィーはなにかこそこそやってるんですか？」

「そうに決まってるわ。シルヴィーはミステリしか読まない変な読書会に入ってるでしょ。わたしはロマンス小説のほうが好きね」

「読書会が関係あるんですか？」

「シルヴィーは孤独だった。本のなかで生きてたのよ。とくに、紳士が他人の問題に首を突っこんで謎を解き明かす本」

「シルヴィーも同じことをしてると？」

「ええ、それは間違いない。殺人事件があった晩、シルヴィーはなにかを見たのよ。それがなにかはわからない。そこまで親しいわけじゃないからね。だけど、最後にばったり会って一緒にドッグランへ行ったとき、シルヴィーがなにかをつかみかけてる感じがしたの。読書会のほかのメンバーのことでね」

「今朝、警察にそのことを話しましたか？」

「もちろん話したわ。ただ、具体的なことは知らないから、警察がまじめに聞いてくれたかどうかはわからない。さっきも言ったけど、この年になると無視されるものなのよ」

シルヴィーは殺人犯の正体に近づきすぎてしまったのだろうか？　なにを発見したのだろうか？

33

玄関に出てきたサンジャイの髪は四方八方に突っ立ち、パジャマのズボンの裾からは素足が覗いていた。テンペストは、サンジャイがわざわざTシャツを着て現れたことに、ちょっとがっかりしている自分に気づいた。

「わあ。お帰りなさいのしるしに死のドーナツを持ってきてくれたんだ」サンジャイは髪をなでつけながら、テンペストをロフトのアパートメントへ請《しょう》じ入れた。

「これは市販のドーナツ」テンペストはドーナツの紙袋をアイランドキッチンのカウンターに置いた。「唐辛子は一粒も入ってない」

サンジャイは紙袋のなかを覗きこみ、満面に笑みを浮かべた。「ぼくの好きなドーナツがジャム入りだと覚えていてくれたんだね」

　テンペストは、だれでもジャムの入ったドーナツが好きだと答えるのはやめておいた。一緒にドーナツを食べたことはほとんどないから、彼の好みは知らなかった。

「まだ寝てたの？」

　サンジャイはうなずいた。「あいからわず夜行性の仕事をやってるんでね」

「じゃあ、まだニュースは聞いてないんだ」

　サンジャイは口から数センチのところでドーナツを止めた。「なんだかいやな感じだな」

「シルヴィーが襲われたの」

「無事なのか？　まさか、きみも一緒にいたんじゃ——」

「いなかった。警察がうちに来て、はじめて知ったの。警察もシルヴィーが無事かどうか知らない。行方がわからないから」

「でも、襲われたといま言ったじゃないか」

「血痕が残ってたから、警察はそう判断したの」

　サンジャイは、真っ赤なラズベリージャムがはみ出たドーナツを見つめた。ぶるりと身震いし、ドーナツを置いた。

「きみは、ステージ以外ではほんとうにタイミングを考えてくれないよな。ぼくのドーナツを台無しにしたんだから、なにがどうなってるのかさっさと話してくれ」

　テンペストから〈ラヴィニアの隠れ家〉で血痕が見つかったいきさつと、シルヴィーがコービン事件を調べているらしいという話を聞きながら、サンジャイはエスプレッソメーカーでコーヒーを淹《い》れる準備をした。

「ラヴィニアがシルヴィーを襲ったんじゃないのか？」サンジャイは目を見ひらいた。

「話をさえぎらないで、もう少しで終わるから」テンペストは最後に、シルヴィーの隣人と会ったあとに知ったことを話した。そもそもそのために車を飛ばして橋を渡り、サンジャイに会いにきたのだ。「シルヴィーのアパートメントを出たあと、警察がラヴィニアを見つけたとクミコから電話があったの。ラヴィニアはヴィクターの家に泊まってた。シルヴィーがラヴィニアの家で襲われた時間帯もヴィクターと一緒にいたのなら、ラヴィニアにはアリバイがある。いま、ふたりは警察で聴取を受けてるの」

「シルヴィーは〈ラヴィニアの隠れ家〉で襲われたんだよね？」

テンペストはうなずいた。

「ドアはこじあけられてたのか？」

「そうじゃないみたい。だったら、だれかが合鍵を持っていたと思うでしょ」テンペストは顔をしかめた。「ラヴィニアは鍵を替えたばかりなの。だから、シルヴィーを襲った可能性がもっとも高いのはクミコになる」

サンジャイは、あざやかな黄色のレモンカードが詰まったドーナツにかぶりつこうとしていたが、ぴたりと手を止めた。「もしかして、ぼくが正しかったのかな？」

「考えれば考えるほど、そう思える。ラヴィニアは、シルヴィーが誘拐された、もしくは殺された時間帯にアリバイがあるようだし、わたしたちはアリバイがなくても疑われない人物には注目していなかった。車椅子に乗っている高齢の女性とかにはね」

「このまえきみは、クミコの靴がすり切れてるのは怪我をする以前から履いていたからだと入って、ぼくの仮説にケチをつけただろ。結局、あの靴は新品だったのか？」

「歩けなくても人を殺すことはできるんじゃない？　クミコの腕力の強さは知ってる？」

「知るわけないだろう」

「すごいわよ。オックスフォードで教鞭《きょうべん》を執っていたころ、競技ボートの選手だったんだから」

サンジャイは眉をひそめてテンペストの顔を見ながら、小さなエスプレッソカップを渡した。

「そういうことはもっと早く教えてくれよ」

「重要な意味があることだとは思ってなかったの。コービン事件にとって重要な事実だとは思えなかった。降霊会の参加者は全員、コービンが死んだ時刻にアリバイがないけど、シルヴィーが襲われたときにアリバイがないのがクミコだけだとすれば、がぜん重要な事実になる」

「きみの言うとおり、クミコがシルヴィーを襲って、ボート選手の腕力で引きずっていったとして、動機は？　なぜそんなことをするんだ？」

「おじいちゃんを刑務所送りにしたくないからかも。クミコはおじいちゃんが好きなの。おじいちゃんがあのいまいましい手稿を捜すために、土壇場で招待を受けていなかったら――」

「コービンの遺体を検《あらた》めて彼の血で手を汚すことはなかった。なるほど……でも、ほんとうにそうなのかな」サンジャイはエスプレッソカップの縁を人差し指でなぞった。

「そもそもクミコが犯人だと言ったのはあなたでしょ」

「まったくの冗談ではなかったけど」

テンペストは、あいかわらず髪が乱れているせいでしどけなく見えるサンジャイをにらみつけた。「靴を履きなさいよ」エスプレッソを一気に飲み干す。

「どうして？」

「靴を履かなければ」テンペストはにんまりと口角をあげた。「とんでもないことをやるのはわたしだけになるよ」


「きみにそそのかされてこんなことをやる自分が信じられない」サンジャイはかぶった山高帽をぎゅっと頭に押さえつけた。

「わたしがあなたが帰ってくるのを待たずにヘイゼルの家に侵入したときは怒ってたくせに」

「それとこれとは別問題だ」

「どうして？　どう違うわけ？」

「シーッ。大きな声を出すなよ。集中できないじゃないか」

「もっと人目を引きたいのかと思ってた。もしだれかが見てたら、その安心毛布帽子はこのうえなく特徴的な名刺になるね」

サンジャイは顔を赤らめた。「そういう大げさな言い方はきみらしくないよ。ヴィクターの家に侵入するのにぼくの助けが必要じゃないのか？」

テンペストはかねがねピッキングの練習をしなければと考えていたのだが、その目的はこれではなく、技術を高め、イリュージョニストとしての腕を磨きつづけるためだった。けれど、いまだに取り組めていない。現状では、ピンタンブラー錠やキー溝やテンションレンチに関する理解は机上のものにとどまっている。

ドーナツを持ってサンジャイを奇襲したのは、このためだ。クミコから、ラヴィニアがヴィクターとヒドゥン・クリークへ戻ってくると聞いたのだ。テンペストがそれを知ってどうするか、クミコには予測できなかったようだ。

「ほんとうに警報器はないんだろうね？」サンジャイが尋ねた。これで四度目だ。

「九割五分、ない」

「九割五分？　それってどういう答えなんだよ？」

「正直な答え。ここには以前も来たことがあるの。そのときは、警報器はなかったよ」

鍵があく音がした。ふたりは息を止めた。警報器はないようだ。とりあえず、音が鳴る警報器はない。

このまえテンペストがここに来たのは、ヴィクターがホームオフィスで作った模型を見せてもらうためだった。〈フィドル弾きの阿房宮〉で母親が造りかけた〈秘密の砦《とりで》〉をそのまま利用して小さな家を建てる予定なので、彼と相談したのだ。

「なにを捜してるんだ？」サンジャイは、閉めたカーテンの隙間から外のようすをうかがった。

「なにか怪しいもの」

「嘘だろ」サンジャイはカーテンを握りしめた。

「だれか来るの?」

サンジャイはのろのろと振り返った。「違うよ。嘘だろと言ったんだ。なにも考えてないなんて信じられない。なんにも考えてないなんて! それなのに侵入するなんてどういうつもりだよ?」

「だから言ったでしょ――」

「ああ言った。〝なにか怪しいもの〟を捜すため。仕事場の壁に隠されてる手書きの告白文とかさ」

「行こう」テンペストは二階のホームオフィスへ向かった。

「冗談だよ!」サンジャイは追いかけた。

「わかってる」テンペストは階段の上から大声で答えた。「だけど、ホームオフィスからはじめるのはいい考えだよ」

大きな製図台に、死体を隠してテーブルにおろす仕掛けの設計図が描かれた方眼紙が何十枚も置いてあった。

「ヤバい」サンジャイはささやき、とりわけ複雑な設計図を手に取った。

「そうじゃないって。ヴィクターは、降霊会に参加していなかった人物がコービンの遺体を隠しておいて、そのあとテーブルに落としたんじゃないかと仮説を立てて、その方法を考えてたの」

サンジャイはテンペストをにらんだ。「きみはなにも教えてくれないんだな」

「いま教えてる」テンペストは方眼紙をひったくった。「しわくちゃにしないで。ヴィクターに気づかれたくないでしょ」

「この部屋の散らかりようを見ろよ。なにかものを動かしたからといって、気づかれるとは思えない」サンジャイは木の模型飛行機を両手でくるりとまわした。いつも山高帽でやるしぐさだ。飛行機の両翼の幅が山高帽と同じくらいなので、壊す心配はないとテンペストは思った。繊細で器用な彼の指は、無意識のうちに正確に動く。

「ヴィクターのことはよく知らないから、どれくらい抜け目がないのかもわからないよ。頭がいいのはたしかだし。あらゆるものの位置を忘れない天才かもしれない」

「狂気のなかにも秩序がある……」

「その飛行機、どこにあったのか忘れてないでしょうね」

サンジャイはそれを元の場所に戻し、山高帽をくるりとまわしはじめた。「なにを捜せばいいのかわからないな。ヴィクターがいつ帰ってくるかもわからないし。ここはきみにまかせて、ぼくはほかの部屋を探ってくる」

テンペストはそれから十分間、ホームオフィスの捜索をつづけた。彼がゴシック・リバイバル様式建築を愛していることはわかったが、観葉植物の世話を怠っているより重い罪を犯していることを示すものはなにもなかった。

階段をおりていくと、話し声が聞こえてきて、テンペストはたちまちうろたえた。サンジャイはヴィクターになんと弁解するのだろう？

自分がどうすべきかは、即座に決まった。先週、ギディオンに助けてもらったように、自分がすべての責めを負うのだ。それ以外にない。とりあえず言い訳を考えてみた。一カ月まえにここへ来たときに忘れ物をしたので取りに来たらドアがあいていた、というのはどうだろう？

たぶん、信じてくれない。

テンペストは深呼吸をして、リビングルームに入った。

サンジャイはひとりだった。スマートフォンをスピーカーモードにしているので、電話の相手の声がはっきりと聞こえた。

「いまちょっと都合が悪いんだ」サンジャイが言った。「午後にかけなおすよ」電話を切り、ポケットにしまった。「ごめん。イヤフォンを持ってこなかったから。どうしてそんなにあわててるんだ？　ヴィクターが自分の家に盗聴器を仕掛けるわけないだろ。なんにしても、さっき話したように――」

テンペストは唇でサンジャイを黙らせた。唐突で強烈なキスはすぐに終わった。そんなつもりはなかったけれど、全身にみなぎる興奮を抑えきれなかった。電撃の走った頭を鎮めるのに、たまたま身近にいたサンジャイが役に立ったのだ。

「サンジャイ」テンペストは、目のまえで茫然《ぼうぜん》と立ち尽くしている彼に言った。「あなたのおかげで謎が解けた。どうやったのかわかった。トリックの全容がわかったの」

「ぼくのおかげで？」サンジャイは目をみはった。「わかったのか？」

「たぶん。ただ、ひとつ確認したいことがあるの」

テンペストは、父親を殺人犯扱いする手稿に気を取られ、モリアーティがモーおばあちゃんに接近し、母親とおばの身に起きたことを突き止めるのに協力してくれていることに動揺し、さらにはシルヴィーの誘拐に注目しすぎていたせいで、自分がなにを見落としているのかろくに考えていなかった。罠にはまっていたことに気づかなかった。マジシャンが仕掛けるような罠に。目くらましにすっかりだまされていた。

けれどいま、テンペスト・ラージには、自身の視点を間違った場所へ誘導していたスポットライトのむこうが見えている。ザ・テンペストには、幕開けの準備ができている。

34

テンペストは、まず自分の仮説が正しいのかどうか検証してから、サンジャイやみんなに話すつもりだった。

渋滞を避けてフォレストヴィルへ行くには、北上してカーキネス・ブリッジを渡り、そこから西へ向かい、ワインの産地、ソノマとナパを迂回《うかい》するのが最善のルートだ。フォレストヴィルは、その名前のとおりの町だった。ヒドゥン・クリークは大都会から離れた郊外の町の典型だ。フォレストヴィルに入ると、別世界に来たのがわかる。松の木の強い芳香と、薪《まき》ストーブのかすかなにおいがする。テンペストの〈秘密の砦《とりで》〉とさほど大きさの変わらない昔ながらの雑貨店は、一世紀まえから改修されていないように見える。

今週はじめにフォレストヴィルへ来たときは、アイヴィに車を運転してもらったほど、待ち受けているタスクに緊張していた。だから、今日はじめてフォレストヴィルのようすをまともに見ているような気がした。

二車線のハイウェイから一車線の一般道に入った。五分間、でこぼこで曲がりくねった道路を走り、見通しの悪いカーブを何度も曲がったあと、自宅の玄関ポーチに立っているヘイゼルが見えてきた。このまえ侵入したときは、ヘイゼルの姿をまともに見る機会がなかった。ネットの有名人の実物は、ネット上の動画や写真とはずいぶん違って見えた。

実際のヘイゼルは、目の下にくまがあり、唇にはいつもの赤茶色の口紅も塗っておらず、紺色のつなぎを来ていた。コンシーラーも、キラキラしたメイクも、ブランドもののカラフルなドレスもなし。テンペストは意外に思ったが、よく考えれば意外でもなんでもない。ヒドゥン・クリークのテンペスト・ラージもタイトな白いTシャツにジーンズ、ルビーレッドのスニーカー、赤い口紅を除けばすっぴんなのだから。ステージ上のザ・テンペストとはまるで別人だ。

ぼさぼさ髪のヘイゼルは、撮影用にわざと素朴な雰囲気に作りあげた姿とも違っていた。彼女はいま、白い石で囲っていい感じに燃えている焚《た》き火と、隣に置いた美しいカクテルの写真を撮っている。

テンペストが車を降りると、ヘイゼルはカメラから目をあげた。「ここは私有地よ」

「だれとも話したくないのはわかります」テンペストはそれ以上近づかずに言った。「でも、少し時間をください。心からお悔やみを申しあげます」

「コービンに関するインタビューなら受けないから」ヘイゼルはスマートフォンを取り、ドアへ向かった。

「わたしはジャーナリストじゃない。例の降霊会に参加してたの。テンペスト・ラージといいます。祖父がコービンを殺したと疑われて逮捕されたんです」

ヘイゼルはテンペストの顔をじっと見つめながらドアノブをつかんだ。

「祖父はやってない」テンペストは急いでつけくわえた。「わたしは、真犯人を突き止めたいの」

ヘイゼルはドアノブから手を離さなかったが、握る力を弱め、視線をテンペストから周囲の木々の梢《こずえ》へ移した。やがて、ぼんやりと梢を見あげたまま、話しはじめた。「おじいさまじゃないのはわかってる。コービンを殺したのがだれか知ってるもの」

テンペストは目をみはった。「知ってる？　だれが――」

「ほんとうに、おじいさまのためにここに来たの？」ヘイゼルはさっとテンペストに目を戻した。

「ええ」

「わたしが関与してるとは思わないの？」

「ええ」嘘ではない。ヘイゼルがコービン殺しのトリックに意図的に関与したとは、もう考えていなかった。けれど、まずは自分の推理が正しいかどうか確かめなければならない。

ヘイゼルは、少し黙りこんだ。耐えがたいほど長い八秒が過ぎるあいだ、テンペストは追い返されるのを覚悟した。あと少しで答えがわかるのに。

「入って」ヘイゼルがついに言った。「ほんとうに知らないのなら、話が長くなりそう」

家のなかは、このまえテンペストが来たときとはようすが違っていた。部屋の中央には、やはりあの大鴉《おおがらす》の絵が飾ってある。Nam Fitheach. その言葉の意味は調べてきた。ゲール語で〝大鴉の〟という意味で、スコットランドにその名前の山地がある。翼に銀色の絵の具で書かれたその文字は、光を受けて鈍く輝いている。その絵の下に飾ってあるカラフルなお守りや数珠などの魔除けの品は、前回よりも増えていた。

「そいつがあの人を殺したのよ」ヘイゼルはテンペストから大鴉の絵に視線を移した。「わたしは迷信なんか信じてなかった。超常現象なんてばかばかしいと思ってた——コービンと知り合うまではね」

「わたしは、コービンが自分の作品を現実と混同していたとは思ってなかった」

「混同してはいなかったわ。本気で信じてたわけじゃない。でも、大勢の人が信じているものに軽々しく手を出してしまった」ヘイゼルは身を震わせた。「彼のもとにいくつもメッセージが届いて……わたしは、この家の場所を慎重に隠していたから、彼のファンにここは知られていなかったはずなの。この家の名義はわたしの本名だし。〝ヘイゼル〟じゃないの。どうしてあなたはここを――」

「ラヴィニアから聞いたの。だれにもこの家のことは言わないから」妥当な答えだろう。インターネットで簡単に情報を集められたことは、あえて伏せておいた。本題に入らないうちに話がそれるのは避けたい。

ヘイゼルは、気遣いは無用だと言わんばかりに手を振った。「もうバレてる。今週はじめにファンが押し入ってきて、コービンのものを盗んでいったのよ」

ということは、ラインハート刑事はヘイゼルにだれがやったのか報告していないのだ。「もうそんなことは起きないと思う。あまり心配しないでね」

「ええ」ヘイゼルはソファの背もたれにかけてあった黒いショールを取り、肩に巻いた。

「あなたの動画の撮影方法について訊きたいことがあるの」

ヘイゼルは片眉をあげた。「わたしのファンだから安心しろって言いたいの?」

「いいえ。正直に言うね。数日まえまであなたの番組のことは知らなかった。ソーシャルメディアは利用してないの」

ヘイゼルは鼻を鳴らした。

「わたしのことを調べてみて」テンペストは言った。「去年、全部やめたんだ……細かいことはいいの。とにかくソーシャルメディアは使ってない。あなたの番組にも興味はない。興味があるのは、祖父のために――そしてコービンのために、ほんとうの犯人を見つけること」

ヘイゼルはスマートフォンを取った。「ああ」と、しばらくしてつぶやいた。「あなたがあの、子だったんだ？　ソーシャルメディアが嫌いなのも当然ね」不気味な大鴉の祭壇のようなマントルピースのまえで黒いショールを肩にしっかりと巻きつけた彼女は、鳥の声のような甲高い笑い声をあげた。

ヘイゼルは笑うのをやめ、いきなり立ちあがると、ショールをはずして脇に置いた。「あなたの人生がわたしの携帯の画面に表示された内容の半分でもめちゃくちゃなら、詳しい話をするまえになにか飲んだほうがいいわ。お好きなものをどうぞ」

「なにがあるの？」

「コーヒーでもお酒でも。ブロッコリースプラウトをトッピングしたお洒落なグリーンスムージーも作れるけど、小麦若葉は切らしてるの」

十分後、ふたりはアイランドキッチンのスツールに座り、砂糖をたっぷり入れて泡立てたコーヒーを飲んでいた。ＳＮＳに写真を載せて目を引くような洒落たトッピングは一切なかった。飲みながら、メンタルヘルスのために読むのをやめたネット上のばかげた噂について笑い合った。

「わたしは明らかに親指を整形したんですってよ」ヘイゼルは言った。「以前は親指が太かったのに、いまはきれいだからって」

「親指がきれいかどうかなんて考えたこともないな。きれいな親指があるとして、太い親指だってきれいじゃないの？」

「たしかに。いまはじめて気づいたわ。ほんとうにいやな話はしたくない。あなたもショービジネスの世界で働く非白人女性なら、大変さはわかってるでしょ」

ヘイゼルは、テンペストが想像していたような他人の夫を奪うモンスターではなかった。ヘイゼルによれば、コービンは自分の結婚生活はずいぶんまえに終わっているが、世間体《せけんてい》を気にして離婚しなかった、けれどヘイゼルと出会って嘘に満ちた生活はやめようと思ったと語っていたらしい。ヘイゼルは演技がうまいのかもしれないが、テンペストは彼女を信じてもいいように感じた。コービン・コルトが思いやりのない、秘密の多い男だったことはすでに証明されている。

「彼になにがあったと思う?」テンペストは尋ねた。頭のなかに自分なりの仮説はある。だからこそここへ来たのだが、大鴉がコービンを殺したと本気で信じているのか知りたかった。

ヘイゼルは立ちあがり、木立を臨む窓辺へ歩いていった。「まるであの人の小説の筋書きみたいよね。とくに『大鴉』。でも、彼はいろいろな研究をしていたの。ホムンクルスを作ろうとしたこともあったのよ。インタビューのネタにするためにね。本気で無生物に命を吹きこもうとしたわけじゃない。だけど、研究していたことのなかには……軽い気持ちでオカルトに手を出すものじゃないわ」

「あなたは超自然的な存在にコービンが殺されたと思う?」

「だって、十五分後に元奥さんの家に現れるなんてありえない――」

「それなんだけど」テンペストは言った。「どうやったのか知ってるの」

35

「超常現象的なことじゃないよ」テンペストは言った。

ヘイゼルの目が強い感情で光った。「そうとしか考えられないでしょう。きっとラヴィニアよ、コービンの研究で知ったなにかと交信したのよ」

「あなたは警察に、亡くなった彼が降霊会に現れる直前、生きている本人を見たと証言したのよね」ここは慎重に進めなければならない。ヘイゼルの記憶をこれ以上、混乱させてはいけない。

「だって見たもの。嘘じゃないわ。あの目つきの悪い刑事には何度も同じ質問をされたのよ、わたしが口をすべらせるのを期待してたんでしょうね。だけど、わたしの話に穴は見つからなかった。嘘をついてないんだからあたりまえよね。わたしは生きてる彼を見た。わたしのファンも見た。ということは――」

「コービンは超自然的な力で殺されたんじゃないのよ、ヘイゼル。ラヴィニアは邪悪な精霊を召喚してあなたのボーイフレンドを殺してはいない」

「ラヴィニアが降霊会をひらいたんでしょ」ヘイゼルはテンペストをにらみつけた。「降霊会で、あっちの世界からこっちの世界へ霊を呼び出した。霊媒師だって雇った。どういうつもりでそんなことをしたのかしらね？　コービンはそのことを知ってたのよ。だからあの日、そわそわしていて、午後はずっと書斎で執筆することにしたの。おじいさまが疑われたのは気の毒だと思ってるのよ。警察には、ラヴィニアを調べてと伝えたわ。霊媒師を雇って——」

「サンジャイは霊媒師じゃないのよ」テンペストは言った。思ったように話が進んでいなかった。なんとかコントロールしなければならない。「ステージマジシャンなの」

ヘイゼルは本心から驚いたらしく、目をみはった。「えっ、帽子から兎を取り出すみたいな？」

テンペストは、彼がショーに生きた動物を使うことはないと言いたかった。でも、それはいま関係のないことだ。「ステージで大がかりなイリュージョンをやるの。世界中でパフォーマンスをしてる。イリュージョンが得意なマジシャン。超常現象とはぜんぜん違う。降霊会もトリックを使うのよ。ショーなの。ラヴィニアが気持ちを切り替えるためにやったショー。あなたがあの晩見たものもトリックだったのよ。コービンの考えたトリック」

「コービンはマジシャンじゃない——いや、なかった」ヘイゼルの目が涙で潤んだ。

テンペストは、ヘイゼルが少し落ち着くのを待った。「あの晩も、いつもハッピー・アワーをライブ配信する部屋で撮影してたんだよね？」

このまえテンペストがここへ来た目的は、アッシュが取り戻したがっている本を見つけることだった。だから、家の間取りにはとくに注意していなかったが、知らず知らず観察していた。周囲のものの位置関係を把握しておくことは、ステージでも父親の会社の仕事でも重要だ。

ヘイゼルがコービンを見た時刻を勘違いしていないことはたしかだ。そのとき、ハッピー・アワーの番組をライブ配信していたからだ。まえもって録画しておいたものではありえない。仮に録画配信をライブ配信だと偽っていたとしても、リアルタイムでファンのコメントに反応していた事実がある。テンペストは、複雑なトリックを使ったのではないかと考えていた。だが、そうではなかった。ヘイゼルのファンは、コービンが画面の外で話す声を聞いていた。ファンが目撃したのはヘイゼルの反応だ。画面のすぐ外側にいるだれかと話しているようなヘイゼルが見えた。けれど、コービンは声だけが聞こえた。テンペストにサンジャイが電話している声だけが聞こえたように。ファンはコービンの姿を見ていない。ひとりも見ていない。

ヘイゼルは生きている彼を見たと証言した――けれど、ほんとうに見たのだろうか？ 見たはずがない。番組のなかで、ヘイゼルはだれかを見ているかのように、肩越しに振り返ったとファンは証言している。しかし、声が聞こえたほうを見るのは自然なことだ。ヘイゼルが番組を撮影していた部屋からは、コービンの書斎のドアも家の玄関ドアも見えない。撮影している部屋の入口で彼が立ち止まらないかぎり、ヘイゼルが彼の姿を見たはずがないのだ。

「ええ」ヘイゼルは答えた。「いつもと同じ部屋で撮影してた。そこで、彼を見たの」

「間違いない？」

「自分がなにを見たかわかってないとでも言うの？　おじいさまを助けたいのはわかるけど、そろそろ帰ってくれないかしら」

「もうすぐ帰るから。そのまえに、撮影スタジオを見せて。ほんのちょっとだけ」

「わかった」ヘイゼルはテンペストを撮影スタジオへ案内した。

「どのあたりで撮影していたのか教えてもらえる?」テンペストは尋ねた。

ヘイゼルは応じ、不ぞろいの板を組み合わせて素朴な農家風に仕立てたスタンディングデスクのまえに立った。

「撮影中はそこから動かないのよね?」

ヘイゼルは足元にある青いテープのバツ印を指さした。「わたしはプロだもの」

「ドアはあけはなしてたの?」

「ええ。そのほうが、光の加減がいいの。コービンが入ってくるとは思わなかった。新作に取りかかっていて、何時間も書斎にこもるのが普通だったから。しばらく出てこないと思ったの」

「コービンはあなたに話しかけたとき、部屋の入口で立ち止まった?」

ヘイゼルはためらった。「ええと、ノックしてなかを覗きこんだけど、わたしが撮影中だと知って邪魔したくないからって、そのまま通り過ぎたんだったかしら」

「彼はどんな服装だった?」

ヘイゼルは手のひらを両目に当てた。「わからない! 撮影中に割りこまれたんだもの。よく見てなかった」

「でも、彼の姿が実際に見えたのよね?」

ヘイゼルは答えなかった。

「あなたがいま立っているところからは、コービンの書斎のドアは見えないし、玄関のドアも見えない」テンペストはつづけた。「あなたにコービンの姿が見えたのなら、彼は部屋の入口の正面で立ち止まったはず」

ヘイゼルは小さく悪態をついた。

コービンの新しいガールフレンドはトリックには関与していなかったものの、生身の人間の例に漏れず、目撃者としては信用できない語り手なのだ。コービンがずっと家にいたと思いこんでいたので、書斎にこもって原稿を書いていた彼が散歩に出かけたと疑わず、トリックだとは考えもしなかった。だまされるとは夢にも思っていなかったから、だまされたことに気づかなかった。

執筆中にだれにも会わないのがコービンの習慣だった。ヘイゼルが警察に供述した内容は、証言としては信用できないものだった。彼女の供述は認識にもとづくものだったからだ。当然のことであり、普通の人ならそうするだろう。けれど、事実ではなかった。ライブ配信の映像もヘイゼルの供述を裏付けた。映像のなかで、ヘイゼルはコービンの声とノックの音がするほうを向いた。彼を見たと思いこんでいたのだから、その反応は演技ではなく本物だった。配信を見ていた人々も、声が聞こえるだけでほんとうに彼がそこにいると信じこむほど、ヘイゼルの行動は自然だったのだ。

この家にはスマートスピーカーがあった。ヘイゼルがカメラのまえから動けない時間帯を見計らって、録音した音声をスマートスピーカーで再生するのは簡単だ。コービンは、ライブ配信の邪魔をすればヘイゼルが気を悪くするかもしれないが、ラヴィニアに会いに行くのを知られたら、もっと面倒なことになると考えたのだろう。

　別れた妻に会いに行くのを新しいガールフレンドに知られたくなかったのはもっともだが、それ以外にも理由があったのではないだろうか？

　超常現象説は、これで完全に否定できた。コービン・コルトは、ヘイゼルのライブ配信がはじまるよりずっとまえにフォレストヴィルからヒドゥン・クリークへ向かったのだ。けれど、捜査を担当する刑事はこの事実を託せるほど信頼できる人物ではないと、テンペストは思っていた。

　テンペストはヘイゼルに、時間を取ってくれたことと正直に話してくれたことに対して礼を言った。

「最後にもうひとつ正直に言うわ」ヘイゼルは、テンペストを玄関から送り出しながら言った。「あなたとは別の人生で会っていたら友達になれただろうけど、死と嘘に満ちたこのめちゃくちゃな人生では、もう二度と会いたくない。だけど、幸運を祈ってる。おじいさまの潔白を証明して、わたしたちみんなのために答えを見つけられるように」

　エンジンをかけるテンペストの手は震えていた。解決まであと少し。コービンみずからヒドゥン・クリークへやってきたというトリックは、パズルの最大のピースだ。これがあれば、残りのピースもうまくはまる。パズルの全容がほぼ見えてきた。ほぼ。

家路についたテンペストは車の窓をあけ、この地域の特徴でもあり、山火事の原因でもある美しい古木の森の音を聞き、豊かな香りを吸いこんだ。テンペストの知らない鳥たちがたがいを呼び合っていた。近くの川の水がなめらかな岩を伝い落ちる。樅《もみ》の枝が風に揺れた。

助手席でスマートフォンが鳴り、びっくりしたテンペストは、これからどうするのか考えるのを中断した。ヘイゼルと会うあいだは緊急の電話以外は鳴らないようにサイレントモードに設定してあったのだが、解除するのを忘れていた。スクリーンに祖父の写真が表示された。お気に入りのフェドーラ帽が画面の半分を埋め、楽しそうな笑顔がこの写真を撮ったときのことを思い出させた。ささやかなディナーパーティでモーがフィドルを弾いているときに撮影したのだ。

「もっと時間があると思っていたんだがね」テンペストが電話に出ると、アッシュが言った。

「警察は読解力がないと思っていたのは偏見だったようだ」

「コービン・コルトの手稿に気づかれてしまったの？」テンペストもまだ時間があると思っていた。

「証拠品を整理していた若い女性警官が、あのアガサ・クリスティの本のなかに隠されていた手稿を見つけて読んだらしい。いま、ラインハート刑事がおまえのお父さんと話している。あの愚か者が事実をねじ曲げて書いたものを根拠に、おまえのお母さんの失踪事件を再捜査したいと言っている」

36

真実はすぐそばにあり、手触りを感じ取ることはできても、まだつかみ取れてはいない。視界の端を漂っていて、焦点が合わないような感じだ。

コービン・コルトの古い手稿はフィクションであるはずなのに、はっきりとダリウスを糾弾するものだったので、いま彼は五年前に起きたエマの失踪について取り調べを受けている。別れた妻に会うためにコービンが現在のガールフレンドをだましたことは、四つの不可能な謎のうちひとつの答えでしかない。

シルヴィーはラヴィニアの家で襲われるまえになにかを調べていた。犯人にとって脅威となるようなことを知ってしまったのだろうか？

ラヴィニアはシルヴィーが誘拐された時間帯のアリバイがあるけれど、それもトリックなのだろうか？

いったいなにを見落としているのだろう？

高速道路が渋滞しはじめ、テンペストはスピードを落とした。行き先はヒドゥン・クリークではなく、空港だ。ダリウスが空港へモーを迎えにいくはずだったが、警察署へ呼ばれたため、テンペストがサンフランシスコ国際空港へ向かうことになったのだ。

モーは国際線ターミナルの到着ロビーで孫娘を見つけるや、うれしそうに抱きしめた。小柄だが、かよわいところはみじんもなく（モラグの愛称のモーは、ゲール語で〝大きい〟という意味だが、皮肉にもぴったりだ）、抱きしめる力は強く、テンペストが逃れようとしても逃れられないほどだ。モーの頭はテンペストの顎にやっと届く程度なのに。

長いフライトのあとでも、モラグ・ファーガソン-ラージはいますぐ写真撮影ができるくらい、隙のない身なりだった。白髪を濃紺のシルクのスカーフで束ね、同色のストールを首と肩にゆったりと巻いている。唇と頬をふわりと染めるモーブピンクのおかげで、血色がよく見えた。

ただ、今日はひたいに心配そうなしわが寄っている。

「あなたが迎えに来てくれるなんて、うれしいサプライズだこと」モーは言った。テンペストはキャスター付きのスーツケースを受け取り、空いているほうへ祖母を連れていった。「ダリウスが来ると思ってたわ」

「わたしで我慢してね」

モーはテンペストの手をぎゅっと握った。「アショクはどうしてる？　正直に教えて」

「御前会議を楽しんでる。みんなをうちに呼びこんで、告発されたことなんか忘れてるみたい」

モーは両手を握り合わせた。ケルト文様を彫りこんだ金の結婚指輪を除いて、手にはアクセサリーをつけていない。首にはタミル人の結婚のシンボルである金のターリーネックレスをかけている。「あなたを心配させたくないのね」

「あと一時間くらいでおじいちゃんに会えるから、自分の目で確かめて。でもほんとうに元気よ。無罪になるって信じてる」

「あなたはどう思う？」

「コービンを殺した真犯人が捕まると思う」捕まえるのはわたし自身かもしれないけれど……。

「それなら、どうして心配そうな顔をしてるの？」

「ほかに心配ごとがあるの」

モーは上品な眉の片方をあげた。あたしが飛行機に乗っているあいだに、またなにかあったんじゃないでしょうね？」

「メールもボイスメールもチェックしてないの？」

「あたしは上空三万フィートを飛んでたのよ、お嬢さん」モラグ・ファーガソン＝ラージは、最新テクノロジーに精通しているタイプではない。飛行機に搭乗するときにスマートフォンの電源を切ったまま、入れ忘れていたようだ。

「車へ行こう」テンペストは、言うことを聞かないスーツケースのキャスターをなんとかしようとむなしい努力をしていた。

「テンペスト。どうしたの？」モーは、ほとんど見えないほど小さな絵の具のしみが散っている黒いブーツを履いた足を踏ん張った。

「コーヒーでもどう？　おなかはすいてない？」サンフランシスコ国際空港は、多国籍な人々が行き来する大通りを消毒して再現したかのようだ。

「テンペスト」

「おじいちゃんから電話でどこまで聞いた？」

「あの人はあたしに隠しごとなんかしないわ」

テンペストはため息をついた。「コービン・コルトの手稿の話は聞いたんだ？」

「あたしたちのエマとあなたのお父さんのことで、でたらめばかり並べたやつでしょう」

「パパがどんなふうに書かれているかも知ってる？」

モーはテンペストの手を握った。「だからダリウスはここへ来なかったのね？」

「警察に手稿を読まれてしまったの。お母さんの失踪事件も再捜査するんだって。いまパパは取り調べを受けてる」

モーは悪態をついた。「やっぱりふたりがあのときあの男を脅したのが間違ってたのよ。あなたに隠していたのもよくなかった。あたしたち家族は黙ってることが多すぎるわ」

テンペストは祖母に心配されているのはわかったが、それでも怒りを抑えられなかった。「そう思うのなら、スコットランドでほんとうはなにをしていたのか教えてくれるよね？」と、声をとがらせた。

モーは目を見ひらいた。「なにを言ってるの？」

「おばあちゃん。わたしと同じくらい、おばあちゃんも娘ふたりになにがあったのか知りたいよね」

「車に乗りましょう。早く」

ふたりは黙って歩いた。空港の騒音が気まずい沈黙を埋めてくれた。駐車場を出て一〇一号線を北へ向かって走りはじめると、ようやくモーが口をひらいた。

「ニコデマスにも言わなかったのに」モーはめずらしくやわらかな口調で言い、広大な湾を眺めた。「どうしてわかったの?」

「空港へおばあちゃんを送った男から聞いたの」

「教授?」モーは海から目を離し、テンペストのほうを振り向いた。

「あいつは、ほんとうは……忘れて。その話をしてる場合じゃないから。なぜ嘘をついたの?」

「嘘なんかついてないよ。厳密に言えばね。ヘブリディーズ諸島で芸術家の合宿をしたっていうのはほんとうよ」

「でも、それだけじゃないんでしょ」

「そうね」

モーがふたたび口をひらくまで一分が経過した。

「呪いはまだ解けてないわ」モーはささやいた。「あの子たちにほんとうはなにがあったのかわかるまでは、あたしたちに平穏はない」

「呪いなんて存在しないんだよ」

「あたしがいままで生きてきたなかで見たものを、あなたは見てないでしょう、テンペスト。

信じてくれとは言わないけど、あたしのしたことをわかってもらいたいの」

「じつはわたしも調べてた」テンペストは認めた。

「知ってるわ」

「そうなの？」

「だから、あたしはああするしかなかったの。あることに関する事実を隠すために。あ、な、た、を守るために」

「なにをしたの？」テンペストの喉が詰まった。

「あたしが合宿へ行くまえに、リースのニコデマスのお宅に二晩泊めてもらったのは知ってるわね。そのあいだ、〝アーサー王の腰掛け〟までのハイキングコースが大好きだから行ってくると言って出かけたの。ニコデマスは以前にくらべて体力がなくなったから、一緒に来ることはないだろうと思ってね」

「で、ハイキングには行かなかったんだ」

「ええ。警察署へ行ったの」

「なにかわかったの？」

「ほら、あのトラックに気をつけて」

テンペストはハンドルを切り、急に減速したトラックをよけた。

「話のつづきは車を駐めてからにしない？」モーが提案した。

悪くない提案だ。テンペストはハイウェイを出て、湾を見おろすキャンドルスティック・ポイントへ向かった。「なにかわかったのか、つづきを話して」

「みんなに忘れ去られてるってことがわかったわ。エルスペスが亡くなったのを事故死と判断した警部は退職してた。事件の資料のありかはだれも知らなかった」

車が止まったとたん、モーは飛び降りた。テンペストは一瞬、祖母がセルキーのように海へ飛びこむのではないかと思った。だが、祖母は車の後部ドアをあけ、スーツケースをあけた。テンペストがそばへ行くと、モーは作品を収めたハードケースを取り出そうとしていた。モーは一方の手で枠に張ったカンバス、もう一方の手でグリーティングカードのようなものを掲げた。

青と緑の絵の具だけで水中を描いた絵だが、おそらくほんのわずかに金色が混じっている。泡立つ海のなかで、二頭のセルキーが泳ぎながらアザラシの皮を脱ぎ捨てようとしている。いや、二頭のセルキーだけではない。半分女性で半分アザラシの姿の動物がさらに二頭、暗い海の奥に見える。

モーはテンペストにカードを差し出した。横十二センチ、縦十八センチの折りたたみカードには、海から現れたセルキーの印象的な姿が描かれていた。カードの裏にはターコイズブルーの文字で次のように書いてある。

セルキー：スコットランド、アイルランド、スカンジナヴィアの神話上の生きもの。普段はアザラシの姿をしているが、皮を脱ぎ捨て、一時的に人間の姿になる。

自由でいるため、かならず海へ引き戻される。

かならず。

「おばあちゃんが車から飛び出したとき、ばかなことを考えちゃった」テンペストは言った。「あたしが海に戻ろうとしてるとか?」モーはいたずらっぽく笑った。

祖母の笑顔に母親の面影を見て、テンペストの胸はどきりとした。

「ラージ家の呪いの言い伝えだけでなくセルキーの伝説も、あなたの血に流れているの」モーの瞳が輝いた。「スコットランドの警察署には、娘は呪いに殺されたのだと訴えるために行ったんじゃないのよ。あたしは、あの子が死んだほんとうの原因がどうして隠蔽《いんぺい》されてしまったのか、もっと知りたかったの」

「理由はわかってるでしょ。エジンバラ・フェスティバル・フリンジがはじまったばかりだった。みんなお祭りを殺人事件で台無しにしたくなかったのよ。〝事故〟にしておいたほうが都合がよかった」

「それは理由でしょう。経緯ではないわ」

「結局、なにもわからなかったの?」

「あたしひとりの力ではね。いまはまだ無理」モーの顔に複雑な感情がよぎった。

「わたしも協力する」テンペストは言った。「でも、おばあちゃんにも協力してもらわなくちゃ」

セルキーの絵をスーツケースにしまい、車を走らせながら、テンペストはモーにいまからやろうとしていることを説明した。

「あなたひとりでやっちゃだめよ」〈フィドル弾きの阿房宮〉の近くまで来たとき、モーは言った。「犯人を告発するまえに、せめてブラックバーンに相談して」

「ブラックバーン刑事はもう引退したでしょ」

「でも、善良な人よ。そして、解決できなかった事件をいまでもなんとかしたいと思ってる」

テンペストはドライヴウェイに車を止めたが、エンジンはかけたままにした。

「家に入らないの?」モーが尋ねた。

「おじいちゃんとふたりきりでゆっくり話をして」

モーはドアハンドルに手をかけたままためらった。「せっかく遠出したけど目的が果たせなかったことは、アッシュとダリウスに話すのはやめておいたほうがいいわよね」

隠しごとはしないという話はどうなったの?「ちゃんとわかったら、すぐに話そう」

「さしあたっては、あたしの夫とあなたのパパの安全優先ね」

テンペストはうなずいた。「おばあちゃんの秘密は守るよ」

37

ラヴィニアの家のまえにテンペストが車を止めたとき、一羽の大鴉《おおがらす》とほかの数羽の鳥たちが、上空を飛びまわっていた。

「わかったの」テンペストは、玄関のドアがひらくと同時に言った。「ほぼすべてわかった。今夜、〈オックスフォード・コンマ〉を借りて、みんなを集めたいの」

「やっぱりね」その声はラヴィニアのものではなかった。ショックを受けている彼女のうしろから、クミコが現れた。「その子は自分がナンシー・ドルーだと思ってるのよ」

「というか、エルキュール・ポワロね」とラヴィニア。

「どちらもだめ」クミコは非難がましく言った。「金田《きんだ》一《いち》じゃないと。あなたは有能すぎるわね、テンペスト。殺人犯だって、あなたのまえでは油断しないわ。金田一耕助《こうすけ》は日本のコロンボよ。何十年もまえに初登場したのだけど、コロンボと同じくらい控えめなの」

けたたましい鴉の啼《な》き声がして、三人は空を見あげた。ラヴィニアがポーチに出てきて、セーターの首元をかき合わせた。「どういうわけか、日に日に鳥が増えていくの」

「気のせいよ」クミコがぴしゃりと言った。「ここは山のなかでまわりは森なんだもの。鳥が多いのはあたりまえでしょ」

「気のせいじゃなさそう」テンペストは目庇《まびさし》を作り、上空を飛んでいる鳥たちに目を凝らした。「ハゲタカだったらもっと不穏な感じだろうけど、あの鳥たちがなにかに興味を持っているのはたしかね」

どこかで声がした。鳥の声ではなかった。

間違いなく、人間の声だ。

ラヴィニアはテンペストをにらんだ。「トリックを使った？」

テンペストは両手をあげた。「トリックだとしても、わたしはなにもしてない」

「助けて！」どこかから聞こえる声はくぐもっていたが、切迫していた。「こんなことしても無駄なんだから……」

テンペストとラヴィニアは視線を交わした。聞き覚えのある声だ。この高飛車な口調は。

「シルヴィー？」テンペストはささやいた。

「ふたりとも、なにをぐずぐずしてるの？」クミコが声をとがらせた。「あの不愉快な女の幽霊なんかじゃないわ。殴られて気絶して、どこかに押しこまれて、いま意識を取り戻したのよ」

「助けて！」

クミコは階段を指さした。「家のなかから聞こえたわ。あなたたちほどすばやく動けないけど、そこでぼんやり突っ立ってるつもりなら、わたしが……」

テンペストは階段を駆けのぼった。一秒遅れてラヴィニアが追いかけた。

「シルヴィー？」テンペストは大声で呼びかけた。

「どこにいるの？」ラヴィニアが同時に尋ねた。

「どこにいるかわたしにわかるわけないでしょ」シルヴィーのいらだった声が聞こえた。「目隠しをされて、なんにも見えないんだから」

「クローゼットよ」ラヴィニアは寝室へ入り、ウォークインクローゼットの扉をあけた。

「やれやれだわ」縛られてうつ伏せになったシルヴィーが言った。「このいまいましいロープをさっさとはずしてちょうだい」

38

二時間後、テンペストは病院でシルヴィーと会った。ふたりとも警察の事情聴取は終えていた。

幅広く同意を得られそうにはないが、テンペストは病院が大好きだ。おそらく、祖父から思いやりのある医師や愛情深い家族、現代医療によって奇跡的に病が治った実例について、いつも話を聞いていたからだろう。病院の壁の内側には、病気や怪我や死だけではなく、愛と慈《いつく》しみが存在し、患者を癒やそうと懸命に治療する大勢の人々がいる。アッシュのもとには、イギリスに住む何十人もの元患者からいまでも心のこもったクリスマスカードが送られてくる。

シルヴィーを襲った犯人に関する直接証拠は見つからなかった。クミコは、玄関の外に設置した人感センサー付きの監視カメラをオフにしていたと証言した。あまりにも多くの鳥が飛んできて、そのたびにセンサーが反応してしまうからだ。それに、鳥のなかに少なくとも一羽の大鴉《おおがらす》がいたため、クミコもラヴィニアもストレスを感じていた。

「おかしな人間に襲われたら個室に入れるのねえ」シルヴィーはたった一個の小さな枕の位置を直しながら言った。「自転車で転んだときに知ってたらよかったわ。変な人に襲われたとかなんとかでっちあげたのに」

「あなたも事件を調べていたそうね」

「ご心配どうもありがとう」シルヴィーの表情は嘲笑《ちょうしょう》としか言いようがなかった。どうすれば彼女のようにベッドに横たわったままテンペストを見おろすことができるのだろう？

「あなたも社交辞令が使えるのね」

「ようやくいやみで反撃する気になったの？　結構なこと」シルヴィーは包帯を巻かれた手首をさすった。横の髪からも包帯が覗いている。頭の包帯には血がにじんでいる。

「まだ話すほど元気じゃないのなら――」

「あら、大丈夫よ。卑劣な拉致《らち》犯を捕まえるためならなんでもするわ」

「ほんとうにだれのしわざかわからないの？」

「顔を見てない――」

「ええ。それはもう聞いた。わたしは、あなたがコービンの事件を調べてたことを言ってるの。お隣の人から話を聞いたの。コービンの事件について、なにかつかんだんでしょう。あなたはそのせいで狙われたんじゃないの？」

「あなたがそこまでばかだったとはね。具体的なことがわかってたら、いまごろわたしは死んでるわ」

「わたしとしては、あなたがそこまで短絡的だったことが驚きだけど。犯人は異常な殺人鬼じゃない。コービン・コルトを憎んでいた人物よ。必要もないのにまた人を殺したりしない」

「わたしが危険にさらされていたことがわからないなんて、あなたもまだ若いわね」

「そうは言ってない」テンペストはシルヴィーの喉を絞めてやりたくなった。「犯人がひとまずあなたを生かしておいたのはもっともだと言ってるの」

「わたしはあなたと一緒に犯人捜しをする気はないから」シルヴィーは言った。

「それはよかった。こっちもそんなことをお願いするつもりはなかったから。わたしは、あなたになにがあったのか知りたいの」

「情報を共有しろと?」シルヴィーはからかうように両手を握り合わせた。怪我をした手首が痛むのを思い出したが、遅すぎた。彼女は悪態をついて顔をそむけた。「ナンシー・ドルーと組む気はないわ」

「その言葉、あなたが思ってるほど侮辱的じゃないよ。わたしもあなたと協力したいとは思ってない。ただ、知りたいことが――」

「わたしはただでさえひどい目にあったのよ。警察の報告書を読みなさいよ」

「警察にはなにをしていたのか話してないでしょ。お隣の人にもすべて話したはずがないし」

シルヴィーは唇を引き結び、硬い笑みを浮かべた。「やっぱりあなたはそこまでばかじゃないのかもね。疲れたわ。十分だけ時間をあげる。なにを知りたいの?」

「あなたは襲ってきた人物がだれなのかほんとうにわからないの?」

「自分の手で捕まえたくて警察に言わなかったとでも？　まさか。意識を失ってたんだもの、だれにやられたのかわかるわけがない。暗い部屋で目が覚めて、たぶん破傷風になりそうなほど不衛生なものに猿ぐつわを引っかけてはずしたの。それから叫んだ」

「そもそもなぜラヴィニアの家にいたの？」

「朝早くに電話で起こされたのよ。五時くらいだった。今朝のことかしら？」シルヴィーは体を起こし、室内を見まわした。「わたし、どれくらい気を失ってたの？　襲われたのは今朝？」

「そうよ」テンペストは答えた。

「ほっとしたわ。病院で意識を取り戻したら半年たってたなんて話があるじゃない？　あなた、また同じ格好をしてるわね。いつも無地のTシャツとジーンズなの？」

「いまは朝五時に電話で起こされた話をしてるよね」ステージで映えるだけでなく、途切れのないイリュージョンを可能にする特別な衣装をほぼ毎晩着ていたので、Tシャツとジーンズとお気に入りのルビーレッドのスニーカーの毎日がありがたいくらいだ。

「あのとき」シルヴィーは言った。「かけてきたのはラヴィニアだと思ったの」

「思った？」

「電話の相手は、別れた夫になにが起きたかわかったから助けてくれって言ったの。女性のささやき声だった。別れた夫なんて言うから、ラヴィニアだとわかった――というか、ラヴィニアだと思ったのよ。でも、刑事からラヴィニアじゃないと言われた。ほっとしたわ。ラヴィニアはサンフランシスコのヴィクターの家にいて、ふたりとも夜が明けるころにテイクアウトのコーヒーを買ったカフェで目撃されてる」

「そんな夜中に電話がかかってきたのを怪しいとは思わなかったの？」

「夜中じゃないわ。午前五時ごろよ。あなたのおじいさまがコービン・コルトを殺していないことはみんなわかってるし、わたしも力になりたかった」

「わかってる」

「そう。あなたは、わたしが事件を調査してると聞いたんでしょう。調査と言う言葉が合ってるかどうかわからないけど……ローラはあまり頭がいいほうじゃないのよ。だけど、わたしはドロシー・セイヤーズの小説から学んだことがあって――あっ！　ピーター卿！」シルヴィーは立ちあがろうとしたが、水分補給の点滴チューブが腕にからみついていた。「わたしの犬よ。無事かどうか確認しないと――」

「お隣さんがピーター卿をあずかってくれてる」

シルヴィーはありがたそうにうなずき、もつれたチューブをもう一度引っ張ると、またベッドに体を横たえた。

「あなたはなにかを知ってしまったから襲われたんだろうけど、それがなにか心当たりはないの？」

「ちゃんと調べてたわけじゃないもの。たんなる頭の体操よ」

「頭の体操？」

シルヴィーはテンペストをにらんだ。「わたしの話を聞きたいんじゃないの？」

テンペストは片眉をあげたが、言い返したいのを我慢した。

「あなたにはわけがわからないだろうけれど、テンペスト、わたしはね、コービン殺人事件の答えはある本のページに隠されていると確信してるの」

テンペストは凍りついた。シルヴィーはあの手稿を知っているのだろうか？

「ふうん」シルヴィーはつづけた。「思ったよりいろいろ知ってるみたいね。コービンがわたしたちの話を盗聴していたのを知ったのはどうして？」

「え？」

「あら。知らなかったの？ ラヴィニアはあなたに話さなかったのね。コービンは本のアイデアがほしくて、わたしたちの読書会を盗聴していたの。わたしたちの話のなにが役に立つのかわからないけど、読書会ではみんなよくしゃべるのよ。とくにアイヴィはおしゃべりで――」

「アイヴィは関係ない。降霊会には参加してなかったもの」

シルヴィは意外そうにテンペストを見つめた。「あなたは誠実ね。それは認めるわ。わたしはなにもアイヴィをとがめてるわけじゃないわ。ただ、わたしたちみんな、だれかに盗み聞きされているとも知らずにぺらぺらおしゃべりしてたと言いたいだけ。しかも、盗み聞きしてるのが作家だったとはね」

「たとえば、読書会のメンバーのだれかが、聞いていた人が殺されるほど重大な秘密を話してしまったとして、どうしてコービンだけが殺されるんだろう？」

「人間は裏切られると腹を立てるものよ。悪いけど、気分がすぐれないの」

「わたしはもう行くから、ゆっくり休んで。今夜、退院できたら、午前零時に〈ラヴィニアの隠れ家〉の〈オックスフォード・コンマ〉で会いましょう」

「なぜわたしを呼ぶの？」

「コービン・コルトになにがあったのか、わかったからよ」

39

刑事を引退したブラックバーンの自宅は、ヒドゥン・クリークの丘の上のほうにあった。テンペストはこの家に来たことはなく、正確な住所も知らないが、どこにあるのかだいたいわかっていた。話は聞いていたのだ。ヒドゥン・クリークのほとんどの家とは違い、ブラックバーンの家はぽつんと一軒だけで建っていて、アクセスできるのは一車線の道路一本だけだった。テンペストは、正しいと思われる細い道路に入り、しばらく走っているうちにブラックバーンの自宅とおぼしき家を見つけた。丘の頂上近くにある家のまえは、ブラックベリーが自然のままに生い茂って生け垣の代わりになっていた。

「ここは刑事の家というよりもシリアルキラーの家みたいだと言われません？」テンペストは、玄関のドアをあけたブラックバーンに言った。

ブラックバーンは中途半端な笑みを浮かべた。「どうぞ、入って」

最後に会ったときとくらべて、ブラックバーンの白髪は少しのびていた。長髪ではないが、彼の捜査における几帳面さをうかがえる髪型ではなくなっていた。スーツも着ていないが、グレーのワイシャツにはきちんとアイロンがかかっている。テンペストは彼の年齢を知らないが、退職するにはまだ若いように見えた。もともと若白髪だったが、エマ・ラージが失踪してからは白髪の増えるスピードが増した。

テンペストは、今夜のミーティングを決行するまえにブラックバーンに相談すると、モーと約束していた。真実にたどり着くまであと少しだが、真実のために自身をわざわざ危険にさらすつもりはなかった。

ブラックバーンに案内され、リビングルームとつながったダイニングルームを抜け、高床式のデッキに出ると、ほかの住宅や家屋にさえぎられることなくサンフランシスコ湾の絶景が目のまえに広がった。

「わあ」テンペストはつぶやいた。

「仕事で疲れた日には、いつも妻とここで過ごしたものだよ」

「妻？」

テンペストは、ブラックバーンが結婚していたのを知らなかった。エマが失踪して以来、ブラックバーンとは何度も会ったのに、彼が自身についてほとんど話さなかったことにいまさらながら気づいた。彼は結婚指輪もはめていない。

「指輪は二個試してみたが、アレルギーがあってね」ブラックバーンはテンペストの視線が自分の左手に注がれていることに気づき、ほほえんだ。「代わりにこれをしている」袖をまくりあげ、二十三年まえの日付と〝いつまでも〟という文字のタトゥーを見せた。文字は既製のフォントではなく、本物の手書きのように見える独特な筆記体で書かれていた。「ここにいたら紹介するんだが、いま出かけているんだ。どうしてわざわざわたしを捜してここまでやってきたのか、教えてくれないか？　まさかおじいさんに言われたんじゃないだろうね？」

「今週、祖父が逮捕されたことはご存じですよね？」

「ああ、聞いている。気の毒なことだ」

「祖父がわたしをよこしたなんて、なぜ思ったんですか？」

「コービン・コルトが殺されるまえから、おじいさんには探偵をやってくれないかと頼まれていたんだ」

「ほんとうですか？」テンペストはそう言ったものの、さほど驚いてはいなかった。祖父はみんなのために最善なことがなにかわかっているつもりでいる。たいていはそのとおりなのだが、少しばかり癪《しゃく》に障る。

「きみのおじいさんは、われわれが同じ種類の人間だと思っておられるようだ。おじいさんは、完全に引退してはいないだろう。料理をするし、あの古い自転車を乗りまわしてランチを配達したりもする。退職したら目的を失ってしまうから、自分のようになにか集中できることがあったほうがいいと教えてくれた」ブラックバーンは言葉を切り、白髪をかきあげた。「足首のモニターをつけて帰宅してから、電話をくれたんだよ」

「ええ、みんなを呼んで〝御前会議〟をやってるんです」

ブラックバーンは笑った。「うまいことを言うね」

「あなたも呼ばれていたなんて知りませんでした」

「ご招待は辞退させてもらったよ」

「祖父の無実を信じていても？」

「わたしが関わっているように見られたくなかったのでね。おじいさんがだれと接触するか監視しているはずだ。わたしならそうする。警察は、おじいさんにもそう伝えた。でも、だからこそ助けが必要かもしれないと言われたから、まだ探偵の免許を取っていないと答えたんだ。いまのわたしは、退職したてで庭いじりを楽しんでいる男だ」

「もう冬なのに」

「ここはカリフォルニアだよ」

ブラックバーンが庭いじりを楽しんでいるとは、まったく信じられなかった。手入れの行き届いた草花ではなく雑草が庭を覆っているからではない。刑事の職を辞した中年男性に対する固定観念があるからでもない。祖父の観察眼を信用しているからだ。それに、庭いじりを楽しんでいると言ったとき、ブラックバーンは気まずそうだった。

「わたし、わかったんです」テンペストは静かに言った。

落ち着きなく床を叩いていた彼の足が止まった。「なにが、わかったんだ？」

テンペストは深呼吸した。「コービン・コルトになにがあったのか」

「だれが――」

「方法はわかってるんです。たぶんだれがやったのかも。でも、まずは――」

「だったら、ラインハート刑事に話すべきで――」

「あの人は祖父と父を疑ってます」

「きみは刑事じゃないだろう、テンペスト。われわれにまかせるべきだ――違う、警察にまかせなさいと言いたかったんだ」ブラックバーンは顔を赤らめた。「退職したばかりで、まだ慣れていなくてね。回顧録でも書くかな」

「庭いじりをしてるんじゃなかったんですか」

ブラックバーンは肩をすくめた。「趣味はひとつじゃなくてもかまわないだろう」

テンペストはうなずいた。「わたしたちふたりとも刑事じゃないけれど、せっかくですから、わたしが不可能犯罪としか思えないコービン・コルト殺人事件の謎をどんなふうに解いたのか聞きませんか?」

「ほんとうにラインハートのもとへ行ったほうがいい」

「あなたの口からそんな説得力のない言葉を聞いたのははじめてです。本気で言ってるふりすらしない。もう一度、心をこめて言いなおしてくれたら、ラインハートに話しに行きます」テンペストは息を止め、ブラックバーンがハッタリを真に受けないように願った。

ブラックバーンは豊かな白髪をかきあげて笑った。「キッチンでコーヒーを淹《い》れてこよう」

ロケット燃料のようなコーヒーがたっぷり入ったヒドゥン・クリーク警察のロゴ入りマグカ

ップを両手で包み、テンペストはこれまでにわかったことと、これからやることを話した。

「それだけでは仮説にすぎないな」テンペストの話を最後まで聞き、ブラックバーンは言った。「確固たる証拠がない。ラインハートを動かすには足りないね。それだけではなにが起きたのか説明になっていないよ。不可能ではないと示されただけだ」

「ラインハートにこの話を持っていっても、祖父の容疑を晴らすことに協力させることはできないんですね」

「テンペスト。物的証拠はどう見ても……」

「祖父に不利ですよね。わかってます」

「動機もある」

「ご指摘どうも」

ラインハートはいらだたしげにため息をついた。「わたしはきみの友人ではないからな、テンペスト。父親でもない」

テンペストは立ちあがり、空のマグカップを叩きつけるように置いた。「よくわかりました。お邪魔してすみません――」

「座ってくれ、テンペスト。わたしだって心配しているんだ。きみのお母さんが姿を消したときも、全力で捜査したつもりだ。妻には、そのせいで若白髪が完全に真っ白になったと言われたくらいだ。そのとおりだと思うが、正直に言うぞ。わたしは後悔していない。少しも後悔していないんだ。ただ、なにがあったのか突き止められなかったことは後悔している」

「母が湾で自殺したと考えているんでしょう」

「そうとしか考えられない証拠があるからな。それでも、生きている可能性を探りつづけた」

テンペストは息を呑んだ。「そうなんですか?」

「わたしがきみのご家族とあれほど面談を重ねたのはなぜだと思っているんだ」

「広報に指示されたからじゃないの?」

「まったく、きみはわたしをそんなふうに思っているのか?」

テンペストはまた立ちあがったが、立ち去るつもりはなかった。デッキの手すりのまえに立ち、湾のむこうの街を眺めた。「もうなにもかも、どう考えたらいいのかわからない」

ブラックバーンが隣へ来た。「わたしは庭いじりなんか大嫌いだ。庭いじりでリラックスできるなんて、どういう了見だ?」

テンペストは振り向き、ブラックバーンと向き合った。「午前零時。ここに来てください」

〈ラヴィニアの隠れ家〉の住所を書いたメモを渡した。

「午前零時? なんだか大げさだな。きみは一生、ザ・テンペストでいることをやめられないんだろうな」

テンペストは広大な湾を見渡した。育った場所の風景とにおい。丘の中腹にある風変わりな家で家族と暮らした日々のすばらしい思い出。ほかのどの家とも似ていない、広いあの家で作りだしたマジック。わたしならできる。「ほかのだれかになりたいわけがないでしょう?」

40

現実は、小説とは違う。だれひとり招待を断らなかった。むしろだれもがいそいそとやってきた。そして、好奇心をあらわにしていた。ただし、そのなかのひとりは演技をしている。そのひとりは殺人犯で、話を思いどおりに誘導しようとするだろう。けれど、テンペストも心の準備ができている。

たぶん。

シルヴィーは病院から出られるかわからず、アッシュはツリーハウスから外出するのを感じられているので、テンペストはふたりの代役をまかせられる人物を呼んでおいた。共犯のアイヴィとギディオンだ。

それまで秘密が多すぎたので、家族のみんなにも降霊会を再現する計画を伝えた。もともとモーの提案でブラックバーンを巻きこんだため、モーには真っ先に話した。ダリウスとアッシュは計画に反対したが、ブラックバーンの協力が得られたのを知ると了承してくれた。ブラックバーンは賛成しているわけではないが、テンペストが自分抜きでも決行するのはわかっていたので、とにかくそばについていることにしたのだ。ダリウスは用心棒として同行するが、モーはアッシュと自宅に残ることになった。

〈フィドル弾きの阿房宮〉から〈ラヴィニアの隠れ家〉へ向かうまえに、テンペストは秘密の階段をのぼり、自分の仮説をノートにまとめた。さまざまなイリュージョンのアイデアを書きとめたノートが何十冊もある。今回はイリュージョンの種明かしをするのだ。

猛烈な勢いで文字を書いていき、考えを整理した。なにか見落としはないだろうか？　ない。どこにも抜けはない。自分の推理は正しい。

考えるために文字を書くのを中断しても、指は勝手に動きつづけた。この数カ月、カーディストリー（トランプを用いた曲芸的な技術を披露する遊び）の練習をあきらめずにつづけてきたからだろうが、指が意思を持っているかのように感じることがよくある。今夜、指は何羽もの大鴉《おおがらす》のイラストを描いた。

大鴉の群れがノートの余白を埋めつくした。最初のうちは小さく描いていたが、手が疲れてくると、嘴《くちばし》のある生きものの姿は大きくなり、形も崩れてきた。解き明かしたトリックに関するメモの最終ページに、最後の鴉が現れた。そんなものを描くつもりはなかったのに、ページの上からこちらをじっと見つめていた。

長い嘴の大鴉の顔は、ペストが大流行した時代の医師の仮面に似ている。

中世の医師たちがペストの流行時に着けていた仮面は、顔を隠すためではなく、患者を診察するときに悪い空気を遮断するためのものだった。とはいえ、結果として仮面を着けた者の顔もわからなくなる。パズルのピースのなかでそれがなにより難しかった。仮面の裏に隠れているのはだれの顔なのか？

コービン・コルト――レイヴンを殺した人物は、降霊会で無害な参加者に化けていた。その仮面をはぎ取るときが来たのだ。

テンペストは大鴉の仮面の線を指でなぞった。指はページをすべっていき、スマートフォンへ向かった。いつのまにか、もう二度と電話をかけることはないだろうと思っていた相手の番号にかけていた。

いったいなにを考えているの？　最初の呼び出し音が終わるより先に、テンペストは電話を切った。今夜は父親とブラックバーンに応援を頼んである。倫理的に疑問のある人間の助けはいらない。モリアーティが助けになりたいと言ったとき、その言葉に嘘はないように思えた。でも、自分はそこまで切羽詰まってはいない。いまのところは。

ノートをパタンと閉じ、それを持って秘密の階段を駆けおりた。

午前零時まであと二十七分。テンペストはラヴィニアの家のまえに車を駐めた。ダリウスの車がすぐうしろにつづいていた。

警察による〈ラヴィニアの隠れ家〉の捜査は終了し、室内の清掃もすんでいた。遺体が天井から落ちてきたと考えたのか、天井の一部が取り壊され、スライド式の本棚が取りはずされていたが、そのほかは以前とほとんど変わっていなかった。

午後十一時五十八分、テンペストはゲストたちを殺人のあった夜と同じ席順で丸テーブルの周囲に座らせた。

今回もテーブルの周囲に七脚の椅子が置かれ、クミコの車椅子のスペースも確保された。サンジャイは〈オックスフォード・コンマ〉の入口と向かい合う席に座った。彼の左右にラヴィニアとクミコ。ラヴィニアの隣にテンペスト、さらにエラリー、ギディオン（元はアッシュ）、アイヴィ（元はシルヴィー）、そしてヴィクターの順だ。ブラックバーンとダリウスはパブの入口に立った。ドアの外では、無言のガーゴイルが見張っている。今回は全員が携帯電話を手元に置き、照明は消さなかった。

「こんばんは」サンジャイが口火を切った。「みなさん、手をつないでください」

ゲストたちは従ったが、クミコが尋ねた。「降霊会を正確に再現するわけじゃないんでしょう？」

「その必要がないように願っています、、、、、、、、、、、、、、が」サンジャイは答えた。「今夜の主催者がどんな計画を立てているのか、ぼくも教えてもらっていないんですよ」

照明が消えた。

テーブルの周囲で息を呑む音がした。

「いまわたしの頬に触れたのはだれ？」クミコが大声をあげた。

「隣の人の手が離れた人はいますか？」テンペストは尋ねた。だれも手が離れたとは申し出なかった。

「気のせいじゃないわ」クミコがつぶやいた。

「いまの、羽根じゃなかった？」アイヴィがささやいた。

「あたしが感じたのもそれ？」エラリーが尋ねた。「羽根が触れたわ、そうでしょ？」

「おれもだ」ヴィクターは絞り出すように言った。「羽根だった」

「ほかには？」テンペストが尋ねた。

「ほんとうに奇妙だな」ギディオンが言った。「感覚をひとつ奪われると、ほかの感覚が鋭敏になると思っていたんだが。実際には混乱してるだけなんだ。ハロウィーンのゲームにあるだろ、皮をむいた葡萄《ぶどう》を目玉だと言ったり、米粒を蛆虫《うじむし》だと言われたり――」

「スパゲティは脳みそと言うんだよな」サンジャイがつけくわえた。「そんなことはみんなわかってる。テンペストはハロウィーンのゲームの話なんかするつもりはなさそうだ」

「かまわないよ」テンペストは言った。「みんなにいま感じていることを自由に話してもらいたいの。ほかになにか感じた人はいる？」

「おれは、スパゲティは内臓だと思った」ヴィクターが言った。「脳みそじゃなくて」

「そうなんだ？」と、サンジャイの声。「ぼくはいつも――」

「なにかがわたしの頬に触れた」ラヴィニアの声がした。「鴉の羽根かどうかわからない。絹地みたいな感じだったけど、顔に触れることが多いのは羽根じゃなくて絹地だから」

テンペストは黙って五秒数え、発言したい者が全員発言したことを確かめた。「みなさん、ありがとう。照明をつけてください」

ふたたび部屋が明るくなった。全員が先ほどと同じ位置に座り、つないだ手も離していなかった。テンペストは、照明のスイッチのそばに立っているダリウスにうなずいて感謝を伝えた。

「いまのはなんだったの？」クミコがテンペストをにらんだ。

「みなさんの顔にはなにも触れていません」テンペストは唇をOの形にして息を吹き出した。

「なるほど」サンジャイが言った。

ヴィクターが鼻を鳴らした。「なにも触れていないと言うのか？　息を吹きかけただけだと？」

「みなさんは暗闇でなにかを感じた。そして、おたがいに想像をふくらませ合った。全員が話し終えたころには、テーブルの上に鴉の羽根がふわふわ漂っていると信じこんでしまった。だれも羽根を見ていない、触れてもいないのに。あっけなくそういう状況になってしまうことをみなさんに理解してもらいたかったの」

「もう手を離してもいい？」クミコが尋ねた。「ヴィクターの手が汗ばんでるのよ」

ヴィクターはうなったが、言い返したい言葉を呑みこんだようだった。

「もうちょっと待ってください」テンペストは言った。「目的があって――」

そのとき、バンバンという大きな音が聞こえた。だれもがつないでいた手を離した。〈オックスフォード・コンマ〉の入口で、ダリウスが眉をひそめ、音のしたメインルームのほうへ足早に出ていった。音はやまず、テンペストもダリウスを追いかけた。

テンペストが竹林まで来たときには、ダリウスとブラックバーンは音のした場所にたどり着いていた。だれかがガラス窓を小さく叩いている。

「遅かったかしら？」シルヴィーが窓越しに尋ねた。「これ以上、病院にいたくなかったから、無理やり退院させてもらったのよ」

41

シルヴィーがメリーゴーラウンドの馬のまえを通り過ぎて〈オックスフォード・コンマ〉に入ると、みんなの視線が彼女に集まった。

彼女は唇を引き結んでほほえんだ。「そんなに驚かないでちょうだい。わたしは死んでいない。ちょっと疲れてるけれど。頭の傷がこんなに出血するなんて知らなかったわ」

シルヴィーはいったん家に帰って、身なりをととのえてきたようだ。袖口からちらりと覗く包帯と、髪にほとんど隠れた四角いガーゼがなければ、今朝襲われたようには見えないだろう。藍色《あいいろ》のスラックスに白いカシミアのセーターを着たシルヴィーは、参加者のなかでだれよりもきちんとした服装だった。

「あなたがだれになぜ襲われたのかわかったの？」エラリーが尋ねた。

「謎のままよ」シルヴィーはいつもに増してそっけない口ぶりだった。

「謙遜することないでしょ」テンペストは言った。「シルヴィーは事件の真相に迫ってたの」

シルヴィーはテンペストをにらみつけた。「もしまた襲われたらあなたのせいよ」

アイヴィがぎょっとした。「本気でそんなことを――」

「だれも襲われたりしない」ブラックバーンがシルヴィーのまえに割りこんだ。「みんな、席に戻ってくれ」

二分後、全員がふたたび読書会用兼降霊会用のテーブルを囲んだ。席順も変わらなかった。サンジャイが丸テーブルの名目上の主人となり、彼の左側から順にラヴィニア、テンペスト、エラリー、ギディオン（アッシュの代理）、シルヴィー、ヴィクター、クミコとつづいた。シルヴィーが現れたので、アイヴィはスライド式本棚の奥のベンチシートに座った。ダリウスとブラックバーンは、パブの両脇に立った。今回は、手をつなぐようにという指示はなかった。ラヴィニアは参加者たちに、紅茶かコーヒーをすすめた――ビールサーバーはまだ設置されていなかった――が、数人が水を希望しただけだった。

「今日、ヘイゼル・ベロウと話してきました」テンペストは切り出した。「そうしたら、あの事件の日、コービンがどうやってここへ来たのかわかりました」

テーブルの周囲がざわめいたが、だれかが口をひらくまえにテンペストは説明に取りかかった。ヘイゼルと話したことを正確に再現し、パズルの残りのピースがはまるきっかけとなった新たな発見で締めくくった。「コービンがフォレストヴィルを出たのは、ヘイゼルのライブ配信のずっとまえだったの。ヘイゼルをあざむいて、こっそりラヴィニアの家へ来た。殺されることになるとは思ってもいなかったんでしょうね。不可能なことをやってのけようとしたわけではなかった。抜け出すための嘘にすぎなかったの」

「最大の謎が解けたな」サンジャイがつぶやいた。

「コービンが降霊会に来たのは理由があった」テンペストはつけくわえた。「ここに置いてきたと思っていた草稿のノートがラヴィニアに燃やされそうだと知って、取り戻したかったというのがその理由。ヘイゼルには、別れた妻に会いに行くとは言いたくなかった。みずからの意思でここへ来たの」

「生きてここへ来たとしても、謎は残るわ」ラヴィニアが言った。「わたしたちが降霊会をはじめたとき、遺体はどこにあったの？　サンジャイが会をはじめる直前に、ルームツアーをしたじゃない。遺体はどこにも隠されていなかった。あなたもわたしと同じくらい、ここの構造を知ってるでしょう、テンペスト。タイプライターを隠す場所すらないのよ」

「そのときはまだ死んでなかったの」テンペストは言った。「遺体や縛られている人間を隠すのは不可能でしょう——でも、生きた人間が隠れることはできる」

　聞いている人々たちがはっと息を漏らす一方で、テンペストは息を継いだ。このうえなく簡単なことだったのだ。テンペストがなかなか気づけなかったのは、コービンがここへ来たタイミングのトリックを解明してからでなければ気づきようがないからだ。ここに人間が隠れることは不可能だと思われていたが、不可能なのは死体を隠すことだ。

「コービンが生きていて、かつみずからの意思でヒドゥン・クリークへ来たのであれば」テンペストは言った。「そして、見つかりたくなかったのであれば、みんながあちこち見てまわっているあいだ、彼もあちこち移動することはできたでしょうね」

　クミコは鼻で笑った。「そんなに簡単じゃないでしょう」

「簡単だったはずよ。協力者がいればね」

また++だれもがはっとした。

「コービン・コルトは生きていたんです」テンペストは結論づけた。「わたしたちがルームツアーをしているあいだ、こっそり逃げまわっていた。そして生きているうちに、わたしたちが輪になってつないだ手を乗り越えてテーブルの上にのぼったの」

「わたしたちみんな、彼が死んでるのをはっきりと見たわ」クミコは腕組みをして、ガン飛ばしが得意なことで有名なテンペストにガンを飛ばした。

「そうかしら?」テンペストはわざと曖昧なひとことを返した。六秒間、だれも口をきかなかった。

サンジャイがうめき声をあげて沈黙を破った。

「わかった?」テンペストはサンジャイに尋ねた。

サンジャイは悔しそうな顔でうなずいた。

「ぜんぜんわからないわ」ラヴィニアが言った。「わたしは目がいいのよ。細部にもよく気がつく。あの人はわたしのすぐまえにいた。血が出ているのが見えたし――」

「それは、彼が見せたいものを見せたから」テンペストは言った。「わたしたちはテーブルの上に彼がいるのを見てショックを受けただけでなく、自分がなにを見ているのか理解するのにほんの数秒の時間しか与えられなかった。わたしがイリュージョンでよくやるように、彼も状況を巧みに操作したの。だから、偽物のナイフが必要だった。ほんの数秒間だけ本物に見せたかったのよ。それだけ。彼と協力者は状況をコントロールしていた。ところが、協力者が彼を裏切った」

エラリーがあえいだ。「協力者？」

「ええ。わたしたちが、彼の胸にナイフが――偽物のナイフが突き刺さっているのを見たとき、彼はまだ生きていたの。わたしたちはみんな、コービンがラヴィニアの大事にしていたタイプライターを壊して隠したと思っていた。彼のユーモアのセンスはひねくれてたから。でも、彼にタイプライターを壊すことができたはずはない」

「タイプライターがなくなったときには、この国の反対側にいたのだから」とサンジャイ。「とはいえ、コービンがやったと思いたくなるよね。いかにもやりそうだもの。そんな彼なら、草稿のノートが残っていると思って取り戻しにきたついでに、いたずらを仕掛けたでしょうね。降霊会をひらいてコービンの霊を書斎だったこの空間から追い出そうとするなんて、当てつけ以外のなにものでもない。だから、コービンもお返しに、降霊会に〝死体〟となって現れて、立ちあがって大笑いしてやろうと考えてた。ところが、協力者は別の計画を立てていた。協力者は照明をつけた――ほんの一瞬、死体に扮《ふん》したコービンをみんなに目撃させた。死んでいるかのように、偽物のナイフが刺さった姿を見せた。一瞬の明かりのなかでは、ナイフに巻かれた赤いシルクのスカーフが血に見えた。でも、コービンは死んでなかった。ふたたび室内が真っ暗になった瞬間、協力者が彼を殺したの」

「あのときはみんなが混乱していたもんな」サンジャイがつぶやいた。「巧妙なやり口だ」

「コービンは刺されたときにどうして悲鳴をあげなかったの？」エラリーが尋ねた。「本物のナイフを突き立てられて、声ひとつあげずに横たわってたなんて――」

「吐きそう」ラヴィニアが両手で口を押さえ、足早に部屋を出ていった。ヴィクターがすぐあとを追った。

ダリウスはテンペストと目を合わせた。「ようすを見てくる――」

「この地下室のトイレを使うように言って。母屋はだめ。だれひとり、ここを出さないで」

ダリウスは急いでふたりを追いかけた。

ブラックバーンは、残るべきか自分も追いかけるべきか迷っていた。「つまり、ラヴィニアが――」

「コービンを殺した犯人じゃないよ」テンペストは言った。ラヴィニアが元夫を殺した犯人ではないと、ほぼ確信していた。「ヴィクターでもない。ふたりにこのつづきを聞いてもらわなくても大丈夫」

「つづきってなに？」エラリーが尋ねた。「こんなばかな話ってないわ。黙って殺されるわけがないでしょう。あんなにそばにいたのよ。あんなに――」エラリーは身震いし、口をつぐんだ。

「思い出して」テンペストは言った。「明かりがついて、死体だと思ったものを見たあと、大混乱になった。あのとき、悲鳴があがったよね。わたしたちはみんな、わたしたちのだれかが悲鳴をあげたのだと思いこんだ。だって、男性も女性もみんな叫んでいたでしょう。死人が悲鳴をあげるなんて、だれひとり思わなかった」

また息を呑む音。

「コービン・コルトは、彼の代表作の登場人物とは違って、大鴉《おおがらす》ではなかった」テンペストはつづけた。「最初は不可能と思われたことはすべて、合理的な説明がつく。彼は、もうすぐ離婚する妻に会いに行くことをガールフレンドに知られたくなかったから、書斎で執筆していると嘘をつき、ガールフレンドが追いかけてこない時間帯を狙って家を出た。目に見えない死体も隠された死体も存在せず、生きている人間が、わたしたちがあちこち移動するのに合わせて移動していただけ。そして、ラヴィニアをあざ笑ってやるつもりで、みずから降霊会のテーブルに跳び乗って死んだふりをした。死体をテーブルに落とす仕掛けも、降霊会のテーブルのまわりで手をつないでいるふりをするための偽の手も必要なかった。そして偽のナイフが決め手となって、わたしたちは彼が死んでいると思いこんでしまった。コービンの協力者は、わたしたちがひょっとして彼は生きてるんじゃないかと思わないように、目くらましを追加した」

「粘着テープの跡だ」サンジャイが顔をしかめた。

「トリックにひと工夫くわえた。テープを貼ってすぐにはがしても警察にはわからないから、長いあいだ縛られていたのだろうと考えて、ますますわけがわからなくなる。もしかすると、叫び声を封じるために口にテープを貼ったのかもしれないね」

「四つの不可能な要素の謎が解けた」サンジャイが言った。「みごとだ。みごとだよ、テンペスト」

ギディオンはうめいた。「おれにはきみたちが理解できない。まるでゲームをやってるみたいじゃないか」

「だって、まさにゲームだもの」クミコがギディオンのそばへ行った。「でも、この事件をゲームにしたのはわたしたちじゃない。娘の別れた夫を殺した犯人よ。犯人が仕掛けたゲームに勝つには、ゲームに乗るしかないの。感情的になってもしかたがない。だれかが悪趣味なゲームをしてるのよ。テンペストの探偵役に拍手を送るわ」

サンジャイが咳払いをした。

クミコは彼をぎろりと見やった。「あなたはせいぜい助手ってところね」

サンジャイが言い返そうとした。テンペストは彼がしゃべりだすまえに手で口をふさいだ。

「祖父はあの夜ここに来るはずじゃなかったの。ぎりぎりで参加することになった。そして、あのとき医師の本能にスイッチが入ったのね。コービンが生きていて、助かる可能性があるのかどうか、確かめようとした。それで、犯人の計画は狂ってしまった」

「いままできみの話についていけてたんだけど」サンジャイはテンペストの手を口からはずし、不満そうに見あげた。「ほかのだれかが疑われて、犯人は得をしたんじゃないのか？」

「そうね」テンペストは答えた。「でも、もしアッシュが参加していなければ、別の人物がコービンに駆け寄って、彼の血で手を汚していたはず」

「ラヴィニアだ」アイヴィが言った。この話にくわわるのはこれがはじめてだ。「コービンの妻だったはずだよね。ラヴィニアだよ。かつて愛した人を憎むようになったとしても……それでも、駆け寄るよね」

「あのときはだれも冷静に考えることができなかった」テンペストは静かに言った。「とにかく反射的に行動していた」

「暗闇のなかでコービンを刺したのに、手や服に血がつかなかったのはなぜ?」アイヴィが尋ねた。

「警察は、わたしたちのだれかが手袋を持っているかどうか調べはしなかった。手袋なんて簡単に隠せる。警察が捜したのは凶器でしょ。なぜなら、ナイフの刃が彼の体内にあるとはまだわかっていなかったから。偽のナイフが刺さっていることはわかっていたけれどね」

サンジャイはうめいた。「究極の目くらましだな」

「犯人の思惑どおりだね」テンペストはルビーレッドのスニーカーの踵《かかと》を軸に、くるりとまわり、コービン・コルトを殺した人物と向き合った。

42

「あなたの思惑どおりね、エラリー」テンペストは言った。

エラリーは目を丸くしてテンペストを見つめた。「冗談でしょ。どうして? どうしてあたしがコービンを殺すの?」

「コービンが書いていた草稿のなかで、あなたの秘密を明かしていたのは知らなかったんでしょう？　草稿に書いてあったの」

エラリーは注目を浴び、険しい目になった。「秘密って？　こんな不可解な犯罪をやってのけたと思われて悪い気はしない、なんて思うのはひねくれてるかもしれないけど。でもあたしじゃないわ。あたしがパズラー好きだから疑ってるの？」

「いいえ」テンペストは言った。「コービンは、わたしの母の失踪をもとにした本を書いていたの。その本には読書会のメンバーが登場する。あなたをモデルにした登場人物が、ほかのメンバーの配偶者と不倫関係にある。コービンとの不倫を否定しても無駄よ。いま調査員が証拠を捜してるから。見つかるのは時間の問題よ」

「ちょっと残念ね」エラリーが言った。「もう少し長いこと容疑者でいられると思ったのに。そんなことが理由であたしを疑ってるのなら、悪いけどがっかりしてもらうわ。あたしはコービンと不倫なんかしてない。もっと肝心なことを言えば、あたしは父の介護をしてるの。ゆうべ、父の具合が悪くなったの。あたしはゆうべから今朝の十時ごろまで病院にいた。だから、シルヴィーを襲うことはできなかった。あなたは、コービン殺しとシルヴィー拉致《らち》が同じ人物によっておこなわれたと考えているのよね？　少なくとも六人の目撃者が、シルヴィーが拉致された時刻にあたしがどこにいたか証言してくれるわ」

テンペストはエラリーだと確信していた。ほかのだれかではありえない。そうだろう？　サンジャイと祖父が無実であることは、命を賭けて断言できる。ラヴィニアとヴィクターは、シルヴィーがいなくなった時刻にアリバイがあったし、警察がふたりの目撃者から証言を得ていることもわかっている。残るはクミコだが、彼女はテンペストに助けを求めてきた。筋が通らない……のではないか？　そもそもクミコが気絶したシルヴィーをどうやって二階へ運んだのか？　いくら腕力が強くても、シルヴィーを引きずって二階へのぼれば、彼女の体は痣《あざ》だらけになったはずだ。それに、血痕は？

ラヴィニアとヴィクターのアリバイはトリックなのだろうか？　エラリーのアリバイはトリックではない。嘘をついていないかどうかは簡単に確かめられるから。結局のところ、トリックは完全に解明されてはいない。いまはまだ。

「よくやったじゃないか」ブラックバーンはテンペストをジープまで送っていきながら言った。

「みんなを車まで送ると言ったのは、ただの礼儀じゃなかったんでしょう」

「妙なことが起きているからな。それがなにかわかるまでは、きみたちをなるべくひとりにしたくない。とくにこんな夜更けにはね」

テンペストは片眉をあげた。暗くてブラックバーンの表情は見えないが、心配しているのは声でわかった。「あの人たちのなかに殺人犯がいると思っているんですね」

「もちろんだ」

「祖父は違います」

「ラインハートも、おじいさんではないと考えている。なにかがおかしいと気づいているんだ。だから捜査をつづけているんだよ」

「あの人には解明できませんよ」

ブラックバーンと長いつきあいでなければ、暗がりのなかで彼の表情が険しいものに見えたかもしれない。彼はしばらくテンペストの顔を見つめたあと、話しはじめた。「わたしの知るかぎり、ラインハートはいい人間だよ。たしかに、わたしならきみのおじいさんを逮捕しなかったかもしれない。けれど、証拠はあったし、ラインハートがどんな重圧を受けているのかわたしにはわからない。それでも、彼は捜査をつづけているよ。信用してやったらどうだ？」

「でも、あの人は十年まえまで存在していなかったんですよ」

ブラックバーンはテンペストをまじまじと見つめた。それから、いきなり笑いだした。「だから信用していないのか？　詐欺師だと思っているから？　警察が少しも調査していないと思っているのか――」

「彼は存在していなかったんですってば」

「知っているよ」

「知ってる？」

「いまでも署の連中とはつきあいがあるんだ。ラインハートとは面識がないが、話は聞いている。彼はもともとシリアルキラーと同じ名字でね。そのせいで偏見をもたれがちだった――警察官としても、一般市民としても。だが、遠い親戚にロバート・ラインハートというミステリ作家がいた。階段の小説を書いた作家だ」

テンペストはうめいた。「ロバート・ラインハートじゃありません。メアリー・ロバーツ・

ラインハートです。『螺旋階段』が代表作。アメリカのアガサ・クリスティとも言われていました」

「それだ。オースティンはもとの名字のせいでトラブルにあって、遠い親戚の名字に改名したんだ。ちゃんと手続きを踏んでな」

「そうだったの」

「きみはときどき難しく考えすぎるんだよ、テンペスト。気をつけなさい」ブラックバーンはジープの屋根をコンコンと叩いた。男がいつもそうするのはなぜだろう？

 その音で、近くの巣にいた鳥が驚いたらしい。木の葉をかすめる音がしたのち、大きな鳥がふたりの頭のすぐ上を飛んでいった。ふたりがあわてて身を屈めると、鳥はラヴィニアの家の屋根に止まった。

「もういいかげんにしてよ」テンペストは叫びそうになった。「たったいま、とにかくひとつだけは謎が解けた。梯子《はしご》を持ってませんか？」

「わたしのセダンに？　載るわけないだろ」

テンペストはさっさとラヴィニアの家の玄関へ行き、ドアをノックした。「梯子を貸してくれない？」

ラヴィニアは驚きのあまりなにも言わずにガレージの扉をあけた。テンペストは梯子を引きずり出し、屋根に立て掛けた。そこは家の裏手だった。この家は丘の斜面にあるので、裏側の屋根が地面にもっとも近い。

「しっかり支えてて」テンペストはラヴィニアとブラックバーンに言い、梯子をのぼりはじめた。屋根の上にたどり着き、スマートフォンのライトで鳥がいたあたりを照らした。それから、梯子をおり、地面まで二段残して飛び降りた。

「まさか屋根の上に鳥の餌台を置いて、大量の餌を入れたりしてないよね？」

ラヴィニアは、どうかしたんじゃないのかと言わんばかりにテンペストを見つめた。「するわけないでしょう」

テンペストは言った。「だれかがたくさんの鳥を誘《おび》き寄せるような餌台を置いてた」

「どうしてそんなことを？」

「推測だけど。鳥が集まれば、あなたが監視カメラのセンサーをオフにするとわかってたんじゃないかな。シルヴィーを拉致した人物は、今朝ここに来たときに監視カメラに姿を撮られないようにしたのよ」

43

テンペストは、ヤヌスの顔が彫られた石のアーチをくぐった。ローマ神話に出てくる門の神のイメージをもとにしているが、この家のヤヌスの顔は赤毛の姉妹のものだ。謎めいた横顔は石そのものの色のままだが、髪は赤銅色に塗られている。

それから、風変わりな石のこびとたち——虫眼鏡を持った赤毛のこびと、裁判官の小槌《こづち》を握った黒髪のこびと、そして笑っている赤ん坊のこびとのまえを通り過ぎ、螺旋《らせん》階段の入口にある鍵のかかった門にたどり着いた。門のあけ方はわかっている。滑稽《こっけい》なまでに大きな鍵穴に手を差しこみ、木彫りの鍵をひねればいい。

門がさっとひらき、テンペストはアイヴィの家の外階段を駆けのぼった。二階建ての借家の二階がアイヴィの自宅で、一階には姉のダリアの家族が住んでいる。

「呼んでくれてありがとね」テンペストは、ドアをあけたアイヴィに言い、家のなかへ入れてもらった。

「疑わしい面々が一堂に会した不穏な場面のあとは、なかなか寝付けないものだから。サンジャイも言ってたけど、みごとだったよ。あんたはみごとだった」

「でも、まだ解決していない。なにか見落としてる」

アイヴィはドアを閉めて寄りかかった。「自分のルーツを忘れてるからだよ。不可能犯罪小説の巨匠を思い出して。ジョン・ディクスン・カーのフェル博士ならどうする?」

「クレイトン・ロースンの奇術師探偵、マーリニも忘れないで。当然、あのふたりならどっちも目くらましにだまされたりしないよね」

「この話をするなら〈密室図書館〉に行きたいな」

「こんな時間だから、橋を渡る車も少ないはずよ」

「図書館の鍵は持ってるけど、イーニッドをびっくりさせちゃうよ。図書館の二階に住んでるから。残念だけど、この小さい家で我慢して。ポップコーン食べる？」

「もちろん食べる。あと、この小さい家はほんとに居心地がいいよ。自分のスペースがある。自分のポップコーンもある。それって最高」

アイヴィはキッチンへ行った。「あんたが来てるのに天井の照明をつけないのは、この部屋がめちゃくちゃだから。どうしてこんなありさまなのか、自分でも不思議なんだ。学校の課題はほとんど電子媒体でもらうんだから、紙の書類がそこらじゅうに散らかってるのはおかしいよね。あたしの服はほとんどピンク系なんで、洗濯物を分ける必要もないし」アイヴィは大きな片手鍋に油を入れてガスコンロで熱し、戸棚からポップコーンが半分ほど入っている瓶を取り出した。「参考になりそうなミステリ映画ってどれだろう？」

「『危険な航海』」

「即答だね。しかも文句なし。ジョン・ディクスン・カーのラジオドラマ『B13号船室』が原作なんだよね」

「答えは最初からずっと目のまえにあるのに、見えていないだけ。わたしたちもそうなのよ。それは間違いない。答えが見えたらいいのに」

ふたりは心地よい沈黙のなか、アイヴィが鍋を振り、ポップコーンがはじける音を聞いていた。はじける音が間遠になると、アイヴィは二個のボウルにポップコーンを山盛りにして塩を振った。テンペストはポップコーンをソファへ運び、アイヴィは映画の準備をした。ピンクの陶器の鉢に植わったサンセベリアを隅に移動させ、ノートパソコンをひらいてプロジェクターの電源を入れる。ノートパソコンより大きなテレビ画面はないが、映写用に白い壁を一面空けていた。

「音は小さくしたほうがいいんじゃない？」

アイヴィはかぶりを振った。「一階と二階のあいだに追加の断熱材を入れたの。おたがいの首を絞め合わないようにね。あたしがしょっちゅう深夜に映画鑑賞するからってだけじゃないよ。ナタリーはあんたが知ってる六歳児のなかでだれよりも甲高い声を出せるんだから。シーッ。はじまるよ」

「しゃべってるのはそっちでしょ」

「その隙のない論理性はあんたのいやなところのひとつだね」

テンペストはポップコーンを一粒アイヴィに投げつけ、舌を突き出した。一時間十五分後、ふたりはティーンエイジャーのころのようにくすくす笑い合っていた。

「この映画が原作のラジオドラマで最大の手がかりをどう隠していたか、すっかり忘れてた」

アイヴィが言い、プロジェクターの電源を切った。「なにか閃《ひらめ》いた？」

「うわべの表面的な事実じゃなくて自分自身を信じるべきだという確信が強まっただけ。また密室講義をやってくれない？　どうやらわたしのやり方は間違ってるみたいだから」

「あ！　そういえば、今度、図書館で密室講義をやるって話したっけ？　毎週土曜日にやるの」

「すごいじゃない」

「いまのところ、受講者がいちばん多いときで四人」アイヴィは唇を嚙《か》んだ。「そのうちひとりは、ボーイフレンドに無理やり連れてこられただけ」

「スタートとしては悪くないよ。受講者がたくさん集まるころには、きっと完璧な講義になってる。フェル博士が不可能犯罪を分類した例の講義を、アイヴィ・ヤング版でやるんでしょ？」

「イーニッドには、もっと一般的に、古典から現代の作品まで、密室ミステリの歴史について話してくれって言われてるの。ポオからアルテまで」

「わたしもおじいちゃんとパパの容疑を晴らしたら聞きに行くよ」

アイヴィは両膝を顎の下に引きあげた。「さっきあんたが説明したトリックのこと……映画を観ながら考えてたの。あんたは間違ってないよ、テンペスト。コービン・コルトがいかにして目のまえのあのテーブルで死んだのか、理にかなった答えはほかにないよ」

「そこからエラリーにたどり着いたの。でも、エラリーではありえない。不可能だと思われていたことのトリックは解けたけど、やっぱり不可能だ」

「不可能じゃないよ」アイヴィはきっぱりと言いきった。「だれがやったか、あたしはわかってる」

44

「すべての条件を満たす真相はひとつしかない」アイヴィは言った。

「わたしもその真相がわかったつもりだったんだけど」テンペストは冷めたポップコーンのボウルを脇によけた。「間違ってたんだね」

「犯人以外は正しかったんだよ。ただ、四つの謎解きのどこかに矛盾があっただけ」

「矛盾はつぶしたよ。だから、降霊会の参加者がコービンを殺すことは不可能だったという最初の謎に戻ってしまった」

「そう、降霊会の参加者はコービンを殺していない」アイヴィはいかにも芝居がかったようすでひらりとソファから飛び降り、ポップコーンを散らかした。「コービン・コルトは自殺したんだよ」

テンペストはジーンズからポップコーンを払い落とした。「どうしてそうなるの？」

「だってそうでしょ、テンペスト。コービンはスランプに陥っていて、せめて壮大なフィナーレを飾りたかったんだよ。わからないかな――」

「そうだとすると、コービンはシルヴィーを拉致《らち》するために墓場から戻ってきたわけ？　わたしたちが〈ラヴィニアの隠れ家〉のルームツアーをやってるあいだ、コービンはだれの助けも借りずにこそこそ逃げまわって、みんなの目を逃れた？　そんなの無理よ。コービンは、ノートを取り戻しにきたついでにラヴィニアをからかおうとしただけ。彼はみずからあそこへ来たけど、協力者がいたはずなの」

アイヴィはしゅんとしてポップコーンを拾いはじめた。「コービンが死んだから、秘密も一緒に死んだんだね」

「協力者がだれなのか、証拠があるはず」テンペストは一緒にポップコーンを拾おうとしたが、二粒拾ったところでやめた。「コービン本人から答えが得られるような気がしてならないの。彼はフィクションのなかに現実の要素を織りこんでいたから、そこに手がかりが残されてると思う。自分の死を予見するようなわかりやすい文章ではなくて、隠れた意味みたいなこと。象徴的な表現とか言葉遊びが好きだったでしょ。『エラ・パテル消失事件』でも、パパを〝エンジェル・ディアブロ〟と名付けた。それに、アリスという登場人物が読書会メンバーの配偶者と不倫関係にあるとか、ルイス・キャロルの『不思議の国のアリス』のアリスにちなんで名付けられたとか、具体的に設定されていたのはなぜなのか？」

「偶然かもよ。そういうことってあるでしょ」

「もっとありそうなのは、エラリーはコービンとはなんの関係もなかったと嘘をついていて、だからといってコービンを殺してはいないということだね。あっ、ポップコーンをお尻で踏んじゃったみたい」

「ごめん。自殺説に興奮しちゃった。不倫が動機っていうのも説得力がないね。エラリーはコービンより二十歳は若いよ」

「ヘイゼルだってそうだけど」

「たしかに」

「昨日の朝、シルヴィーを拉致した理由ってなんだろうね？」見てはならないものを見てしまった人物を永久に葬り去りたいのならわかるが、シルヴィーは殺されてはいない。

「午前二時過ぎだから、厳密には夜中だけどね。あっ！　殺人犯が処分しなければならない証拠があったんだよ」

「シルヴィーのアパートメントに？　シルヴィーが出かけるのを待てばいいだけじゃない？　そのほうが安全でしょ。そのタイミングに意味があるんじゃないかな。どんな意味だろう？」

「目くらまし《ミスディレクション》？」アイヴィが言った。

「その言葉、だんだん嫌いになってきた」

「罰当たりだね」


テンペストは、父親を起こさないように静かに家に入った。眠れないのはわかっていたので、気晴らしに本を読むことにした。

リビングルームの暖炉は本物に見える。けれど、〈秘密の階段建築社〉の作品の例に漏れず、この暖炉も見た目どおりのものではない。火格子を透かして薪《まき》と煉瓦《れんが》の壁が見える。火格子を脇に寄せると、薪と煉瓦が本物ではないと気づくかもしれない。煉瓦はベニヤ板に描かれたもので、薪はボルトで固定されている。一本を除いて。

テンペストは奥の薪を持ちあげた。煉瓦の絵が横へスライドし、秘密の部屋が現れた。狭くて広い図書室だ。

暖炉を通り抜けると、一辺は二メートル足らずだが、二階分の高さのある部屋に出る。壁二面は、天窓のある天井まで届く造りつけの本棚になっている。スライド式の梯子《はしご》があるので、高い棚の本も手に取ることができる。

小さいけれど座り心地のよい肘掛け椅子が二脚、ふたり分のお茶やコーヒー、カクテルを置くのにちょうどよい小さなエンドテーブルが置いてある。

本棚に並んでいる本のほとんどは、テンペストが子どものころからそこにある。一家は引っ越したことがなく、この家をどんどん増築していったので、ここからなくなった本はだれかにあげたものだけだ。本を売ったり捨てたりしたことはない。蔵書はアイヴィのクラシック・ミステリのコレクションとはぜんぜん違う。歯形のついた子どもむけの絵本（歯形がついているからだれにもあげられなかったのではないかと、テンペストは思っている）、児童向けミステリ（もっとも大きなコーナーを占めている）、マジックの技術や歴史に関する本、そのほかの歴史書、旅行記、母親が好んだゴシック小説、それにさまざまなテーマの本。父親の大工仕事の本や雑誌は工房に置いてある。図書室の本はきっちりと分類されてはいない。本棚の背が高いので、一度に二、三冊以上の本を移動させるのは難しいからだ。いまも目当ての本を見つけるには時間がかかりそうだった。

テンペストは梯子を数段のぼった。ヘニング・ネムルスの『マジックとショーマンシップ』がバーバラ・マイケルズの『海の王の娘』の隣にあった。児童文学の古典『クローディアの秘密』の隣には、カンボジアの民話の本が二冊。思った以上に、棚は整理されていなかった。梯子の両脇をつかみ、上へ上へとのぼっていく。やがて、見つかった。コービン・コルトの著作。たった五冊だけだ。最新刊はないが、『大鴉《おおがらす》』はあった。それを抜き取り、梯子をおりた。

表紙をめくり、カバー袖のコービンの顔写真をなでた。このころのコービンの記憶をずっと留《とど》めていられたらよかったのに。謎めいたベールに包まれた凛々《りり》しい容貌が、十代の自分には素敵に見えたのに、怒れる男となった彼は、別れた妻に悪趣味ないたずらを仕掛け、そのあげく死んでしまった。

テンペストはカバーのイラストに注目した。顔を隠した男が読者に背を向けた形で都会の街角を歩いている。不吉な影が彼を取り巻いている。アスファルトの路上に映るふたつの影は、鴉の翼の形をしている。翼が彼に生えているものなのかどうかは、読者の解釈にまかせられているのだ。

『大鴉』の本を手に、テンペストは秘密の階段をふたつのぼった。最上階の塔の部屋に入ると、いつもなら偉大なマジシャンのひとりになれたように感じさせてくれるポスターに囲まれていても、ひとりぼっちのような気がした。

「わたしはひどいマジシャンよね」壁に並ぶスターたちに語りかけた。「どうしてトリックが解けないんだろう？」

本を放り、何度も繰り返しスピンする。やがて、セルキー・シスターズとしてパフォーマンスをしている母親とおばのポスターのまえで止まった。「コービン・コルトは思っていたよりもお母さんのことをよく知っていた。なにを信じたらいいんだろう」

45

テンペストは二時間ほど眠ったあと、夜が明けるころに動悸《どうき》のせいで目を覚ました。『大鴉《おおがらす》』はざっと読み返したので、最新作をダウンロードして読みはじめた。以前は朝日が昇るころにようやくベッドに入っていた。でも、いまは二度寝できそうになかった。

家族の生活を脅かしていた男の本を読み終えると、あの手稿の文章が暗になにかを示しているはずだという確信がますます強まった。コービン・コルトは言葉に何層もの意味を織りまぜるのを好んだ。あの手稿に隠された意味はなんだろう？　ダリウスがエマを殺したということではないのはたしかだ。全体はつかめないけれど、それだけはわかる。

外はまだ暗かったが、寝室の天井の星々がかすかに光り、スケルトン・キーの形の星座を浮かびあがらせていた。スケルトン・キーが、おまえはどんな錠でもあけることのできる鍵だとテンペストに語りかけている。テンペストは上掛けをはねのけ、祖父母のツリーハウスへ行き、それまでにわかったことを伝えた。自分よりがっかりした祖父母のようすに、テンペストは申し訳なく思った。

話を終えてツリーハウスの階段をそそくさとおりると、すっかり日が昇っていた。テンペストは車のキーを取った。こんなにせっかちでなければやっていたはずのことをやらなければならない。

「どう思いますか？」テンペストは、ラインハート刑事になにもかも話してから尋ねた。

「そうだな」ラインハートは言った。「きみはミズ・シンクレアやミズ・キングズリーのように探偵役をやっているようだ。ブラックバーンからすべて聞いているよ。きみのちょっとしたゲームについてはね」

「ゲームじゃありません。ブラックバーンがあなたに全部話していることは知っています。そういう取り決めだったので」それを唯一の条件に、ブラックバーンは協力に同意していた。

「事後報告で許可を得るのが？」

「あなたも祖父が犯人だとは思っていないんでしょう？　母の失踪事件に関して父を疑ってるのは――」

「わたしはだれも疑ってはいない。いくつか答えのわかっていない疑問はあるがね。どちらの事件もそうだ。両方とも、物的証拠が示すこと以外にも注目すべきだというきみの考えには同意する。満足かな？」

「それって動機のことですよね？」父親と祖父には、それぞれ動機があったと考えられているけれど。

ラインハートは答えなかった。

「動機があるから、祖父を逮捕して、父が母の失踪に関与したと考えているんでしょう」

「これはゲームではないよ、ミズ・ラージ」

「そんなこと、わたしが言われなきゃわからないと思ってるんですか?」テンペストはどなった。「わたしの人生に関わることよ。あなたのじゃない。ちゃんと仕事をして——」

「ミス・ベロウの家に侵入したきみとボーイフレンドを逮捕しなかったのはなぜだと思う?」

ラインハートは人差し指を立てた。「そのことを後悔させないでくれ」

「わかっていることを教えてくれませんか?」

「まだ捜査中だ」テンペストの頭が漫画のキャラクターよろしく爆発しそうだと思ったのか、ラインハートはつけくわえた。「だが、これだけは言える。きみは勘がいい。きみのやり方を容認するものではないが、ミスター・コルトがヒドゥン・クリークへやってきて、あのテーブルに落ちてくるまでの経緯を突き止めてくれたおかげで、多くの疑問の答えがわかるだろうし、われわれのリソースをもっと有効に活用できる」

コービン・コルトを殺すことを可能にしたからくりは正しく解けたのだ。降霊会の参加者がコービンの死とシルヴィーの拉致《らち》の両方の犯人であるのは間違いない。シルヴィーが拉致されたときのアリバイについて、だれかが嘘をついている。

46

テンペストはもう一度ドアを引っ張った。びくともしない。

殺人犯がそのへんをうろついているうえに、モリアーティがいきなり訪ねてきたりしたので（兎がどっちにつくかわからないし）、そろそろアブラカダブラの小屋がある〈秘密の砦《とりで》〉にドアを取りつけねばならない。

問題は、ドアの取りつけ方がわからないことだ。最初に寸法を測り、ドア本体を選ぶまでは父親が手伝ってくれたが、もう仕事へ行ってしまった。幸いなことに、サンジャイが過保護なところを見せて、すっ飛んで来てくれた。あのキスのおかげでなければいいのだけど。あれはキスというよりも頭が爆発するのを防ぐためのものだった。

あいにくなことに、サンジャイのドアの取りつけ方に関する知識はテンペスト以下だった。

「上のほうが引っかかってるみたい」テンペストはステージでよくやったように大腿四頭筋《だいたいしとうきん》で体を押しあげ、上腕二頭筋で引っ張りあげ、ロッククライミングの要領で石のドア枠のてっぺんにつかまった。

「そんなことして大丈夫なのか？」

「手がすべってもほんの何十センチか落ちるだけでしょ」そこで下を見たのが間違いだった。

真下にアブラカダブラがいる。落ちても怪我はしないだろうが、愛する兎を押しつぶしてしまう。横に移動しようとした拍子に手をすべらせ、地面に落ちて手のひらをすりむいた。

体重七キロ近いロップイヤーラビットをクッション代わりにせずにすみ、テンペストはほっと息を吐いた。目にかかった豊かな黒髪を払いのける。兎はテンペストの人間の友達の腕に抱えられていた。

「ぼくの献身ぶりはどうだ？」サンジャイが言った。「アブラに嚙《か》まれても助けてやったんだぞ」

「嚙まれたのはそれなりの理由があったのよ」

「ぼくはこいつを助けただけだよ。ほんとうだ」

テンペストはサンジャイの顔をじっと見つめた。「なにか隠してるでしょ。またしても、、、」

サンジャイはまぶたを伏せて兎を見おろした。また指を嚙まれたのだ。

「アブラはぼくのなにが気に入らないんだ？　まえはぼくのことが好きだったのに」

「この子は人を見る目があるの。あなたがなにか隠してると察したのよ」

サンジャイは胸を張った。「ぼくが隠しごとをしてると兎にわかるわけないだろ」

「ええ。この子はただびっくりしてるだけ。でもいま、あなたは隠しごとをしてると認めたよね」

アブラをなでている手を除いて、サンジャイはぴたりと動きを止めた。ただし、ほとんどわからない程度にまぶたがおりた。

「あなたは世界一、ポーカーフェイスが下手ね」テンペストはつづけた。

「それは明らかな誤りだ」

「たしかに。訂正しなくちゃ。ステージの外では、世界一ポーカーフェイスが下手。ザ・ヒンディー・フーディーニをやってるときだけは上手。ほんとうのあなたは下手」

サンジャイはその言葉を噛みしめ、空いているほうの手で山高帽を砦の反対側にあるフックめがけて投げた。帽子は狙いどおりの場所に着地した。サンジャイはアブラカダブラを抱いたまま一礼した。ずっとまえから、自信と優雅さのバランスが完璧なお辞儀をマスターしている。

「目くらましは通用しないからね」テンペストは言った。

サンジャイは一歩近づき、テンペストの手を取ろうとした。「そうかな?」

テンペストはさっと脇によけ、サンジャイの手をかわしてアブラカダブラを抱き取った。

「いい子ね」テンペストは兎の大きな垂れ耳をなでた。「さて、サンジャイが今度はなにを企《たくら》んでるのか、話してもらおうかしらね」

アブラカダブラはサンジャイに向かって鼻をぴくぴくと動かした。

「ぼくのアイデアじゃないんだ」サンジャイは弁解した。どう見ても、テンペストではなく兎に語りかけている。「それに、だれにも言うなと言われてるし」

「なんだかいやな予感がする」

「きみのおじいさんがラヴィニアの家でもう一度降霊会をやれって言うんだ」

「はあ?」

「アッシュは人生をかけた審判に臨むんだ。断れるわけがない」サンジャイはうめくように言った。「で、ぼくは〝驚異のトランク〟を持っていくことになってる」

「気味の悪い遺物が詰まってるあれ?」

「本物の骨じゃなくて、プラスチックと金属でできてるんだけど、そう、あれだよ。遺物収集の道具も入ってる。年季が入ってるように見えるロープとか、アンティークの銀の銃弾とか」

またサンジャイはうめいた。「どうしていつもこうなるんだ?」

そのとき、救急車のサイレンが聞こえてきて、ふたりの話をさえぎった。どこへ向かっているにせよ、近いようだ。

突然、サイレンが止んだ。

「この家のまえで止まらなかったか?」サンジャイが尋ねた。

そのとおり。

テンペストはとっさにアブラカダブラを小屋に戻し、ツリーハウスへ走った。サンジャイもあとを追ったが、傾斜した地形に慣れていないせいでかなり後《おく》れを取った。テンペストがツリーハウスにたどり着いたときには、アッシュはすでにストレッチャーに乗せられ、二名の救急救命士がそばについていた。

「どうしたの?」テンペストは、青白い手で口を覆って立ち尽くしているモーに尋ねた。

救命士のひとりがドライヴウェイへ向かってストレッチャーを押しはじめると、モーがつぶやいた。「あたしも行く」

アッシュの目は恐怖で光っていた。テンペストは最初、脚の怪我の痛みのせいだと思った。どうやらストレッチャーで揺さぶられたために痛みがひどくなったらしい。ズボンの膝下のあたりが破れて、脚から出血しているのが見えた。

違う。痛みのせいではない。彼は恐怖に満ちた表情でなにかを凝視している。いや、だれかを。サンジャイを見ているのだ。

救命士のひとりが、搬送先の病院名をテンペストに告げた。モーはアッシュが階段から落ちたのだと言い残し、付き添いとして救急車に乗った。テンペストにはもっと訊きたいことがあったが、救急車のドアが閉まった。

「アッシュはぼくをなぜあんな顔で見ていたんだ?」サンジャイはテンペストとジープに乗りこみながら尋ねた。「救命士が見ていたら、事故じゃなくてぼくがアッシュを階段から突き落としたと思われそうじゃないか」

「おじいちゃんはわたしよりも足元がしっかりしてるのに」テンペストは銀のブレスレットのなめらかな表面をなで、気持ちを落ち着かせてからエンジンをかけた。「なにかが変ね」

「きみがぼくのアリバイを証言してくれるよね?」

「は?」テンペストはドライヴウェイからジープを出した。「あ。もちろんよ。だれもおじいちゃんを階段から突き落としたりしてない。事態を複雑にしないで」

「ぼくより楽観的な人間なんかいないよ。そのぼくがヤバいと言ったらヤバいんだ」サンジャイは襟を引っ張った。「なぜアッシュは悪魔を見るような目つきでぼくを見てたんだ?」

「違うよ。シートベルトを締めて」

サンジャイはダッシュボードに両手をついた。「病院へ行くまでにぼくたちを殺さないでくれよ」

「おじいちゃんはあなたを恐れてたんじゃないよ。あの表情は違った」

「じゃあなんだ？」

テンペストはかぶりを振った。「まだわからない」

病院に到着したものの、駐車場を見つけるのに時間がかかり、モーを見つけるのにさらに時間がかかった。ようやくモーの居場所を知っている人から教えてもらい、ひとけのない待合室でティッシュを握って座っている彼女を見つけた。

「あなたのおじいちゃん、いなくなっちゃった」モーは言った。

「いなくなった？」テンペストは脚から力が抜けそうなことにもほとんど気づかず、茫然《ぼうぜん》として祖母を見つめた。

「あらら！」モーは叫び、はじかれたように立ちあがってテンペストの腕をつかみ、体を支えた。「そういう意味じゃないの。生きてるわ。アショク・ラージは生きていて、このうえなくぴんぴんしてる。だから逃げられたのよ」

「逃げた？」

「あなたのおじいちゃんは逃亡したの」

47

テンペストは、アッシュがなにをしようとしているのか知っていた。なぜサンジャイの姿を見てひどく驚いていたのかもわかっていた。アッシュはサンジャイに計画を変更してほしくなかったのだ。

アッシュがサンジャイに〝驚異のトランク〟を持ってラヴィニアの家に行くよう頼んだのは、それが理由だ。あのなかには、長いロープが入っている。サンジャイが自分の体をがんじがらめにし、彼以外にはできないやり方で脱出するショーに使っていたロープだ。

テンペストは〈ラヴィニアの隠れ家〉のドアをノックした。かたわらには、アンティークのトランクを持ったサンジャイがいる。

シルヴィーがドアをあけた。「こんなふうに会うのはもうやめましょう」

彼女の背後から、ラヴィニアとアイヴィとエラリーが現れた。

テンペストは、勘違いしたのだろうかと思った。「いま読書会の途中？」

「そういうわけじゃないけど」ラヴィニアが言った。「ふたりとも入って」

「あの……ほかにだれかいる？」サンジャイが尋ねた。

「母が〈オックスフォード・コンマ〉にいるわ」

クミコが読書会のメンバーたちと一緒にいる。アッシュではなく。アヽッヽシヽュヽはヽどヽこヽにヽいヽるヽのヽかヽ？

「あたしたち、それぞれテキストメッセージを受け取ったの」アイヴィがテンペストとサンジャイの先に立って歩きながら言った。「読書会をひらくようにっていうメッセージ。みんな疑いが晴れたんだから、いつもどおりの生活に戻ったほうがいいって。知らない番号から届いたんだけど、発信者はシルヴィーと名乗って、拉致《らち》されてるあいだに携帯電話が壊れたから新しいのを買ったと書いてあった」

「だからって、番号まで新しくする必要はないでしょ」シルヴィーは声をとがらせた。「この人たちが一瞬でも頭を使って論理的に考えていれば、わたしじゃないとわかったのに」

「シルヴィーもだまされたのよ」クミコが〈オックスフォード・コンマ〉の入口から言った。黒いストールをはおり、怒りに燃える目をした彼女は、頭上のガーゴイルより獰猛《どうもう》に見えた。

「わたしがだまされたのは、相手が警察だと名乗ったからよ」シルヴィーは言った。「すぐに偽物だとわかるようなメッセージをもらったわけじゃない。電話の相手は、拉致事件について、現場で確認したいことがあると言ったの。ここに到着したら、ディテクション・キーズのメンバーしかいなかった」

「男の声だった？」テンペストは尋ねた。

シルヴィーはうなずいた。

「フーディーニも来たの？」クミコがサンジャイを指さした。「わたしたちをだまして、またここに集めたのはあなたたちふたりだったのね？」

「違うよ」別の声が言った。テンペストがよく知っている声だ。「だましたのは申し訳ない。しかし、あなたがたにどうしても会う必要があったんだ」アショク・ラージが入ってきた。新しい服に着替えているということは、モーが協力しているのだ。

「アショク？」クミコは車椅子を操作してアッシュのもとへ行った。

「やめて、お母さん」ラヴィニアが立ちはだかった。

「正直に話す気になったかね？」アッシュはラヴィニアに尋ねた。「外出禁止の命令を破る計画を立てなくても、きみに会えるかもしれないと期待していたんだが。きみならわたしが自由になれないとわかれば名乗り出てくれると思っていた。わたしをはめようとしたわけではないことはわかっている」

「本気でわたしがやったと思ってるわけじゃないでしょう？」

「きみを許すよ」アッシュは言った。「ヴィクターと一緒にいたというアリバイは嘘だね。こんなことはしたくなかったが、きみたち全員に、証人になってもらわなければならない」

「わ、わたしは――ほんとうにヴィクターと一緒にいたのよ」ラヴィニアはつっかえながら返した。

「そうだろうね」アッシュは言った。「そのことは否定しない。だが、わたしの孫が、コービンがどうやってヒドゥン・クリークまでやってきたのかという謎を解いたときに、きみたちふたりがどうやってアリバイを工作したのかわかったんだ」

「なんてこと」シルヴィーがラヴィニアから離れた。

「ばかなことを言わないで、アショク」クミコが言った。「娘はコービンを殺していないし、シルヴィーを拉致してもいないわ」

アッシュはサンジャイをちらりと見た。「もし逃げようとすれば、サンジャイが持っているロープで縛りあげるぞ」

「えっ、ぼくが？」サンジャイは目を見ひらいた。

「なぜおじいちゃんがあなたにそのトランクを持ってこさせたのかわからないの？」テンペストは小声で言った。

「偽の毒薬のためじゃないのか」サンジャイも小声で返した。

「わたしは無実よ」ラヴィニアが叫んだ。

「きみは目撃されていた」アッシュが言った。「コービンがヘイゼルに目撃されたようにな。つまり、信頼できない目撃者の証言を使ったトリックだ。きみはアプリでカフェにテイクアウトのコーヒーを注文した。本人ではない人物が受け取りに来てもばれない。忙しいバリスタは信頼できる目撃者ではないよ」

トリックについて、もっとも厄介《トリッキー》な点は、さまざまなやり方があるということだ。マジシャンが手先の早業《はやわざ》を華麗に成功させると、観客からもう一度やってくれとリクエストされることはよくある。リクエストした客は、今度こそどこを注目すればいいのかわかっているつもりだ。ほんとうにわかっている客もいるだろう。しかし、抜け目のないマジシャンなら、別の方法で同じことをやってのける。マジシャンが観客をあざむき、観客が驚きに目をみはる流れは同じだが、裏側の仕組みは異なるのだ。けれどテンペストは、今回のイリュージョンを仕掛けたのはマジシャンではないと自分に言い聞かせた。

アイヴィがピンク色のベストのファスナーをあげ、顔の下半分を隠した。

「最初からきみがもっとも疑わしかった」アッシュは悲しげな目でラヴィニアに向かって語りつづけた。「コービンを殺したことを非難するつもりはない。彼は悪い男だった。自首すれば、酌量してくれると思う」アッシュはそこで不意に振り向いた。「シルヴィー、電話にさわらないでくれ。きみがなにをしているのかわかっている。心配は無用だ。ラヴィニアが話してくれたら、すぐにわたしも出頭する。警察を呼ぶ必要はない」

テンペストはシルヴィーをじっと見つめた。優雅な手がスマートフォンの上で静止している。シルヴィーは拉致されたので容疑者からはずれたが、もし拉致されていなければ、いまわかっていることから考えて、彼女も降霊会の参加者のなかで犯人の条件にほぼ一致する。ほぼ。コービンの手稿には不倫をしている人物が出てきた。テンペストはそれがエラリーを指していると考えていた。けれど、テンペストの家族に関する記述が現実とは異なるものばかりだったのだから、ほかにも現実と違う部分があると思い至るべきだったのではないか？

病院で話したとき、シルヴィーはラヴィニアに拉致されたとは言わなかった。すでに警察からラヴィニアにはアリバイがあると聞いていたからだ。計画を立てたときには、夫と別れてまもないラヴィニアはひとりで寝ているだろうからアリバイがないと思いこんでいたに違いない。

まさか湾の反対側にあるヴィクターの家にいるとは知らずに。

シルヴィーはラヴィニアをはめようとした。それも二度。

もしテンペストが降霊会の直前に祖父を招待してもらっていなければ、彼はコービンの血で手を汚すことはなかった――けれど、ほかのだれかがそうしたはずだ。アッシュがいなければ、当然ラヴィニアがかつて愛した相手の遺体に真っ先に駆け寄っていただろう。すぐに駆け寄ろうとしなければ、シルヴィーがひと声かければいい。

「アッシュおじいちゃん」テンペストは言った。「わたしたちふたりとも間違ってた。サンジャイ、ロープを取ってきて。縛るのはシルヴィーよ」

48

「近寄らないで！」シルヴィーが金切り声で叫んだ。テンペストへの憎悪をむきだしにして、足早に玄関へ向かっていく。

アッシュが一歩まえに出た。彼は足を引きずっている。軟禁状態から逃げ出すために、ほんとうに脚に怪我をしたのだ。それでもいざとなったらシルヴィーに飛びかかりそうだったが、テンペストとしてはそんな事態は避けたい。テンペストはメリーゴーラウンドの馬の足元にひざまずいた。運びこむときに床を傷つけないように、馬の足にキャスターをつけてあった。搬入が終わっても、キャスターははずさずにロックをかけておいた。テンペストはロックを解除し、馬を勢いよく押した。

木馬はシルヴィーのほうへすべっていった。シルヴィーが馬の鞍《くら》に倒れこむと、アッシュが馬を止めた。

「あんたたち、どうかしてるわ」シルヴィーは手をついて起きあがろうとしたが、押された馬がぐらりと傾き、派手に倒れた。外へ出る通路は完全にふさがれた。

「馬を乗り越えるんじゃないぞ」アッシュが言った。「テンペスト、あとはまかせた」

シルヴィーはアッシュをにらみつけたが、黙っていた。

「わたしはエラリーがコービンと不倫関係にあると思っていたの。コービンの残した手がかりだと思いこんでいたもののせいでね」テンペストは言った。「コービンの浮気相手は、手稿に出てくるアリスという人物のように、髪を染めていて、文学作品の登場人物にちなんだ名前を持つと考えていた。どちらも間違っていたの。まず、文学作品の登場人物にちなんだ名前というのは、半分しか当たっていなかった。シルヴィーのお隣さんから、彼女がレコードを集めていて、〝ＬＰ〟のお店で通販しているという話を聞いたの。じつは、お隣さんが目撃した小包の中身はレコードじゃなかった。差出人の欄に書かれていたのは、〝ピーター卿《Lord Peter》〟のサインよ。シルヴィーはピーター・ウィムジイ卿に愛されているキャラクターになりきってるの。エラリーの髪はひと目で染めているとわかるけど、上品な身なりをしているシルヴィーが髪を染めているかもしれないとは思いもしなかった。コービンと不倫していたのはシルヴィーよ。エラリーじゃない」

「サンジャイ」アッシュはサンジャイが持っているロープを指さした。「いまこそそれを使うんだ」

「来ないで」シルヴィーはサンジャイから逃げようとしたが、彼のほうがすばやかった。

「ほんとうに間違いない？」サンジャイはテンペストに尋ねた。

「九割方ね」テンペストは答えた。

「なんだよ」サンジャイはぼそりと言った。「ぼくはだれも縛りつけたりはしないけど、馬を乗り越えて逃げようとしないようにね。そんなことをしたら考えを変えるよ」

「こんなの拉致《らち》よ」シルヴィーが言った。

「縛りあげちゃえばいいのに」エラリーが言った。「テンペストは正しい手がかりに注目してたわ。少しも間違えてない。本の登場人物にちなんで名付けられたのはあたしだけじゃないもの。シルヴィーはルイス・キャロルの『シルヴィーとブルーノ』が名前の由来なの。どうして知ってるかっていうと、あたしたちは本がきっかけで、こんなに違う者同士なのに親しくなったからよ」

テンペストは内心うめいた。本の登場人物にちなんだ名前だからエラリーだと早とちりしてしまい、コービンがもっと直接的な類似点を織りまぜているかもしれないとは、ちらりとも思わなかった。

「もうひとつ」エラリーはつづけた。「本人は絶対に認めないだろうけど、あたしは読書会の最中に、シルヴィーの髪に根元がほんの数ミリだけ白いものが何本か混じってることに気づいちゃったのよね」

シルヴィーは険しい目でエラリーを見やった。「無理やり引きとめられて、こんな侮辱を聞かされるいわれはないわ」

「テンペストの言い分を最後まで聞かせてちょうだい」クミコが車椅子を操作して倒れた馬のまえへまわりこんだ。

「わたしも聞きたい」ラヴィニアが母親に加勢して出口をふさいだ。

「なぜあんなややこしいやり方でコービンを殺したの?」テンペストは尋ねた。「四つの不可能な要素があった。傷口に刺さっていたのは偽物のナイフだったこと。人間がものの十五分で九十キロの距離を移動してきたこと。死体を隠す場所がなかったこと。参加者がずっと手をつないでいたのに、テーブルに死体が置かれたこと。この四つがどうして可能になったのかはゆうべ解説したけど、パズルは完成しなかったんだよね。肝心なピースが欠けていた」テンペストは息を詰め、自分の推理が当たっているよう願った。「シルヴィーの拉致は狂言だったのよ」

「いますぐ警察に通報させてもらうわ」シルヴィーはバッグのなかを探ったが、そのうちあわてふためきはじめた。

「これを捜してるのか?」アッシュがシルヴィーのスマートフォンを掲げた。左手から右手へ放ると、それは右手に届く直前にフッと消えた。

「わたしはパズルに集中しすぎてた」テンペストは怒りに震えるシルヴィーに言った。「おじいちゃんに不利な証拠ばかりに注目してた警察と同じで、視野が狭かったのよ。なぜコービン・コルトを降霊会で殺す必要があったのか、それを考えていなかった」テンペストは言葉を切った。「シルヴィーは、ラヴィニアにコービン殺しの罪を着せたかった。それが理由よ」

「シルヴィーが？」ラヴィニアはあえぐように言った。「どうして？」

シルヴィーは黙っていた。

「でも、シルヴィーの思惑どおりにはいかなかった」テンペストは言った。「複雑な犯罪を実行するのは、本に書かれているようにはうまくいかないものよ。人はそれぞれ自由意志を持ってる。予測どおりには動かない」

「アショクが降霊会に参加したのは予定外だった」クミコが言った。

「祖父はすぐに駆け寄ってコービンを助けようとした。つまり、シルヴィーはラヴィニアに死体を調べさせることに失敗した。ラヴィニアは彼の妻だったんだから、当然そうするだろうというのがシルヴィーの予測。そして、二度目に部屋が真っ暗になったときにコービンを殺して、〝ラヴィニア、あなたの元夫がばかげたいたずらを仕掛けてるのよ、叩いてやりなさいよ〟とかなんとか言って、ラヴィニアに彼の血が付着するようにするはずだった。

シルヴィーの計画は、当初はうまくいっていた。ラヴィニアがコービンを殺したいほど憎んでいると思われるように、下準備もしたの。ラヴィニアが大切にしていたタイプライターを壊したのがそれ。ラヴィニアは激怒してコービンのせいにして、わたしたちはラヴィニアが怒っていたと証言するだろうと、シルヴィーは考えたの。ところが、そこからうまくいかなくなった。

拉致事件をでっちあげたのは、よほどあせってたんでしょうね。危険を冒して自分の体を傷つけるような危険まで冒したし。でも、ちょっと調べてみたら、頭の怪我って表面的なものでも怖いくらい出血するらしいの。祖父が容疑者という状況は変わっていなかった。シルヴィーはもう一度ラヴィニアをはめようとした。拉致事件は、ラヴィニアがあせってると見せかけるものだったの。シルヴィーは、ラヴィニアが朝の五時に家にいないなんて思わなかった。ラヴィニアは在宅しているはずだった。残念ながら、そうじゃなかった。

無実の男性が刑務所送りになるかもしれないのがどんなに重大なことか、わかってるのかどうか知らないけど、シルヴィーにとってはライバルのラヴィニアを苦しめることのほうが重要なことだったんだよね。シルヴィーはラヴィニアの家の合鍵を作って、拉致事件を自作自演した。殺人事件の翌日、ラヴィニアの鍵はパテで汚れていたの。〈ウィスパリング・クリーク劇場〉でシルヴィーと会ったとき、ラヴィニアの鍵にべとべとしたものがついていた。あのときはそれがなんなのかわからなかったけど。シルヴィーはパテで鍵の型を取ったのね」

シルヴィーの目はなにを見ているのかわからなかった。「だれでもできることでしょう。ラヴィニアのバッグは――」

コン。

音がしたのと同時に、〈ラヴィニアの隠れ家〉の窓の外でなにかが動いた。

大鴉《おおがらす》だ。

ただし、この大鴉は大きな鳥ではなかった。等身大の人間だ。テンペストがノートに描いたような、中世のペストの医師を思わせる嘴《くちばし》付きの黒い仮面をかぶった人間がいる。

テンペストは自分の落書きが立ち現れたようなその姿を戦慄《せんりつ》とともに見つめた。

49

コン、コン。

不気味な大鴉《おおがらす》がまた嘴《くちばし》で窓ガラスをつつくのを、だれもが凝視していた。

テンペスト《アダ・カダヴュレー》の落書きの鴉がどうしてここにいるのか？

「なんてことだ」アッシュがつぶやいた。

「どうして……？」シルヴィーの声は震えていた。

「いったい……？」サンジャイすらおののいている。

クミコは車椅子の肘掛けを握りしめた。

そのほかは、だれも動かなかった。まるでその場で凍りついたかのようだった。テンペストも例外ではなかった。冷静に考えれば、いま目撃しているものは本物の鴉男ではないとわかっていた。別のもののはずだ。トリックに違いない。祖父が仕込んだのだろうか？　だが、彼の表情を見れば、そうではないとわかる。

鴉男は首をかしげた。おもしろい生物標本をガラス越しに観察しているかのように。

彼の顔は仮面に隠れているが、テンペストはその身ごなしに見覚えがあった。あのノート……前回、夜中に関係者を集めたとき、ジープのなかにノートを置きっぱなしにした。モリアーティに電話をかけた直後だ。話はしなかったが、モリアーティならテンペストから電話がかかってきたことに気づいただろう。そのあと、ジープに侵入したのではないか？

テンペストは外へ飛び出して確かめなければと自分に言い聞かせたが、シルヴィーのようすをちらりとうかがった瞬間、もっとよい考えが浮かんだ。モリアーティがどういうつもりなのか問いただしに行くよりも、もっとよいこと。この混乱を利用するのだ。

「レイヴンよ」テンペストは、室内に響き渡る舞台用のささやき声で言った。「彼が戻ってきたのよ」ゆっくりと片腕をあげ、のばした手でドラマチックに鴉男を指し示した。ステージの外ではひどく大げさなしぐさだが、直感に従ったのは正解だった。だれもが動けない。窓の外の恐ろしい人物から目を離すことができずにいる。

「まさかこんなはずは」シルヴィーが声を震わせた。強制されているかのように、窓のほうへよろめきながら歩いていく。

コンッ。

嘴が強く窓に当たり、ガラスが揺れた。シルヴィーはおぼつかない足取りで歩きつづけた。見えない岩を引きずっているふうに、一歩一歩、のろのろと進んでいく。数秒後には、窓のそばにたどり着き、鴉男が人間の変装にすぎないと気づくだろう。

「消えよ、レイヴン！」テンペストは命じた。

鴉男は首をかしげた。その目は見えなかったが、テンペストははっきりと視線を感じた。ガラス越しでは本物に見えるが、スチームパンクっぽい衣装をまとったモリアーティであるのは間違いない。というか……たぶん間違いない。

「消えよ」テンペストは繰り返した。

黒い嘴をつけた人物が、ほとんどわからない程度に小さくうなずいた。彼は両腕をあげ、飛び立とうとするかのようにさっと動かし――消えた。

シルヴィーが悲鳴をあげて床にへたりこんだ。

「なにか話したいことがあるんじゃない？」テンペストは優しく言った。シルヴィーがうなだれているので、テンペストは窓をちらりと見やった。ガラス越しに木々しか見えない。あの人物が飛び立ったのでも消えたのでもないことはわかっていた。窓の下には壁がある。大げさにすばやく身を伏せるだけで、部屋のなかからは消えたように見える。

「ラヴィニアのせいよ、なにもかもめちゃくちゃ」シルヴィーはすすり泣いた。「何年もまえにコービンはわたしの心を盗んだ。わたしが彼のミューズだった。ラヴィニアじゃない。コービンが自信を持てたのはわたしのおかげなのよ。作品が売れなくなっても、わたしが支えてあげた。一緒になることはできないのは承知のうえ。でもわたしたちの関係は充実してた。ラヴィニアと別れてくれるなんて期待してなかった。ここの生活は快適だもの。使い古しのバスローブとか履き慣れた古い靴みたいなものよ」

「古い靴？」ラヴィニアは小さく繰り返した。「本心ではわたしをそんなふうに思ってたの？」

「コービンはあなたを愛してたわ、ある意味ではね。でも、刺激を与えたのはわたしよ。わたしはね、彼と一緒にいられなくてもいいと思ったの。悲劇のヒロインになれるんだから。日の目を見ることのない秘密の恋。愛する人の死。この世では愛する人と一緒になることができなかったと語れば、みんなそんなふうに受け取ってくれるわ」

「自分で殺したくせに」ラヴィニアの声が強くなった。「愛していたなんて言って――」

「だって、わたしはあの人にとって特別じゃなかったんだもの」シルヴィーは涙に濡れた頬を両手で拭った。「ほんの数カ月まえ、コービンがラヴィニアに不満を抱いて、相手をとっかえひっかえ浮気していたことを知ったの。あの若いインフルエンサーもそのひとり……あんまりだわ。わたしを裏切るなんて。ふたりしてわたしを裏切った」

「サンジャイ」クミコが言った。「いますぐ彼女を縛って」

「あなたが知りたがったから話してあげたのよ」シルヴィーは憤慨《ふんがい》した。「縛る必要はないわ」

「クミコは娘のことを心配しているんだ」アッシュの声は優しくなかった。

「ラヴィニアに危害をくわえたりしないわ」その言葉とは裏腹に、シルヴィーの声は怒りに満ちていた。「ラヴィニアの死を願ったことはない。ただ苦しめたかった。生かしておく価値がなかったのはコービンのほうよ。あの人は、自分の行動がたくさんの人の人生に影響を及ぼすなんてこれっぽっちも考えていなかった。コービンにとってはわたしたちの関係なんて些末《さまつ》なことだったの。女性にちやほやされたがってたし、ちやほやされてあたりまえだとも思ってた。

見た目はよかったでしょう。鴉の濡れ羽色の髪を持つギリシャ神話の神みたいだった。もちろん女性は群がるわ。コービンは自分のおかげでみんな特別な女になった気分になれるんだから、なにも問題はないと思ってたのよ。既婚者であることを隠そうとはしなかった。でも芸術家として、一夫一婦制に縛られるわけにはいかないって」

シルヴィーは言葉を切り、冷ややかな笑い声をあげた。かすかな笑みを浮かべ、ふたたび話しはじめた。「そういうところは、彼の弱点でもあったわ。わたしが電話をかけて、置いていったノートを降霊会で燃やすと告げたら、あっさり信じてくれた。〝ぼくが置いていったノート？〟と、いったんは訊き返されたけれどね。彼が置いていったノートなんてなかったんだけど、怪しまれない自信はあった。もともとノートは大量にあったから。それに、ラヴィニアがただの意地悪で大切なノートを盗んだと言えば、コービンは許さないわ。ラヴィニアにノートを燃やして浄化すればいいと吹きこんだのもわたしよ。コービンは、わたしが彼の書くものを愛しているのを知っていた――世間の評価はあまりにも不当だったわ――だから、ラヴィニアがノートを燃やすと言ってると憤慨してみせたら、彼はすっかりだまされた。

コービンを操るのは簡単だった。彼は、降霊会を利用してラヴィニアをからかってやるのは最初から自分のアイデアだったと思いこむようになった。大切な言葉を盗んで勝手に燃やそうとした彼女に恥をかかせて、〝悪ふざけ〟したあと、ノートを燃やされるまえに取り戻すことを。わたしは彼のプライドをくすぐってやればいいだけ。簡単でしょう」

「あなたがどうやってコービンを操ったのはわかった」テンペストは言った。「でも、あんなに短い時間によく殺すことができたね」
「何百回も練習したの。ゴム手袋をすばやくはめたりはずしたりする練習をしたし、即死させるために確実に心臓をひと突きして、手袋ではなく凶器を捜させるために薄い刃を体内に残すよう、何度も予行練習をした。粘着テープに関しては、あなたがエラリーのしわざとして話したとおりよ。わたしは計画に穴がないとは確信できなかったから、できるかぎりひっかきまわす必要があったけれど、絶対にラヴィニアが疑われるようにしなければならなかった。でも、アショクは医師で、心臓をひと突きするすべを知っているし、手に血がついていたから第一容疑者になってしまった。ラヴィニアが疑われることはなかった。でも、接近禁止命令のことは知らなかったわ。

人を操ろうとしても、自分の思いどおりに動くとはかぎらないのね」シルヴィーは認めた。
「わたしたちが読書会で読む本のようにはいかない。人をはめるって、思ったより難しいわ」

50

その後、一日はあっというまに過ぎていった。テンペストは警察で供述し、祖父とふたりで父親と祖母に、シルヴィーの自白も含めてすべて話した。

いや、ほとんどすべてだ。テンペストは、モリアーティが鴉男《からすおとこ》の正体だと確信していた。

彼なりのひねくれたやり方で助けてくれたのではないだろうか。スコットランドから帰ってくる時間はあった。電話で話したときはモーと同じ飛行機上にいたのかもしれない。〈ラヴィニアの隠れ家〉の窓の外に、ペスト流行時代の医師のような不気味な鳥の仮面をかぶった男が現れて以来、モリアーティから音沙汰はないが、連絡してくるはずだ。いつかはわからないけれど。

アッシュはみずから病院へ戻った。できるだけ早く容疑が取りさげられるよう、ヴァネッサが手配している。足首のモニターを切断したわけではないし、わざと階段から落ちて怪我をした証拠はないので、保釈の条件を破ってはいないというのが、ヴァネッサの主張だ。結局、ほんの数時間で病院に戻ってきたのだ。病院の迷路のような通路で迷子になっただけだろうというわけだ。ありえないことではない。

一方、ダリウスはついにテンペストに秘密を打ち明けた。テンペストは、父親に交際相手ができたのではないかと心の準備をしていた。ところが、ダリウスは「おまえがいつでもどこでもパフォーマンスができるように、ポップアップ・ステージを作ってるんだ」と言った。「引退公演をやるのはわかってるが、それでもパフォーマンスをやることはおまえの血肉になっている。おまえがやりたくなったときすぐにやれるようにしてやりたかった。ステージは折りたたんでおれのトラックに積みこめるんだ。うちの工房では作業ができなかった。おまえをびっくりさせたくてね」

「このまえの夜、パパが帰ってきたとき、やけにきついにおいのアフターシェーブローションをつけてると思ったんだ」

「オー・ド・ワニスだ」

テンペストは笑い声をあげ、父親の型に両腕をまわした。テンペストは体から力が抜けているのを感じた。秘密の階段をのぼり、ベッドに横たわる。一分だけ、と自分に言い聞かせたのに、テキストメッセージの着信音で目を覚まし、祖父の帰宅を知ったとき、数時間眠っていたことに気づいた。

「テンペストなら解決できるのはわかっていたよ」アッシュはうれしそうに体を揺らしながら、ジャガリー・コーヒーの鍋をかき混ぜた。「ところで、なにか食べたのかね？」

テンペストは家族とたっぷりの夕食を楽しんだあと、〈ヴェジー・マジック〉で友人たちと二回目の夕食をとった。夕食会はもうはじまっていた。

あんなことがあったので、ラヴィニアが来るとは思っていなかったが、すでにサンジャイとギディオン、アイヴィと一緒に着席していた。テンペストは祖父のこしらえた三品で満腹だった。みんなが自分抜きで食事をして、デザートとコーヒーを頼んでいてくれてよかったと思った。

ラヴィニアが立ちあがり、テンペストを抱きしめた。「ありがとう、テンペスト。なにもかもありがとう」

「メリーゴーラウンドの馬を壊してしまって、ごめんなさい」

「なに言ってるの」ラヴィニアがテンペストのために椅子を引き寄せ、ふたりとも席に着いた。

「あれが壊れたときに、あの場所をわたしだけのものにする儀式が終わったのよ」

「あなたのパイは最高だよ」サンジャイが言った。「でも、なにを言ってるのかさっぱりわからない」

「ラヴィニアが言いたいのは」テンペストは言った。「〈ラヴィニアの隠れ家〉の各セクションのもとになったクラシック・ミステリが、謎解きに役立ったってことじゃないかな」

ラヴィニアはにんまりと笑った。「あなたが解説してくれる?」

「ネタバレはなしだよ」アイヴィが割りこんだ。「サンジャイとギディオンはまだ読んでないかもしれないから」

テンペストは空《から》の右手を空《から》の左手の上に動かした。手のひらの上にハートのキングが現れた。キングの持つ剣が頭を貫いている。「今週起きたことのなかで、わたしたちは死んだと思われていたのにほんとうは生きていた人物に遭遇したよね」

テンペストはテーブルをパンと叩いた。自害した王がハートのクイーンに取って代わった。

「そして、恋をしていたと思いこんで、きわめて巧妙な計画を立てた女性もいた」

テンペストはハートのクイーンを指のあいだでくるりとまわしながら、どのカードで〈オックスフォード・コンマ〉を表そうかと考えた。カードの回転が止まったとき、手をひらくと、そこにはクラブのジャックがあった。ランクがもっとも低いが、知識を象徴するカードだ。

「すべてがはじまったのは〈オックスフォード・コンマ〉で、すべてが決着したのもここ。あの場所が想像のなかのイギリスの大学町へわたしたちを連れていってくれた」

「ブラボー」アイヴィが拍手した。

「たいした早業《はやわざ》だけど」サンジャイが言った。「やっぱりなにを言ってるのかわからない」

「クラシック・ミステリを読んだほうがいいね」とアイヴィ。

ギディオンはクラブのジャックを取り、端を調べた。「なんの仕掛けもない。どうして――」

「テンペストは個人レッスンには応じないよ」サンジャイがギディオンからカードを取りあげた。

「おれは別に――」

「いや、完全に――」

「わたし、うちをよく見張ってた鴉の謎を解いたの」ラヴィニアがふたりをさえぎった。「コービンが中途半端に飼い慣らした鴉だった。家の掃除をしていたら、隠してあったドッグフードの袋を見つけたの。うちは犬を飼ったことがないのに。それで、近くのペットショップを訪ねたら、店長さんがコービンを覚えてた。庭に来る鴉に餌付けすると言ってたらしいわ。だから、鴉がいつもうちのそばにいたのよ。コービンは鴉の謎めいたところが好きだったから、餌付けしてるなんてわたしには言わなかったの」

アイヴィはうめいた。「かわいい小鳥にびくついてた自分が情けないよ」

「事実を知ってからは、むしろあの子が好きになっちゃった。信じられないほど賢いのよ」

「ピーター卿を引き取ったら、鴉がいなくなっちゃうかもよ」テンペストは言った。

「犬はエラリーが引き取るの。大切にしてくれるわ。さて、わたしは厨房に戻らないと。テンペスト、なにか持ってきましょうか？」

「コーヒーだけお願い」今週は大変だったから、コーヒーを点滴してもらいたいくらいだ。

「じゃあ、残る謎はひとつだけだ」サンジャイは、まだためつすがめつカードを調べているギディオンから目を離さずに言った。「コービンの車はどうなったのか？」

それはコービン・コルトがテンペストに唯一残した謎ではなかったが、彼の手稿について考えるのはあとまわしだ。

「今朝、車が見つかったの」ラヴィニアが立ちあがりながら答えた。「さびれたところの大きな立体駐車場に駐めてあったわ。駐車料金を取らないから、数日間動いていないことにだれも気づかなかったの」

「謎はまだあるよ」ラヴィニアが厨房に消えたあと、アイヴィが指摘した。「あの鴉の嘴《くちばし》をつけたみたいな、ペスト流行時代の医者みたいな変装をしていたのはだれ？」

サンジャイはアイヴィを見て目をぱちくりさせた。「アッシュだろ。アッシュが用意したんじゃないのか？」

全員の視線がテンペストに集中した。テンペストは両手をあげた。「おじいちゃんはなにも言わないの。関係のない人を守ってるんじゃないかな」

「あのペスト医者は絶対に曲者《くせもの》だよ」アイヴィが身を震わせた。

「でも、わかるよ」ギディオンが言った。「アッシュは協力してくれた人を必要以上に巻きこみたくないんだろう」

「ラヴィニアは大丈夫かな？」アイヴィが尋ねた。

「ぼくは大丈夫じゃない」サンジャイはブラックベリーパイにフォークを突き刺したが、食べなかった。「恥ずかしくてたまらないよ。ぼくが今回の事件で果たした役割が、ロープを持って傍観してただけなんて」

「そんなことないよ」テンペストは言った。「あなたはそれ以上のことをやってくれた。あなたたち三人ともね。ありがとう」

テンペストはドラゴンの翼を持ちあげ、秘密の階段の扉をあけた。秘密の扉が音もなくひらくと、テンペストはつかのま入口に立ち、自分が成し遂げたことを思い返した。コービン・コルトの謎に満ちた殺人事件を解決し、祖父を救ったのだ。

階段に足を載せた。前進する。これからもずっと。ひとりの殺人犯に法の裁きを受けさせることはできたけれど、まだやるべきことがある。コービンの欺瞞《ぎまん》に満ちた手稿は、おばの殺人事件と母親の失踪事件の解決に役立つかもしれない。父親に対する糾弾に根拠はなかったけれど、コービンはほかのことも知っていたようだ。怒りや恐怖がおさまったいま、見えてきた。コービン・コルトの手稿から得た手がかりを使って、家族にほんとうはなにがあったのか解明できるかもしれない。おばと母親を奪ったラージ家の呪いの裏にある真実に、もう一歩近づける。

テンペストは、スマートフォンに着信があったことに気づいた。マネージャーのウィンストンがすぐに折り返し連絡をくれと伝言を残していた。ウィンストンによれば、コービン・コルト殺人事件の解決に一役買ったことは大きな宣伝になるらしい。テレビ放映される引退公演についてもっと話を詰めたいとのことだった。最終公演がどうなるのか、テンペストにもまだわからなかった。でも、ひとつたしかなことがある。なんにしても、魔法のようなステージになるはずだ。

レシピ

カルダモン風味のチョコチップ・スコーン

調理時間45分以内。およそ15個のスコーンができます（以下1カップはアメリカ基準）。

［材料］
・アーモンドミルク（砂糖不使用）　1と¼カップ
・リンゴ酢　小さじ2
・中力粉　3カップ
・ジャガリーシュガー　½カップ。またはブラウンシュガー⅓カップ
・ベーキングパウダー　大さじ2
・カルダモン　小さじ1
・塩　小さじ¼
・ココナッツオイル（常温で固形のもの）　⅓カップ
・キャノーラ油　¼カップ

・チョコレートチップ　½カップ
・好みでトッピング用のジャガリーシュガーまたはブラウンシュガー　大さじ2
・好みでトッピング用のブラックベリージャム（次項目にレシピあり）

［作り方］

オーブンを400°Fに予熱しておく。

小さめのボウルに砂糖不使用のアーモンドミルクとリンゴ酢を入れてかき混ぜ、10分間寝かせておく。バターミルクのような酸味のある液体ができる。

そのあいだに粉類の準備をする。大きめのボウルに中力粉、ジャガリーシュガーまたはブラウンシュガー、カルダモン、ベーキングパウダー、塩を入れる。

指かペストリーカッターで、固形のココナッツオイルを粉類に混ぜこむ。完全には混ざらず、ぼそぼそした見た目になる。

さらにアーモンドミルクとリンゴ酢の混合液とキャノーラ油をくわえて軽く混ぜてまとめ、生地を何度か折りたたむようにしてひとまとめにする。練ったりこねたりしないこと。

まとまった生地にチョコレートチップを混ぜる。

天板2枚にベーキングシートを敷き、小さなコップなどで生地をおおよそ大さじ4ずつすくって並べる。コップの形状にもよるが、高さを抑えてやや平たく成形するとよい。だいたい15個のスコーンができる。

好みでジャガリーシュガーまたはブラウンシュガーをトッピングして、オーブンに入れる。スコーンの底がきつね色になるまで15分ほど焼く。

［メモ］

ジャガリーシュガーはインドでよく使われている精製していない砂糖で、インド食材店やインターネットショップで手に入ります。ほかの砂糖にくらべると甘さが控えめなので、レシピの分量が多めになっています。

残ったスコーンは冷凍して、350°Fのオーブンかトースターで5分ほど温めるとおいしくいただけます。電子レンジは使わないでください。

◎

ブラックベリージャム

調理時間は20分以内です——スコーンの生地をオーブンに入れてから作りはじめましょう！

［材料］

・冷凍のブラックベリー　280グラム

・レモン汁　小さじ2

・メープルシロップ　大さじ1
・カルダモン　小さじ¼
・ジンジャーパウダー　小さじ¼
・チアシード　大さじ1

チアシードを除く材料をすべて片手鍋に入れ、中火で10分ほど熱する。チアシードをくわえて混ぜ、さらに5分ほど火を入れる。火を止めて5分放置すると、とろりとしてくる。スコーンに載せていただく（オートミールやパンケーキにも）。
残りは蓋付きのガラス瓶に入れ、冷蔵庫で1週間ほど保存できる。

◎

ターメリック風味のピザ

調理時間は2時間くらいかかりますが、そのうち半分は生地を寝かせる時間です。1枚でふたり分くらいです。

［スパイス入りピザ生地の材料］
・強力粉　1と½カップ

・ドライイースト　小さじ1
・ターメリック　小さじ½
・コリアンダー　小さじ½
・クミン　小さじ½
・フェヌグリークシード　小さじ½
・チリパウダー　小さじ½
・黒胡椒　少々
・塩　小さじ1
・ぬるま湯　¾カップ
・オリーブオイル　小さじ1

［ジャックフルーツのピザトッピングの材料］
・グリーンジャックフルーツの缶詰　400グラム
・オリーブオイル　小さじ1
・玉葱　1個（サイコロ切りにする）
・ニンニク　4かけ（みじん切りにする）
・チリパウダー　小さじ¼
・ターメリック　小さじ½

・黒胡椒　小さじ1/4
・塩　小さじ1/4
・トマトペースト1/4カップ
・水　1/2カップ

ピザ生地を作る。大きめのボウルで強力粉、ドライイースト、スパイス類を混ぜ合わせ、ぬるま湯とオリーブオイルをくわえる。清潔な作業台やクッキングマットなどに生地をあけ、5分ほどこねる（製パン用のミキサーがあれば使うとよい）。生地をボウルに戻し、2倍の大きさにふくらむまで1時間以上寝かせる。

ピザを焼く30分まえからオーブンにピザストーンを入れ、475°Fに予熱する。

ジャックフルーツの缶詰の汁を捨て、身を小さめの一口大にちぎっておく。サイコロ切りにした玉葱をオリーブオイルで15分ほどじっくり炒め、キャラメリゼする。ニンニクのみじん切り、チリパウダー、塩をくわえる。30秒後にトマトペーストを混ぜる。すべてが混ざり合ったら、ジャックフルーツと水をくわえる。中弱火で15分ほど煮こむ。水分が飛んだら、ピザにのせるおいしいトッピングが完成する。

ピザ生地がもとの2倍の大きさにふくらんだら、厚さ6～7ミリくらいになるまでのばす。麺棒を使ってもよいし、手でのばして広げてもよい。のばした生地にトッピングを平らに塗る。熱くなったピザストーンにのせ、20分ほど焼く。

ふたりで分ければたっぷりした食事になる。もっと大人数なら副菜になる。

［メモ］
ジャックフルーツのトッピングはそのままでもおいしいが、モッツァレラなど好きなチーズを一緒に載せてもよい。ジジのウェブサイトには、ヴィーガンのモッツァレラのレシピを掲載しています。
ピザをオーブンに移すとき、ピザピールに挽き割りトウモロコシ粉をまぶすと生地がくっつくのを防ぎます。オーブン可のクッキングシートを使ってもよいでしょう。
ふたりではなく四人で食べたい？　レシピの分量を倍にして生地を2等分し、2枚のピザを焼いてください。

謝辞

一冊の本を執筆するのは孤独な作業とはほど遠いもので、本書を完成させるまでの道のりで多くの方々に助けていただきました。優秀な担当編集者のマデリン・ハウプト、本書の制作チームであるセント・マーティンズとミノトーア・ブックスのカーステン・アルドリッチ、ローウェン・デイヴィズ、ゲイブリエル・グーマ、サラ・ヘッケル、サラ・メルニク、マック・ニコラス、ケン・シルヴァーには、大変お世話になりました。ジル・マーサルは作家にとって最高のエージェントです。そしてわたしの家族は、執筆部屋に入ったわたしに何時間も放っておかれるのはおもしろくないでしょうに、最大の応援団であり、つねに励ましてくれます。

原稿を読んで意見をくれたナンシー・アダムズ、ジェイムズ・スコット・バーンサイド、シェリー・ディクスン・カー、ナオミ・ヒラハラ、ジェフリー・マークス、エンバリー・ネズビット、スー・パーマン、ブライアン・セルフォン、毎週のブレーンストーミングに参加してくれるすばらしい作家仲間のエレン・バイロン、リサ・マシューズ、ダイアン・ヴァレア、創作グループの友人であるミスティ・ベリー、リン・コディントンに感謝を捧げます。また、レスリー・ベイコン、ジュリエット・ブラックウェル、ケリー・ギャレットをはじめとする、わたしを支えてくれるたくさんの友人たちにも感謝を。いつもお世話になっている団体、とりわけクライム・ライターズ・カラー、シスターズ・イン・クライム、アメリカ探偵作家クラブにもお礼を申しあげます。

先輩であるクラシック・ミステリの作家たちにも感謝しなければなりません。〈秘密の階段建築社〉のシリーズは、わたしの大好きな探偵小説の黄金時代の作家ジョン・ディクスン・カーと、近年、英語で翻訳出版されるようになったおかげで知ることができた日本のクラシック・ミステリ作家の密室ミステリにインスピレーションを得ています。わたしは子どものころから、暴力より謎解きが主体である伝統的なスタイルのミステリを愛していました。このジャンルにわたしなりのひねりとテンペスト・ラージというキャラクターをくわえて、二十一世紀にふさわしいものにしたいと思いました。『読書会は危険？』はシリーズの第二作ですが、テンペストに解いてもらわなければならない謎はまだたくさん用意しています。

最後に、複雑な謎にわれを忘れてしまう仲間である読者のみなさまに、心から感謝を申しあげます。みなさまのご感想はいつもありがたく拝見しています。www.gigipandian.com からご感想をお送りいただければ幸いです。ニュースレターの配信登録もしていただけます。

解説

若林　踏

　ねえ貴方も好きなんでしょう？　本格謎解きミステリが。

　そう作者が語りかけてくる気がする小説だ。

『読書会は危険？』は米国在住の作家ジジ・パンディアンの「〈秘密の階段建築社〉の事件簿」シリーズの第二作である。前作同様、密室を始めとする不可能犯罪の謎が飛び出すばかりか、古典探偵小説の愛好家ならば思わず笑みが零《こぼ》れるような小ネタが前作以上に盛り込まれているのだ。ねえ探偵小説が好きならば分かるでしょう、と作者も顔をほころばせながら書いたに違いない。

　二〇一〇年代後半より英米黄金期の探偵小説への敬愛を感じさせる海外ミステリの刊行が目立つようになった。その筆頭がアンソニー・ホロヴィッツだろう。大ヒットとなった『カササギ殺人事件』（山田蘭訳、創元推理文庫）はアガサ・クリスティーの犯人当て小説のスタイルを取り入れつつ、大胆な作中作の趣向を巧みに使った謎解き小説だった。ホロヴィッツが従来の翻訳ミステリファンのみならず多くの読者を獲得して以降、ディテクション・クラブの会長で『探偵小説の黄金時代』（森英俊・白須清美共訳、国書刊行会）などの評論活動も行うマーティン・エドワーズの〈レイチェル・サヴァナク〉シリーズなど、英米黄金期作品へのリスペクトを込めて近年執筆された小説がいっそう紹介され始めた印象を受ける。

いっぽうで、海の向こう側では日本の古典探偵小説が人気を集めているというニュースを多く見かけるようになった。二〇一九年には英国で横溝正史の『本陣殺人事件』が *The Honjin Murders* のタイトルで出版され、二〇二四年の英国推理作家協会賞出版社部門では横溝作品や高木彬光などの作品を出版する「プーシキン・プレス」が受賞するなど、日本の古典ミステリの紹介が進んでいる。日本の本格謎解きミステリへの関心は出版状況のみならず、海外の書き手による作品にも表れているだろう。一九八〇年代の北アイルランドを舞台にした〈刑事ショーン・ダフィ〉シリーズで知られるエイドリアン・マッキンティは島田荘司などの日本の本格謎解きミステリを愛好しており、シリーズ第三作『アイル・ビー・ゴーン』（原著刊行二〇一四年、武藤陽生訳、ハヤカワ・ミステリ文庫）では密室の謎を登場させている。

こうした国内外における古典的な謎解き小説に対する関心の強まりを見れば、ジジ・パンディアンが日本で紹介されるのは必然的な流れだったと言えるだろう。パンディアンがどういう作家であるのか把握するためには、作者の公式サイトにあるLOCKED ROOM MYSERIESというコーナーを覗いてみるのが一番良い。そこでは密室や不可能犯罪、クローズドサークルといった本格謎解きミステリにおける基本用語に関するパンディアン自身の解説が書かれている。その中では英米黄金期の探偵小説を表すGolden Age of detective fictionと並んでShin-Honkaku、一九八〇年代後半より日本で勃興した新本格ミステリムーヴメントについても説明されているのだ。更に密室ミステリと関連深い作家や作品の例としてジョン・ディクスン・カーや島田荘司の名前と合わせて「名探偵コナン」も紹介されている。つまりジジ・パンディアンは古典から現代にいたるまで、様々な本格謎解きミステリのコンテンツに親しむ愛好家なのだ。

さて、そんなパンディアンのマニア心が炸裂しているのがこの「〈秘密の階段建築社〉の事件簿」シリーズである。主人公のテンペスト・ラージはラスヴェガスで活躍するイリュージョニストだったが、公演中に事故を起こしたことによってショービジネス界から追放される。実家に戻ったテンペストは父親が経営する〈秘密の階段建築社〉を仕方なく手伝うことになった。〈秘密の階段建築社〉は隠し部屋など、愉快な仕掛けを作ることに特化した工務店である。だが初仕事で訪れた古い屋敷で、テンペストは壁の中から死体を発見する。出入り口のない状況でどうやって死体は壁に埋め込まれたのか。これがシリーズ第一作『壁から死体?』の事件だ。イリュージョンに通じた探偵役、不可能犯罪への興味、古典探偵小説にまつわる小ネタなど、本格謎解き小説への愛着をストレートなまでに書いてみせたのが同作の特徴だった。

シリーズ第二作である本書『読書会は危険?』でも、ジジ・パンディアンの本格ミステリに対する愛は冒頭から全開である。テンペストは街で人気のカフェを経営するラヴィニア・キングズリーから、〈秘密の階段建築社〉が造った新しい地下室に何者かが侵入してタイプライターを盗んだ、という知らせを受ける。ラヴィニアは別居中の夫で作家のコービン・コルトの仕《し》業《わざ》ではないかと疑っていた。ところが家に設置された監視カメラの映像を確認すると、地下室に侵入された時間に誰も出入りしていないことが判明する。代りに映っていたのは、鴉だけだった。その後、ラヴィニア・キングズリーの自宅では更に奇怪な事件が発生する。ラヴィニアが主催する読書会「推理の鍵」のメンバーなどを呼んで開いた降霊会の最中、とつぜんメンバーたちが囲む中央のテーブルに死体が現れたのだ。

不可能犯罪を描くことに拘《こだわ》りを見せる点は前作と同じだが、本作ではその演出に拍車がかかっている。不吉な出来事を予感させる鴉というモチーフの多用に加え、古めかしい降霊会で事件が起きるなど、前作には希薄だった怪奇的な要素が盛り込まれていることがまず挙げられるだろう。透明人間のような存在がいたとしか考えられないような密室への侵入事件など、謎じたいにも超自然的な雰囲気が漂うのも興味深い。更に降霊会で起きた事件には「四つの不可能な要素」があると宣言され、テンペストは幾つもの謎を解かなければいけないことになる。こうした怪奇性の強い演出や、過剰と呼べるくらい不可能犯罪を詰め込んでみせる辺りは、不可能犯罪の巨匠であるジョン・ディクスン・カーへの傾倒ぶりがうかがえる。前作でもテンペストの幼馴染で〈秘密の階段建築社〉の従業員であるアイヴィ・ヤングブラッドがカーの『三つの棺』に倣《なら》い、彼女なりの密室講義を披露する場面などが書かれていたが、第二作においてはカーへのオマージュが前作以上に描かれているのだ。

こうしたジジ・パンディアンの創作姿勢には、日本における綾辻行人以降の〝新本格ミステリ〟と呼ばれる作品群との相同性を感じる。一つにはミステリ小説のマニアが登場人物として存在している点だ。綾辻行人の『十角館の殺人』（一九八七年、講談社文庫）に出てくる大学のミステリ研究会メンバー然《しか》り、いわゆる〝新本格ミステリ〟にはミステリ愛好家である作者たち自身を反映したような登場人物が描かれ、ミステリにまつわる蘊蓄《うんちく》や作品論を披露することがある。『読書会は危険?』でも古典探偵小説を愛好するカフェの店主に読書会のメンバーと、濃いマニアたちが登場してミステリの話に花を咲かせる。

　また、クラシックミステリに関する小ネタに関しても「ある程度の知識があれば気が付いて楽しむことができる」レベルのものであることに注目したい。例えばエラリー・リーオズという名前を持つ人物が作中に登場するが、名前の由来を尋ねられたエラリーは「実際、エラリー・クイーンが由来なの。でも、本の主人公の名前でも作家の名前でもなくて、一九七〇年代のテレビドラマのほう」と答えるのだ。このテレビドラマは米国で一九七五年に放映されたジム・ハットン主演のEllery Queenを指すが、小説ではなく敢《あ》えてドラマの方を持ち出す辺りが捻《ひね》くれた感じで楽しい。このように一定の知識を持っている探偵小説ファンに向けて「これは分かるでしょうか?」と遊び心を加えているところもまた、〝新本格ミステリ〟と近しい精神を感じさせるものだ。

　とはいえ本作は本格ミステリのマニアに対する目配せのみで書かれている小説ではない。古典探偵小説へのあこがれ以外にも多面的な魅力を持つシリーズなのだ。例えば本シリーズの巻末にはテンペストの祖父アッシュが物語の中で作った料理のレシピが収められている。これは素人探偵の活躍を描くコージーミステリのシリーズなどで度々《たびたび》見かける趣向で、古典探偵小説ファン以外にコージーを愛好する読者に向けたサービスだろう。

また、本シリーズはインドと米国のミックスルーツであるテンペストの一族を描く、家族小説の要素も備えている。ラージ一族には「長子はマジックに殺される」という呪いがかかっているという言い伝えがあり、それがテンペストを悩ませている。実際にテンペストの伯母であるエルスペスはマジックショーの最中に死亡し、テンペストの母親であるエマもエルスペスの追悼公演中に姿を消して行方不明になっているからだ。こうした家族に待つある大きな謎がシリーズを貫く太い柱となっているのである。ジジ・パンディアンはウェブサイトCrimeReadsに掲載したコラムで英米黄金期探偵小説の人物描写に「深みが無い」という批判が現代では寄せられる場合があることを踏まえた上で「現在活躍する本格謎解き小説の書き手の中には多様性を描き、物語に深みを与えている例がある」という趣旨のことを述べている。テンペストの人物造形は作者自身の出自が多分に反映されているものだろうが、多彩なルーツを持つ人間が行き交う現代をリアルに写し、探偵小説をより豊かなものにしようとするパンディアンの姿勢は少なからず感じ取ることができるだろう。

「〈秘密の階段建築社〉の事件簿」シリーズは現在、本国では四作目まで刊行されている。三作目の *A Midnight Puzzle* では、テンペストの母親が失踪した現場でもあるいわくつきの建物で物騒な事件が発生するらしい。古典本格謎解きミステリへの愛と遊び心に満ちたシリーズの紹介が続くことを望む。

訳者紹介　大分県生まれ。英米文学翻訳家。早稲田大学第一文学部卒。訳書にパンディアン『壁から死体？』、クカフカ『死刑執行のノート』、リン『ミン・スーが犯した幾千もの罪』、ガルマス『化学の授業をはじめます。』などがある。

読書会は危険？
〈秘密の階段建築社〉の事件簿

2025年3月21日　初版

著　者　ジジ・パンディアン

訳　者　鈴《すず》　木《き》　美《み》　朋《ほう》

発行所　(株)　東京創元社
代表者　渋谷健太郎

162-0814 東京都新宿区新小川町1-5
電　話　03・3268・8231-営業部
03・3268・8201-代　表
URL　https://www.tsogen.co.jp
組　版　フ　ォ　レ　ス　ト
暁　印　刷　・　本　間　製　本

ISBN978-4-488-29007-8　C0197

名探偵フェル博士vs.“透明人間”の毒殺者

THE PROBLEM OF THE GREEN CAPSULE◆John Dickson Carr

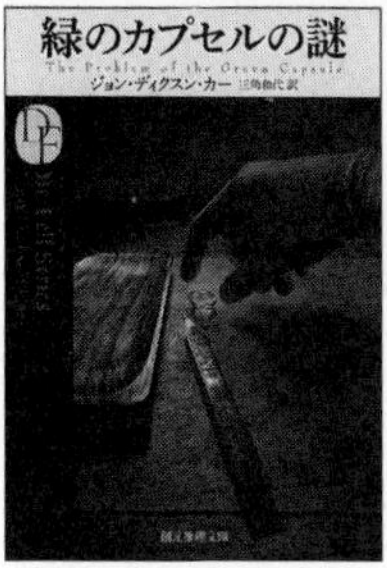

緑のカプセルの謎 新訳

ジョン・ディクスン・カー
三角和代 訳　創元推理文庫

◆

小さな町の菓子店の商品に、
毒入りチョコレート・ボンボンがまぜられ、
死者が出るという惨事が発生した。
その一方で、村の実業家が、
みずからが提案した心理学的なテストである
寸劇の最中に殺害される。
透明人間のような風体の人物に、
青酸入りの緑のカプセルを飲ませられて——。
あまりに食いちがう証言。
事件を記録していた映画撮影機《シネカメラ》の謎。
そしてフェル博士の毒殺講義。
不朽の名作が新訳で登場！

クリスティ愛好家の
読書会の面々が事件に挑む

〈マーダー・ミステリ・ブッククラブ〉シリーズ

C・A・ラーマー◎高橋恭美子 訳

創元推理文庫

マーダー・ミステリ・ブッククラブ

ブッククラブの発足早々メンバーのひとりが行方不明に。
発起人のアリシアは仲間の助けを借りて捜索を始めるが……。

危険な蒸気船オリエント号

蒸気船での豪華クルーズに参加したブッククラブの一行。
だが、船上での怪事件の続発にミステリマニアの血が騒ぎ……。

野外上映会の殺人

クリスティ原作の映画の野外上演会で殺人が。
ブッククラブの面々が独自の捜査を開始する人気シリーズ第3弾。

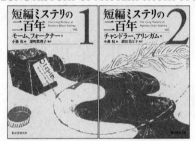